原來！
這個典故出自聖經

英文成語的聖經典故

嚴永晃 著

The Engli

You are the apple of my eye.

目錄

鄭玉英博士序

文字的奧義

　　成語和諺語是語言文字中的精華，往往簡短卻含義深厚。成語和諺語也和文化背景和環境因素息息相關，甚至呈現出某些特定的價值觀。不同語言文字之間的翻譯誠屬不易，諺語和成語的翻譯更是不容易。然而，當我們看到兩種文化運用截然不同的語言，卻敘述了相同的概念和情境時，總是令人驚喜。在其中對表達方式細加咀嚼時，更是極大享受，令人會心而笑。

　　聖經源自猶太民族，使用希伯來文，卻有跨文化的普世性意義。對猶太教徒和基督徒而言，聖經講的是人類歷史的起點和終點，關乎所有的人類。

　　聖經文字雋永，詮釋學最早就是出自解經。聖經記載耶穌善用譬喻，更看重語言文字。神「說」有就有「道」成肉身，「聖言」成了血肉（《若望福音》1：1）。

　　聖經教導對口中說出的言詞格外審慎（《瑪竇福音》12：36），甚至相信生死都在舌頭權下（《箴言》18：21），相信口出所言是有威力，舌頭值得管制（《雅各伯書》3：2）。

　　世上沒有一個經典比聖經更重視言語，本書成語諺語選自聖經，自然格外有意義。聖經中的成語諺語文字精煉、優雅犀利，十分有看頭。從英譯聖經中尋找成語和諺語，在中文系統中發現對應的成語或意義正是本書的獨到視角。

原來！這個典故出自聖經

　　我與永晃是超過五十年的老友，更是家庭世交。打從二十歲出頭台大同學時代就認識他的嚴謹耿直，忠誠認真，做人、做事、顧家都是如此。老來我才認識他原來還有一支生花妙筆。而治學態度依舊認真嚴謹，仍是永晃的本色。

　　一百三十二則成語諺語，背後的研究所下的功夫絕對不可小覷。永晃規律化的馬不停蹄、手不停筆，每日研究、每週產出，果真滴水穿石、積沙成塔，老實說，我是衷心佩服的。

　　我認為這是一本極好的應用書冊。由於每一則成語諺語都有其出處，文化背景、屬靈意義。還有該成語在生活中的引申意義。這引申就正是成語諺語的特色，一語多層意義。因此本書可以是學子學習英文的參考，增加文學性的品味，更是個人讀經或小組查經的優質參考，無論在尋找講授主題靈感，或是相關經文查閱，都十分方便好用。

　　還記得三十五年前，永晃公職奉派美國、帶著妻小移居時的依依不捨。二十多年前在美奮鬥有成之時，因為妻子感受到上天呼召，要在中國神州大陸從事教育，永晃二話不說，默默陪伴夫人拔起美國建立的基礎，移居蘇州。在教育上紮根建校和經商管理公司之餘，竟能在文字工作上卓然有成！這其實超出我的預期！永晃兄嫂追隨理想義無反顧，伉儷情深各有貢獻，實為楷模。

　　聽聞本書出版，特此推薦。閱讀之後尚有意猶未盡之感，寄望還有續集！

鄭玉英寫於臺北懷仁全人發展中心

---

1. 作者生平請參見附錄一／作者簡介。

朱曉紅博士序

燈臺上的光：理解中的相遇

很榮幸應邀為嚴永晃先生的專輯寫序文。我和嚴先生見過一面，大約是在他撰寫「妙筆釋疑」的時候。後來加了他的微信，就開始經常「會面」了：通過他清新雋永、真誠樸實的文字，慢慢開始認識他。嚴先生真是一位特別的作家。

嚴先生因為信仰而寫作。他最早作品《不可抗力和天主的作為》以及《天堂裡沒有巧合》，從標題即可知，是從知性的角度，解答信仰在現代社會遭遇的問題，從而幫助人們更好地理解信仰、走入教會；「妙筆釋疑」和「品味聖經」，同樣如此。他選題靈動，從科學和信仰、教會的歷史和現狀、教會節日和禮儀、聖經或教會的人物和事件，到祈禱、奇蹟、神恩、聖地、聖人，乃至到聖經中的各種詞彙和典故——各種主題天馬行空，但又非常接地氣，回應的是他個人和他所在團體信眾所困擾之事。

他曾自嘲地介紹自己對基督教神學的興趣和寫作的緣起，是因為在美國生活時，本堂神父告訴他，「夫妻上天堂，猶如兄弟登山，須各自努力」，在攀登天國之山時，每個人都要為自己負責，他總是以自己「負責今生」（賺錢養家）、讓學文學和神學出身的夫人「照料來世」（讀經祈禱救靈魂）這個說法為藉口來逃避，沒想到神父給了他當頭棒喝。

一九九一年他生活安定後，聽從了神父的引導，專注信仰的自我

培育，「期待至少不至於掉隊」，於是開始系統研究聖經。如此這般裝備了近三十年。二〇一七年他因受邀在上海息焉堂[1]服務而開始了文字福傳的工作。當然，我覺得這也是嚴先生寫作風格之一，他總能在一本正經中說一些俏皮話，讓文字顯得親切可信，讓信仰從遙不可及處下降到人間；無疑的是，嚴先生家庭整體的信仰氛圍，構成了他寫作的重要動力。

嚴先生是一位嚴謹自律的寫作者。為了一個主題，他真可謂上窮碧落下黃泉。聖經當然是他最重要的資料來源，不僅從字面上熟悉聖經，他也通過不同的朝聖方式深化聖經的理解。他曾在二〇一五年跟隨聖經學教授林思川神父去聖地朝聖，行前整本聖經認真研讀了至少兩遍；二〇一九年七月退居二線後，他又花了近半個月的時間，追隨保祿第四次傳教的路線，走訪馬爾他、西西里和羅馬等地。他雖然自謙自己不是科班出身，但始終保持著對中英學術界的關注，不時將一些西方的學術出版用深入淺出的方式傳遞給讀者。

嚴先生的自律是令人難以望其項背的。在我的印象中，除了探親或其他個別情形（他會主動發布告示向讀者請假），他每週至少一更，堅持不懈；雖然他秉持著「只問耕耘，不問收穫」的寫作態度，只和親朋好友分享，但他的寫作常常被大陸朋友們在微信群中轉發。大陸最大的天主教應用工具「萬有真原」（原名為「天主教小助手」）收錄了他的「妙筆釋疑」和「品味聖經」系列，做了兩個相應的專欄，每條都有五、六千的點擊率，有的條目達到一萬三千，我粗略瀏覽了一下，這個 APP 中兩個專欄諸文章的點擊率應該超過百萬，這麼大的閱讀量，客觀上對他的寫作形成了正向反饋。

在這裡，我還想對他的自謙「非科班出身」評論兩句。在學術領域，專業訓練固然重要，但學術的動力並非來自訓練，而是來自熱愛

---

1. 關於息焉堂，請參見本書附錄二，第三四五頁。

和激情。在基督教思想學術領域，上世紀有一個非常明顯的範式轉換：「自下而上」、「從經驗出發」的反思範式，漸漸勝過了從教條出發的傳統做法。不過，至今不少大陸學人和宗教人士，習慣了從本位出發、從意識形態的需要出發，生產出很多鴻篇巨著，卻鮮少有內在的說服力和感染力。在這個意義上，嚴先生的寫作和反思是自發的、接地氣的，非常難能可貴。

嚴先生的文章特點貼合現時代的生活，沒有任何賣弄和說教。如果去看他的專欄，你會留意到他的每篇文字，在形式上，總有一幅以上與文字非常貼切的附圖，這些附圖或是和內容相關的經典西方繪畫、或是對內容的直接說明（嚴先生稱之為「示意圖」[2]）。圖片和文字結合，符合當代人的閱讀習慣。在內容構成上，大多以某個問題、聖經出處、歷史或神學釋義或釋疑，最後回應當下的處境、或介紹當下的用法這種格式進行。正如他用 Stephen Binz[3] 的著作鼓勵一般信眾讀者，在閱讀聖經的時候，要做到靈閱[4]、理解和相遇；嚴先生的作品，讓讀者也油然升起這種感覺：閱讀不僅是為了理解，更是要相遇。

在真誠的理解中相遇，這是嚴先生的文字帶給人的感受，也是他的文字讓人特別親切的原因。他不吝和讀者分享自己的生活。在前兩個專欄中，他多次談及自己的經歷。比如他幼年喪父，弟兄三人和母親相依為命，生活清苦，吃義廟的祭物「拜拜」成為他們一年難得的美味；初二時他和弟弟接觸教會，參加天主教的暑期慕道班，這年聖誕節領洗；次年因為無錢繳納學費，幾乎失學，苦苦祈禱後出現的轉機，哥仨如願以償繼續上學，這讓他深刻感受到祈禱的力量。婚後他和太太各自都有自己的事業，但他們沒有懈怠，以信仰的方式培育自己的孩子，在信仰中成長並反哺的孩子給他們很多啟發和激勵。

嚴先生平實的文字充滿感染力：真誠、感恩、不造作、善於觀察

---

2. 遺憾因版權授權取得困難，無法刊出。
3. 天主教聖經學學者，畢業自羅馬宗座聖經學院暨耶路撒冷希伯來大學。著作已逾六十本。
4. *Lectio Divina*，譯為聖言誦禱或是靈閱。這種祈禱方式誕生於隱修生活，約始於第三世紀。

和反省──信仰是那麼溫和、理性、真實地活在他的生命中。他在文章中也勇於表達自己不同於世俗和教會權威的看法。他最擔憂的是在這個高度工商化的世代，人們被各種資訊洪流所綁架，在手機螢幕前流連迷失，因此，他總是在文章中不失時機地發出真誠的邀請：何妨（至少偶爾）關掉電腦手機，靜下心來，學習聆聽內在的聲音，保持「屬靈警惕」（Spiritual Awareness），讓自己的心靈和聖神相遇。

也許，不同的讀者在閱讀嚴先生的專欄文章，會對「相遇」有更豐富的理解，「英文成語的聖經典故」這個系列（即本書骨幹）也不例外。嚴先生對美國生活有一個切身感受：自謙「英文還行」的他，卻在和洋人交流時常有格格不入的感覺，因為自己聽不懂洋人的成語和笑話，而西方文化和語言受基督宗教影響甚巨，自從接觸英文聖經後，這種感受更為深切。因此，他用心寫了「品味聖經」諸篇，並從中遴選出英文成語相關的部分，輯集成冊。相對於他寫作的其他系列，「英文成語的聖經典故」系列，面對著更為廣大的讀者群，那些對西方文化、英文學習感興趣的讀者將會發現，這本書對諸多的西方習語提供出經典出處、不同的現代轉義和用法例句，無疑就是一種古今的相遇。

這些習語所具備的深刻的文化內涵和思想積澱，需在從聖經源頭進行充分理解之後，也需要對等醇厚的中文翻譯。嚴先生的文章在對 t 英文成語的聖經出處、內在意蘊進行詮釋的同時，也很留意去在中國文化傳統中尋找相應的成語，巧妙互譯。比如 bricks without straw（沒有稻稈的磚）[5]，該語出自舊約《出谷紀》（或譯《出埃及記》）以色列人被埃及人奴役做苦工，以稻稈做磚。嚴先生將之對譯成「無米之炊」，非常貼切。又比如 the spirit is willing but the flesh is weak[6]，這是新約福音書裡記載耶穌在山園祈禱後，責備昏睡的門徒所說的話。嚴先生從《論語・里仁》篇找出類似的表述，用「力不從心」、「心有

---

5. 詳見本書第二十五篇，第八十一頁。
6. 詳見第一○一篇，第二六一頁。

餘而力不足」來表達一種人類的普遍境遇，用詞意蘊醇厚。當然，西方語境中可能還會有人性軟弱的假設，而中國語境背後是對人性的肯定。這儼然是不同文化的相遇了。

在此書收錄的英語習語中，有「to hide one's light under a bushel」[7]（把燈藏在斗底下、「韜光養晦」）一語。在中文語境中，「韜光養晦」是一個褒義詞，但是在西文的語境中，該語更重要的一層意思卻是否定性的，「沒有人點燈用器皿蓋上，或放在床底下，乃是放在燈臺上，叫進來的人看見亮光」，我祝願嚴先生的這部作品，能讓更多的人看見亮光。

朱曉紅博士　上海復旦大學宗教系教授
二〇二三年八月八日　於上海大誠花苑

---

7. 詳見本書第一一五篇，第二九一頁。

林建山博士[1] 序

通往聖經花園的一條道路
——原來！這個典故出自聖經

嚴永晃先生從一九八五年七月赴美進修，至二〇〇二年四月到上海工作以前，前後在美國波士頓、紐約、洛杉磯旅居合計約十五年；有感於在現實生活中與洋人對話交談之際，每每感覺總會有「格格不入」，經常「聽不懂人家的成語和笑話」，無疑成為融入洋人世界的莫大障礙。

而他自從在美國真正接觸到《英文聖經》之後，更加深切體會到整個西方社會文化都普遍深切而且廣泛地受到基督宗教無所不在的影響，尤其是在他們生活語言、書寫文字，乃至書刊簿籍的陳述、說明、辯證、論理之中，總是脫不開出自聖經典故成語的引述、引申、今義詮解印證，甚至於成為今事論證的陳義主軸題旨。

從《英文聖經》的接觸與融入，讓嚴永晃先生越發感覺：聖經本身既是信仰崇拜的心靈典籍，同時也是一座充滿碩碩豐榮果纍繽紛花繁汁蜜的「人生大花園」，任何人或有能夠從中萃英頡華，稍得些許經心享受，必已是人間莫大喜悅之盛事。

嚴永晃先生乃為此發願，企圖為基督宗教信眾，與追求人間完美

---

1. 遺憾已經於二〇二四年一月二十三日病逝，享年七十五歲。

與社會生活圓融的平民大眾，找到一條可以另類通往聖經花園的蹊徑小路，感受聖經智慧與睿知，也感受《英文聖經》中的社會練達與融和通透，增益心靈豐足，充實情商與智商。

我所認識的嚴永晃先生是一位嚴謹自律的政府資深官員、勇敢創意創新大膽承擔任事的企業家，退休後專心致志想以餘生餘命之力，為《英文聖經》成語典故，做出有益眾生的有序整理。

嚴永晃先生往往為了一個主題及其關聯所有成語，分別上窮碧落下黃泉查索聖經重要的出處來源，及其典故的因緣聯繫，不僅從字面上認知熟諳聖經文本，更透過不同的實體聖地朝聖方式，用以深刻印證對於《英文聖經》的真實理解，甚至始終保持對中英文學術界的密切關注，時時不忘將一些西方學術論證說法，用最深入淺出的呈現方式在他《英文成語的聖經典故》定時專欄中傳遞給讀者。

今天嚴永晃先生將一九九一年至今，三十餘年時間陸續撰寫「時事與信仰」、「妙筆釋疑」、「品味聖經」等專欄的心得，加上對英文聖經的鑽研，最終擷其精華出版《原來！這個典故出自聖經：英文成語的聖經典故》大著。

本書中總共介紹了一百三十二句《英文聖經》成語，也為此至少引述一百三十則以上的聖經典故。儘管說，這些成語與成語、典故與典故，彼此間並沒有緊密連貫，不一定對於任何一項個別的信仰主題，構成一套完整的教義，也不一定對於信眾平民的「信仰」或「靈修」有系統化助益，但可以確定的是對於「學習英文」與「瞭解聖經」必有莫大助益，

原來！這個典故出自聖經

　　我確信這部大著，非常合適作為中高等教育學子乃至成人社會教育的重要「英文課外讀物」，對於目前正在從事英語教學、涉外事務（例如國際貿易、國民外交、國際關係）的實務工作者，尤其有著極大實用價值。

　　用特[2]樂為之序。

林建山博士

獨立法人環球經濟社社長兼公共政策研究所所長

知名制度經濟學家 管理學者

二〇二三年九月十五日

---

2. 意為因此特別。

李艷軍神父[1] 序

聖言分享精彩可期！

「聖言成了血肉，寄居於我們中間」，若望一語道出天主的神妙恩惠，是基督徒與天主臨在須臾不可分離的寫實。

與嚴先生已有十餘年的交往，聖經成為了我們之間的交匯點，曾經一起研讀英文聖經，也曾邀請他指導堂區年輕教友們學習聖經，還在息焉堂的公眾號保留有「妙筆釋疑」專欄，甚且把他的文章推送到受眾更廣的河北信德社。不管是聖言交匯性的生活，或是聖言中的服事，還是亦師亦友的交往，無不嵌有天主冥冥的安排。

嚴先生從「妙筆釋疑」到「品味聖經」筆耕不輟幾載，我相信，他不僅在「釋疑」聖言中領略著天主的深、廣、高，及品嘗著聖言的滋美，更是一位基督徒信仰生活的自我寫照。翻閱他的聖言解讀與分享，屬於一個普通基督徒的視角，故富有生活化和敘述性的特點，又不失教會正統的神學思想，為普通教友而言，可讀性較強。本書內容多節選於聖經典故，為瞭解基督教文化的讀者，是不可多得的一本讀本。最後，希冀《原來！這個典故出自聖經》的出版，不僅是開始，還期待更多精彩的聖言分享。

李艷軍神父 天主教上海教區
（原任）聖母升天堂（息焉堂）本堂

---

1. 已於二〇二四年一月十八日調任上海市金山區硯池浜堂本堂。

作者自序

我從民國七十四（一九八五）年七月赴美進修，至民國九十一（二〇〇二）年四月到上海工作以前，先後在美國波士頓、紐約、洛杉磯旅居合計約十五年。儘管自認英文還行，但實際上和洋人交談時，仍然時常覺得格格不入，「聽不懂人家的成語和笑話」無疑是最大的障礙。

世上每一種語言，都有成語，代表特殊的含義和典故。例如「一暴十寒」比喻做事一時勤奮，一時又懶散，沒有恆心和毅力，努力的時候少、懈怠的時候多。

西方文化受基督宗教的影響至深且鉅。我在美國接觸英文聖經之後，更深切體會在他們的語言裡，不乏出自聖經典故的成語。

民國一百一十一（二〇二二）年三月正式退休後，專心撰寫「英文成語的聖經典故」，以每週兩篇的進度，透過微信（群）分享出去。只問耕耘，不問收穫。不過還是經常收到讀者正面的反應，例如：

您的聖經解析太好了，又能學習英文，感謝　　　　　　—讀者 Jane

每次拜讀大作，日積月累收益良多，收集您的作品給孩子閱讀，感恩您的奉獻　　　　　　　　　　　　　　　—讀者林穎

　　每一次拜讀，都可以從字裡行間看到真理的起源，有經文出處可以幫助查閱，是真理與智慧開啟的好書。　　　　　　——讀者張聖仙

　　記得初識嚴先生，就被他豐富的人生閱歷及嚴謹的生活態度所打動。作為嚴先生的首批讀者，十分有幸讀到了他連載多年的英文聖經典故。對於我個人而言，雖然沒有學習英語的迫切需求，但我依舊覺得這些文字十分有趣，原來我們堅守的基督信仰是如此深刻地影響了西方文化，有些成語意思直接來源於聖經，有些經過多年的變遷，又產生了新的含義。原來基督信仰是如此深刻地塑造了西方文化。雖然基督徒在亞洲社會是少數派，但放眼世界有太多和我們保守著同樣信仰的兄弟姊妹。相信這本書一定也會給您帶來關於基督教文化及西方文化的新的啟迪。　　　　　　——讀者李蓓

　　還有不下二十位讀者，誤以為我是「神父」，謬讚不已，讓我受寵若驚。於是多方尋求公開出版的機會，感謝臺北星火文化出版社厚愛，願意出版發行本書《原來！這個典故出自聖經》。

　　感謝天主教臺北懷仁全人發展中心主任鄭玉英博士、上海復旦大學宗教系教授朱曉紅博士、已故臺北環球經濟社社長林建山博士以及上海教區長寧區息焉堂二〇〇八年復堂後首任本堂李艷軍神父慨允序文推介，為本書增彩。

　　感謝愛人[1]張屏女士，臺灣大學中文系、臺灣天主教牧靈研習所畢業，信仰堅貞，嫻熟聖經，是年輕時結髮的夫妻、生活上的伴侶，對我信仰和寫作上亦師亦友，一生攜手與主同行。

---

1. 中國大陸用語，對妻子的稱呼。

1 a camel goes through the eye of a needle

駱駝穿針孔

—— 出自《瑪竇福音》19：24、《馬爾谷福音》10：25、《路加福音》18：25

耶穌對門徒們說：我實實在在告訴你們，富人難進天國。駱駝穿針孔，比富人進天國還容易。

—— 《瑪竇福音》19：24、《馬爾谷福音》10：25、《路加福音》18：25

Then Jesus said to his disciples, "Truly I tell you, it is hard for someone who is rich to enter the kingdom of heaven. It is easier for a camel to go through the eye of a needle than for someone who is rich to enter the kingdom of God."

—— *Matthew 19：24、Mark 10：25、Luke 18：25*

　　古代耶路撒冷最多時有十二個城門，包括東門（East gate）、通往赫龍山谷的谷門（Valley gate）、專供水產品進出的魚門（Fish gate）、專供羊群進出的羊門（Sheep gate）、專供騎馬的人進出的馬門（Horse gate）、專供挑水人進出的泉門（spring gate）、水門（water gate）以及專供挑糞者進出的糞門（Dung gate）……等等（參見《乃赫米雅書》第三章）。各有其功能。

　　傳說在大馬士革門（Damascus gate）旁邊的小門，就是專供駱駝商隊進出的。為了便於出入人員貨品的檢查及秩序管理，門口是相對較小的尺寸，駱駝來到門口時，都必須卸下大部分貨品，才能進入。

　　天國、天主的國度（kingdom of God 或 kingdom of Heaven）是指尊奉上主為王、承行上主旨意的靈性領域（spiritual realm）。耶穌多次說：「天國臨近了」（《瑪竇福音》12：28）、天國像撒種（《馬爾谷福音》4：26），又說「天國就在你們中間」（《路加福音》17：21），意思就是祂帶來了「福音」。看見（或進入）天國，最通俗的說法就是「聽到（或接受）福音、順從基督的教導」。

　　耶穌非常擅長用當代以色列人身邊的事物來宣講道理。祂引用平民百姓熟悉的場景：駱駝到了城門口必須卸下貨品才能進入的操作，說富人難進天國，駱駝穿針孔比富人進天國更容易，意思就是富人必須先放下很多世俗的財物和牽掛，才能接受福音，順從上主的旨意。

　　A camel goes through the eye of a needle 駱駝穿針孔，因此引申為**「極大的困難」、極不可能發生的事**⋯⋯等等。例如：

Getting Adam to wake up before 7 o'clock is harder than getting a camel to go through the eye of a needle.

要讓亞當在早上七點鐘以前起床，比駱駝穿針孔還要困難。

Passing all the checkups and exams for an astronaut is harder than getting a camel to go through the eye of a needle.

要通過成為太空人的所有檢查和測驗，要比駱駝穿針孔更困難。

---

2 a coat of many colors

天之驕子（女）

—— 出自《創世紀》37：3、《撒慕爾紀下》13：19

以色列（原名雅各伯）愛若瑟超過其他的兒子，因為是他年老所生的，並給他做了一件彩色長衫。

—— 《創世紀》37：3

Now Israel（Jacob）loved Joseph more than any of his other sons, because he had been born to him in his old age; and he made a coat of many colors for him.

—— *Genesis 37：3*

　　彩色長衫是古代以色列人給有繼承權的兒子、或君王的女兒（在婚前）穿著的。據考證一般多達十七、八種顏色，其中十二個代表以色列的十二個支派（tribes），其他的分別代表他們的宗派、家族等等。有些聖經版本裡使用 richly ornamented robe，以顯示顏色極其多彩艷麗。

　　聖經裡記載兩個人穿過彩色長衫，一是被兄長出賣到埃及、後來

當上宰相的若瑟（Joseph，和合本譯為約瑟）。他是以色列人第三世祖雅各伯（又名以色列）的第十一個兒子，本來沒有什麼地位的。但他是雅各伯和他真正心愛的老婆辣黑耳（Rachel）所生的長子，又是老年得子，寵愛有加，竟給他做了一件彩色長衫，意示若瑟有繼承權（Birthright）。這當然引起其兄長們的羨慕嫉妒恨，合力設計陷阱，把他出賣去埃及，這是後話了

　　二是達味王的愛女塔瑪耳（Tamar），君王的女兒。遺憾被她同父異母的長兄阿默農（Amnon）設計強姦了。這讓她痛不欲生，撕掉彩色長衫，雙手抱頭，一路邊哭邊走回自己的閨閣。後來她的親兄長阿貝沙隆（Absalom）為替妹妹報仇，設計殺死阿默農（詳見《撒慕爾紀下》第十三章，及本書第十三篇及第一二〇篇）。

　　古代以色列的彩色長衫是用一片片彩色布料「縫製」而成的，現在以色列市場上已經很難找到。但也只有像桃莉巴頓（Dolly Patton）這樣的大牌明星才敢穿著了。

　　a coat of many colors 彩色長衫因此被**引申為天之驕子（女）**God's favored one **或因受寵而得到特殊待遇**，例如：

Eva is the one wearing a coat of many colors before our teachers in the school because her father is the principal .
厄娃因為是校長的女兒而備受老師們寵愛。

3 a dead fly in the ointment

美中不足

—— 出自《訓道篇》10：1

一隻死蒼蠅能敗壞製香膏者的香膏，一點愚昧也能敗壞智慧和尊榮。

—— 《訓道篇》10：1

As dead flies give perfume a bad smell, so a little folly outweighs wisdom and honor.

—— *Ecclesiastes 10：1*

Ointment（香膏）是在橄欖油裡加入各種不同的香料（或藥材）後的統稱（perfumed unguent，emollient or salves），因材料以及粘稠度的不同，可以是液態（liquid）或成膏狀（paste），作為化粧品（如潤膚劑）、醫藥、甚至祭祀禮儀和祝聖之用。

在《舊約聖經》裡，香膏通常和（聖）油沒有區分，例如：

—— 像珍貴的油（英文聖經用 ointment）流在亞郎頭上，流在他

的鬍鬚上（參見《聖詠》133：2），ointment 既然能夠流動，就不是「膏」狀，翻譯成「油」是完全正確的。

但是在《新約聖經》就比較清楚劃分，例如：

—— 耶穌受難前第六天夜裡，那位死後被耶穌復活的拉匝祿（Lazarus）的妹妹瑪利亞，用價值三百多德納（*Denarii*）[1]的一瓶「納爾多」（Nard）香液，敷抹耶穌的腳（《若望福音》12：1-8、《瑪竇福音》26：7、《馬爾谷福音》14：3-4）。

香膏的製作，非常嚴謹，是技術熟練工（skilled persons）才能操作。如果是作為祭祀禮儀用途的，所謂「傅禮的油」，對於它的成分、製作流程、配製人都有嚴格的規定，必須由司祭家族（priestly families）為之（《編年紀上》9：30）。無論誰若私下配製聖油、或用聖油傳給凡人，都會被從百姓中鏟除（處死或逐出家族，參見《出谷紀》30：22-33）。

因此香膏——特別是祭祀用的，對於任何雜物，自然是「零容忍」，如果不慎掉進一隻蒼蠅，就前功盡棄了。這和中國人常說的「一粒老鼠屎壞了一鍋粥」有異曲同工之妙。不過「粥」裡如果掉進老鼠屎，味道完全走樣、無法食用了，所以形容那粒老鼠屎是「害群之馬」。

蒼蠅畢竟不像老鼠屎那麼噁心，對祭祀之外其他用途的香膏來說，只要審慎清理之後，在物資匱乏時期也還勉強湊合使用，只是心頭難免有陰影，因此在英文裡，**通常用來形容「美中不足」**。例如：

---

1. 德納拉丁文寫做 *Denarius*，*Denarii* 為其複數形，是古羅馬最通行的小銀幣。

Adam had a wonderful business plan and he was sure his idea was feasible. The dead fly in the ointment was that he himself didn't have any, nor could he raise enough money to work it out.

亞當有一個很好的企業方案，也確信他的想法可行。美中不足的是他自己沒有錢，又無法籌集到資金來進行。

The new computer is no doubt much better than the old ones. The dead fly in the ointment is that it's prone to overheating.

新電腦無疑要比舊的那台好得多。美中不足的是很容易過熱。

我們做人誠然很難十全十美，總要儘量避免有「美中不足」的情況，尤其絕對不能成為「害群之馬」。

4 a drop in the bucket

滄海一粟

—— 出自《依撒意亞先知書》40：15

看哪！萬民像桶中的一滴水，如天秤上的一粒沙。看，
島嶼重如一粒灰塵。

—— 《依撒意亞先知書》40：15

Surely the nations are like a drop in a bucket; they are regarded
as dust on the scales; he weighs the islands as though they were
fine dust.

—— *Isaiah 40：15*

　　bucket 是廣義的、特別指有提手的「桶」、起重機的吊門、挖土
機的鏟斗等，也可以做動詞：拼命划槳、用鏟斗挖掘等，還可以做形
容詞：大量的意思。

　　drop 的中文意思更將近有二十個。做名詞可以是滴、滴劑（例如
眼藥水 eye drop）、水珠、球狀糖果（lollipop，或稱棒棒糖）、少量、
下落的距離、運送……等等，例如：

原來！這個典故出自聖經

> I haven't touched a drop all the evening.
> 我整個晚上滴酒未沾。
>
> ---
>
> A sustained drop in the U.S. dollar under the war is a sure bet.
> 在戰爭中美元鐵定將持續下跌。

　　drop 做動詞可以是（意外地）落下、掉下、（故意）使降下、變弱、（急劇地）傾斜而下、中途讓乘客下車、（給人）寫（信）、不再和某人往來……等等，例如：

> She dropped her keys.
> 她把鑰匙掉了。
>
> ---
>
> Drop me by the gate of the church will be fine.
> 把我放在教堂門口就行了。
>
> ---
>
> Please drop me a line when you decide on a date.
> 一旦你確定了日期，請惠賜我片言。

　　A drop in the bucket 直譯是：桶裡的一滴水。一滴水和整桶水比起來確實是極小的數量，**就像大家常說的**「沙漠裡的一粒沙子」、「大千世界的一顆棋子」、**滄海一粟**一樣，用來形容很小或微不足道、杯水車薪等。例如：

My contributions to this project is just a drop in the bucket.

我在這個項目裡的貢獻實在微不足道。

To buy an expensive house is not just a drop in the bucket for him.

購買一處豪宅對他來說不是一個小數目。

　　二〇二二年四月三十日新聞報導：美國發送的哈伯衛星[1]拍攝到一百二十六億光年以外的星系。要知道：一個光年代表 9,460,730,472,580,800 公尺的距離。一百二十六億光年就是一百二十六億乘以前述數字、是我完全無法描述的距離。也就是說，地球本身在浩瀚的宇宙裡，就渺小如滄海一粟 a drop in the bucket，何況是你我人類呢！

1. 哈伯天文望遠鏡。

5 a house divided against itself can't stand

自相分裂，豈能存立？

—— 出自《瑪竇福音》12：25、《馬爾谷福音》3：23-24、《路加福音》11：17-18

耶穌說：凡一國自相紛爭，必成廢墟。一城或一家自相分裂，必不能存立。

—— 《瑪竇福音》12：25

Jesus said: Every kingdom divided against itself will be ruined, and every city or household divided against itself will not stand.

—— *Matthew 12：25*

　　話說耶穌在加里肋亞（Galilee，基督新教譯成加利利）地區，給一個既瞎又啞的附魔者驅魔，讓他能說能看，眾人驚嘆說祂是達味王之子（後代）。反對祂的法利賽人卻誣衊說祂是依靠魔王貝耳則步（Beelzebul）來驅逐這個小邪魔的。耶穌氣炸了，就用上面那句話來教訓那些法利賽人。

　　stand 做動詞是站立、立足，做名詞可以是攤位（例如 bookstand

是書攤,但也有可能是書架)……等等。a house divided against itself can't stand 字面上很容易理解:一個家庭自我分裂就不能立足。例如:

I wish Adam and Eve would learn to get along peacefully. After all, a house divided against itself can't stand.

但願亞當和厄娃學會和睦相處,畢竟一個家庭自我分裂很難存立。

其實這個 house 經常被擴大適用於更大的團體或機構(例如教會),甚至一個城邦、民族或國家。一八五八年六月十六日,美國的林肯(Abraham Lincoln)在爭取共和黨提名他競選聯邦參議員時,面對當時社會因黑奴制度而嚴重分裂的問題,就引述開篇耶穌的教訓,大聲疾呼美國人要儘快解決,並團結起來抵禦外侮。

中國人常說:「**兄弟同心,其利斷金**」,又說:「**兄弟鬩牆,反目成仇**」。祝願處處都「家和萬事興」。

6 a law for oneself

「我就是法律！」

—— 出自《羅馬人書》2：14

保祿說：幾時沒有法律的外邦人，順著本性去行法律上的事，他們雖然沒有法律，但自己對自己就是法律。

—— 《羅馬人書》2：14

Indeed, when Gentiles, who do not have the law, do by nature things required by the law, they are a law for themselves, even though they do not have the law.

—— *Romans*[1] *2：14*

　　話說自從西元前約一二四〇年，梅瑟帶領以色列人逃離埃及，並在西乃山下頒布「十誡」之後，一直到西元初期耶穌、保祿那個時代，都自認為是聖祖（亞巴郎）的後裔、是天主的選民、和天主締結了盟約、並接受了天主的法律和恩許、必然得救，決不能和外邦人相提並論。

　　西元五十一到五十八年間，保祿針對這種驕傲的錯誤成見，寫信

---

1. Romans 為複數，這卷聖經屬於書信，全稱是《聖保祿宗徒致羅馬人書》，是聖保祿在格林多寫給羅馬的基督徒，《格林多人前書》……等等均為寫給當地基督徒的書信。

給住在羅馬的初期教會信徒，說明外邦人的罪惡固然是天主的懲罰，但猶太人也是天主義怒的對象。猶太人和外邦人同樣都要受到天主公正的審判。而在天主面前，不是「聽到」法律的人就是義人，而是「實行」法律的人才配稱為義人。

問題在於外邦人既然沒有機會「聽到」法律，又如何去「實行」呢？這就是保祿說的「順著本性」去做，因為天主已經把有關道德的法律──也就是「行善避惡的天性」，或「天理良心」，刻在外邦人的心上了。

這種天理良心，或自然法律，就是「自己對自己的法律」，是一個裁判者。我們的所作所為，不管有沒有人知道，都要受到「天理良心」的讚同或譴責。

A law for themselves 在有的英文聖經版本用 a law unto themselves，或 a law for oneself，思高版中文聖經直譯成「他們自己對自己就是法律」，本意是「順著本性行事」。

不過，a law for oneself 被**引申為比較負面的成語「自行其是」、「我行我素」、「獨斷獨行」**……等等。例如：

He is a law unto himself.
他是個一意孤行的人。

I have warned him that he can't keep behaving that way, but he seems to think that he is a law unto himself.
我曾經警告過他不能繼續那樣作為，但他似乎認為他可以為所欲為。

⭐ 故 事 B O X

　　A Law Unto Itself 也是一本一九八八年出版的書名，揭露一家一八七九年在美國華爾街（Wall Street）創立的蘇利文‧克倫威爾律師事務所（Sullivan & Cromwell LLP）一百多年來在美國政商鏈接、不為人知的祕史，以及他們對美國社會、經濟和政治的影響。

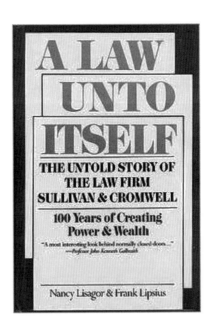

附圖一：
揭露美國蘇利文‧克倫威爾律師事務所祕史
"*A Law Unto Itself*" 書籍封面。

7 a little bird told me

小鳥告訴我的

—— 出自《訓道篇》10：20

不要在心裡想詛咒君王，也不要在臥室咒罵富人，因為
空中的飛鳥能傳資訊，各種有翅翼的鳥會舉報你的話語。

—— 《訓道篇》10：20

Don't revile your king even in your thoughts, or curse the rich in
your bedroom, because a little bird in the sky may carry your
words, and a bird on the wings may report what you said.

—— *Ecclesiastes 10：20*

中文裡有許多關於「鳥」的成語，例如：鳥語花香、比翼雙飛、
倦鳥知返、做鳥獸散……等等。英文裡也有至少二十個關於鳥（類）
的諺語，例如：

—— like a duck to water 像鴨子戲水（形容天性使然無需引導）

—— Birds of a feather flock together.（物以類聚）

—— The early bird catches the worm.（早起的鳥兒有蟲吃）

也有些直接出自聖經，例如本書第八十四篇 taking someone under your wing（翼護某人）。

古代猶太人認為鳥在空中盤旋翱翔，好像上主在空中俯視；而鳥類不同的飛行狀態和鳴叫聲，都在傳遞各種信息。開篇的例句深意，其實是在教導以民不要怨天尤人，以免「隔牆有耳」（even the walls have ears），招來後遺症。

A little bird told me 引申為「傳達一個資訊卻不想透露消息來源」，**相當於漢語常用的「聽說……」**，例如：

A little bird told me that today is your wedding anniversary, isn't it?
聽說今天是妳們的結婚紀念日啊，是嗎？

故事BOX

A little bird told me 還是上世紀五〇年代美國一首非常流行的民歌。

附圖：美國民歌 *A little bird told me* 宣傳海報

8 a living dog is better than a dead lion

活狗勝過死獅子

—— 出自《訓道篇》9：4

任何人還活著，就懷有希望，因為一隻活著的狗勝過一頭死獅子。

—— 《訓道篇》9：4

Anyone who is among the living has hope, even a live[1] dog is better off than a dead lion!

—— *Ecclesiastes 9：4*

　　獅子是百獸之王。它在聖經裡出現超過一百二十次，幾乎都是描寫它的力量、勇氣、戰鬥力和高貴；它占領並巡視自己的領地。以色列人的第三代始祖雅各伯（Jacob）臨終前，祝福他的四子猶大（Judah）說：猶大是只幼獅，它獵取食物後上來，有如雄獅，又如母獅，誰敢驚動？你將受你兄弟的讚揚，你的手必壓在你仇敵的頸上，你的兄弟要向你俯首致敬（《創世紀》49：9），因此獅子就是猶大家族的象徵。

1. 此處為形容詞，意思是活著的，與標題所見之 living 同義，但 live 此一用法在今日較為少用。

反之，狗，雖然在聖經裡也出現約四十次，卻都是卑賤懦弱的象徵。例如培肋舍特的巨人哥肋雅（Goliath），看到年輕稚嫩的達味，拿著投石器（就是後來的彈弓）來迎戰，非常輕蔑地對達味說，你把我當作一隻狗嗎？拿著棍棒就想來挑戰我？結果達味就是用投石器殺死他的（《撒慕爾紀上》17：40-54）。在現實世界裡，狗當然完全不是獅子的對手。

狗畢竟是人類最忠實的「朋友」，一隻活狗，無論如何都有它的用途和價值，但是獅子一旦死亡，就毫無價值了。《訓道篇》便毫不掩飾地藉一隻活著的狗勝過一頭死獅子的道理，來強調人「活著」的重要性，因為只要能活下來，就有希望。**這和漢語「好死不如賴活」**有異曲同工之妙。同時也可以用「留得青山在、不怕沒柴燒」來解釋，意思是：只要還有生命，將來就有希望和成功的機會。

《訓道篇》據考證是西元前第三世紀寫成的，當時以色列人認為人死後，靈魂將降入「陰府」，在那裡度過遙遙無盡期的幽暗歲月，因此生命無論如何淒慘痛苦，「活著」總是一種恩惠，總比死亡好。

不過，耶穌改變了這一切，祂死後下降陰府（將千萬年來留守在那裡的靈魂帶到天堂）；第三天復活了，帶給眾生死後得以復活的希望。因此，今天人們講究「有尊嚴的活」。「活狗勝過死獅子」或「好死不如賴活」的說法，似乎已經失去意義了。

Pursuing a life of dignity makes the saying a live dog is better than a dead lion meaningless.

追求有尊嚴的活，「使活狗勝過死獅子」的說法失去意義了。

9 a man after my own heart

合我心意的人

—— 出自《撒慕爾紀上》13：14

先知撒慕爾對以色列第一位君王撒烏耳說：現在你的王
位已經立不住了，上主已經另找一位隨祂心意的人（達
味），立他為百姓的首領。

—— 《撒慕爾紀上》13：14

Samuel the prophet said to Saul, the first king of Israel: now your
kingdom will not endure; the Lord has sought out a man after his
own heart and appointed him ruler of his people.

—— *1 Samuel 13：14*

　　after 介詞，意思是之後、在（時間）……之後、跟隨在（某人）
後面，也表示反複不斷或一個接著一個（one after another）、或僅次
於……等。它若和不同的動詞組合會代表不同的含義，例如 run after
（追趕），take after（相貌或身形很像、或以某人為榜樣），look after
（照顧）……等等，例如：

Paul takes after his daddy, but his young sister, Martha looks like her mother and aunt.

保祿肖似他老爸，但他的妹妹瑪爾大看起來像她的媽媽和阿姨。

a man after my own heart 隨我心意的人，意指心思一致、情投意合，例如：

Dalia is engaged to a man after her own heart.

達莉亞跟一位情投意合的男士訂婚了。

Adam presented Eva a diamond ring as the gift for their engagement. He is really the man after Eva's heart.

亞當送了厄娃一顆鑽戒作訂婚禮物，他可真貼心啊。

a man after one's own heart 也可以戲謔說是「臭味相投」，例如：

Timothy likes good wine too. He obviously is a man after my own heart.

弟茂德也喜歡好酒，和我真是臭味相投了。

　　我相信不少基督信徒和我一樣質疑：達味王不是搶了屬下烏利亞（Uriah）的老婆巴特舍巴（Bathsheba）、還將他派到最前線戰死，犯下通姦以及陷害忠良的重罪嗎？上主怎麼說是「合祂心意的人」呢？

　　對此，聖保祿解釋說：因為達味履行上主的一切旨意（《宗徒大事錄》13：22）。反之，撒烏耳就是因為沒有遵守上主吩咐他的命令（擅自奉獻全燔祭、僭越司祭的權能），而被撤銷王位（《撒慕爾紀上》13：1-12）

　　聖經學家們進一步認為：總數為一百五十首的《聖詠》裡，有將近一半（七十三首）是達味王一個人的創作，裡面充滿了他對上主威嚴、全能、忠信、公義、慈愛眷顧的歌頌，吟詠抒發知恩報愛、孺慕依賴的心情、以及哀告悔罪、申訴內心痛苦和悲傷。

　　他經常和上主「交心」，深知上主旨意並盡力去執行。相形之下，他所犯的罪，在受到嚴厲的懲罰之後，就被寬恕了。

　　我們沒有達味王的豐功偉業，但可以學習他對上主的讚頌、依賴、抒情、悔罪來接近上主。甚至於用這些方式，來和自己的配偶、家人和知己交心，這樣彼此間就更能情投意合，生活也就更和諧了。

10 a mess of pottage

蠅頭小惠

—— 出自《創世紀》25：34

雅各伯將餅和一份扁豆濃湯給了厄撒烏，他吃了喝了，起身走了，厄撒烏竟如此輕視他長子的名分。

—— 《創世紀》25：34

Then Jacob gave Esau bread and a mess of pottage of lentil; and he did eat and drink, and rose up, and went his way, thus Esau despised his birthright.

—— *Genesis 25：34*

　　話說以色列人的始祖亞巴郎的嫡子依撒格（Issac），在四十歲時娶黎貝加（Rebecca）為妻，卻因為不孕，經懇切祈禱，到六十歲時終於一舉生下雙胞胎。兩個孩童長大後，長子厄撒烏（Esau）喜居戶外、好打獵，次子雅各伯（Jacob）為人恬靜，深居帳幕內。

　　一天厄撒烏打獵回來，饑餓疲憊；看到雅各伯剛剛煮好扁豆羹，便向他討食。雅各伯使詐，要厄撒烏起誓把長子的名分賣給他。厄撒

烏當時大概餓壞了，也沒想到「長子」的名分究竟有什麼好處，就起誓了，然後吃了喝了雅各伯做的餅和濃湯，就走了，從此失去作為「長子」的名分，他的後世子孫，都要服事雅各伯的子孫。

Pottage 是指將蔬菜或豆類（講究一點的加入適量肉片）「燉」（stew）出來的濃湯（thick soup 或 creamy soup）。mess 的字義大家熟知的是混亂、雜亂無章，例如：

The police department is looking into the bottom of this mess.
警察局正在調查造成這一混亂局面的真正原因。

但在英國，mess 也可以指（軍中的）餐廳或食堂。例如：

All the officers are at mess now.
所有的軍官們正在用餐。

---

a mess of 是指一份流質的食物，例如 a mess of pottage 一份濃湯；a mess of pottage of seafood 一份海鮮濃湯。一般正規的西餐，第一道通常就是 a nice mess of pottage 很棒的濃湯。

a mess of pottage 一份濃湯，**引申為眼前的蠅頭小利**。to sell one's birthright for a mess of pottage 就是：為了眼前的蠅頭小利而犧牲長遠利

益，或者說以巨大代價換取眼前的物質享受。例如：

It was said that, by joining the European Common Market, each country would be giving away her long-term national rights and advantages for a mess of pottage.

一般認為，加入歐洲共同市場的國家，會是為眼前的蠅頭小利而犧牲國家的長遠利益。

The Russians have long regretted selling Alaska to the Americans for a mess of pottage of US$7.2 million in 1867.

俄羅斯人一八六七年以七百二十萬美元的蠅頭小利，將阿拉斯加賣給美國，早就後悔死了。

1
1

a thorn in one's flesh

心頭之患

—— 出自《戶籍紀》33:55、《格林多人後書》12:7

（上主）在身體上給了我一根刺，就是撒殫的使者來拳擊我，免得我過於高舉自己。

—— 《格林多人後書》12:7

Therefore, in order to keep me from becoming conceited, I was given a thorn in my flesh, a messenger of Satan, to torment me.

—— *2 Corinthians 12:7*

thorn 是荊棘、刺；flesh 是肉體；blood & flesh 即是血肉之軀。

thorn in one's flesh 有時候寫成 thorn in one's side，原意是指在人身體內的刺（例如常見的骨刺），**引申為「一再讓一個人煩惱或阻礙他做某些事的人或情況」，也就是成語「心頭之患」、「芒刺在背」、「眼中釘」等等。** 例如：

This patient is a real thorn in my flesh. He has always complaining of feeling ill yet I can never find anything wrong with him.

這個病人真讓我煩透了，他總是在抱怨自己不舒服，可我從來就找不到他哪兒有病。

　　「眼中釘」其實在聖經裡很早就出現了。上主啟示梅瑟說：你們過了約旦河，進入應許之地後，應當驅逐當地所有居民，毀壞他們的一切偶像……如果你們不驅除他們，那留下的居民，必要成為你們的眼中釘、腰間針，在你們住的地方迫害你們（《戶籍紀》33:50-56）。

　　因此，以色列人每次征服一個地方，必定將當地所有居民不分男女老少連同所有牲畜一律毀滅（所謂「毀滅律」），就是害怕倖存的遺民，後來反噬自己。

　　上述引述自英文聖經的經文裡，保祿提到他身上的一根刺，他自己並沒有具體說明病症在哪裡。多數聖經學家認為應該是他長年在外奔波傳播福音，生活上又十分簡樸刻苦，還多次遭受鞭打，難免積勞疲累，留下健康隱患。也有些人認為 thorn 荊棘，在神學上的意義就是 sin（罪）和 sorrow（傷痛），保祿的福傳生涯裡，經常備受迫害和為難，造成他心理上的挫折感。

　　祝願大家在身心靈上都健康平安，無病無災，聖寵滿被，沒有「心頭之患」。

1
2 Abraham's bosom

亞巴郎（亞伯拉罕）的懷抱

—— 出自《路加福音》16：2

那乞丐死了，天使把他送到亞巴郎的懷抱裡。

—— 《路加福音》16：2

So it was that the beggar died, and was carried by the angels to Abraham's bosom.

—— *Luke 16：2*

　　耶穌在「各種勸言」裡說了一個「富翁和乞丐的比喻」：

　　有一個富翁天天錦衣玉食，另有一個乞丐叫拉匝祿（Lazarus），就躺在富翁的豪宅大門前，依靠富翁餐桌上掉下來的碎屑充饑，只有狗來舔他的瘡疤。乞丐死了，天使把他送到亞巴郎的懷抱裡。那富翁也死了，被人埋葬了。

　　他在陰間的痛苦中，舉目看見亞巴郎和他懷抱裡的的拉匝祿，便

喊叫，求亞巴郎打發拉匝祿用指尖沾點水，滴下來涼潤他的舌頭，因為陰間的火焰極其慘苦。亞巴郎嚴辭拒絕了，說你在世間享盡榮華富貴了，而拉匝祿卻受盡了苦。現在他應該在這裡受安慰，而你應該受苦了……（《路加福音》16：19-31）。

bosom 名詞，懷抱，關懷；女衣胸部（或胸襟）；中心，懷抱，關懷，內室（溫暖舒適而熟悉的地方）；也可以做形容詞，知心的，親密的；或動詞：放在心頭；擁抱，珍惜……等等。例如：

The prodigal has finally back in the bosom of the family now.
那個浪子終於回到家庭的懷抱中。

Most people would find peace in the church's bosom.
大多數人在教堂內都會覺得平安。

Abraham's bosom（亞巴郎的懷抱）因此被借用為「天堂」的意思，**並引申為人死後受安慰或正義的地方**（the place where the just enjoy the peace of heaven after death），因此也成為西方社會裡，用來安慰喪親家屬的說法。例如：

His grandfather is in Abraham's bosom.
他祖父安息了。

Don't be sad, your grandma is now enjoying the peace in Abraham's bosom.
不要悲傷了，妳的奶奶現在已經在天堂裡享福了。

13 Absalom's hair

阿貝沙隆（押沙龍）的頭髮

—— 出自《撒慕爾紀下》14：25-28；18：1-17

阿貝沙隆騎著一匹驢子，由大橡樹的叢枝下，他的頭髮被橡樹纏住，身懸天地間……約阿布就拿了三支箭，射殺了他。

—— 《撒慕爾紀下》18：9-15

Absalom was riding his mule, and as the mule went under the thick branches of a large oak, Absalom's hair got caught in the tree. He was left hanging in midair........ Joab took three javelins in his hand and plunged them into Absalom's heart and killed him.

—— *2 Samuel 18:9-15*

阿貝沙隆（和合本譯為押沙龍）是達味王的第三個兒子。他英俊瀟灑極受讚美，尤其頭髮既長又密，每年剪一次，剪下的頭髮足有二百謝克爾（shekel，約等於三公斤）重。達味王晚年貪圖美色，荒廢政事，阿貝沙隆乘機審理政務，貶抑達味，籠絡人心，瞅準時機反叛父王，迫使達味連夜逃走。

但達味畢竟老謀深算，派軍隊鎮壓叛軍，在厄弗辣因（Ephraim）樹林裡和阿貝沙隆的軍隊交戰，阿貝沙隆大敗，他騎著驢子逃跑，經過一棵大橡樹下，長長的美髮被樹枝纏住，身體吊在半空中，這時達味的大將約阿布（Joab）趕來，把阿貝沙隆刺死。

阿貝沙隆美麗的頭髮卻讓他命喪黃泉，後人就用 Absalom's hair 來**比喻致命的「優點」或是招來殺身之禍的「天賦」**。例如三國時代曹操麾下的楊修，因為頗有小聰明，多次識破曹操的心事和密謀，最終被曹操藉故處死。天生我材必有用，但應虛懷若谷，謹慎處事，切忌恃才傲物，反遭殺身之禍。

Absalom's hair 也被引申為「美貌可能招來災禍；特長反帶來致命傷」，例如：

Eva[1] is a professional dancer but she's gaining weight lately which becomes her Absalom's hair.

厄娃是職業舞者，但她最近發福，成為她的致命之處。

---

1. 編按，Eve 是厄娃的英文發音，本書也用了 Eva，其實是同一個名字，只是字源不同，是拉丁文拼音，拼做 Eva。

1 Adam's apple

4 亞當的蘋果

—— 出自《創世紀》3：6

女人（厄娃）看那棵（智慧）樹的果實好吃好看，令人
羨慕，且能增加智慧。逐摘下一個果子吃了；又給了她
的男人（亞當）一個，他也吃了。

—— 《創世紀》3：6

When the woman （Eve） saw that the fruit of the tree of
knowledge was good for food and pleasing to the eye, and also
desirable for gaining wisdom, she took one and ate it. She also
gave one to her husband （Adam）, and he ate it.

—— *Genesis 3：6*

　　喉結（man's throat）是男人的顯性特徵之一，女性也有，但較不
明顯。傳說它的由來，是當年厄娃先吃完那上主明令禁止採摘的智慧
樹的果子（禁果 forbidden fruit）之後，遞給亞當一個。哪知道亞當正
在吃那果子的時候，聽到上主在樂園裡散步的聲音，他倆急著要躲藏
到樹林裡，**結果那果子卡在脖子裡，後來變成男人的喉結。**

　　依聖經記載，亞當和厄娃吃了禁果之後，他們的眼睛就開了，發

原來！這個典故出自聖經

現彼此赤身裸體，隨手摘下無花果樹的葉子，編織成裙子遮羞（《創世紀》3：7-8）。聖經學家因此認為智慧樹的果子應該是無花果（fig）。

現在西方國家更習慣說禁果就是蘋果，其實這是沒有依據的。因為希伯來文聖經註解時使用「peri」，西元三八二年翻譯的拉丁文版聖經裡用「malum」，都是「evil」（罪惡）的意思。一直到西元一五三九年的英文版聖經 [1] 問世時，才出現 apple（蘋果）的字樣，所以推測是英國人率先使用的。

那麼英文為何將禁果說成蘋果呢？一般認為有兩個原因：一是 Adam's apple 的發音遠比 Adam's fig 順暢；而且蘋果的質地比無花果堅硬，卡在喉嚨之後癥狀比較明顯，似乎言之成理，西方社會也就接受並一直沿用下來，例如：

Adam's apple is the visible bump on the front of men's throat.
喉結是男性喉嚨前面明顯的凸塊。

Every time when John had his mouth unusually full and swallowed, his Adam's apple went into convulsion.
若翰每次特別大口吞咽時，他的喉結就亂動不已。

---

1. 編按，一五三九年英國出版了第一本經過官方批准的英文聖經，當時是英王亨利八世在位。

15 as old as Methuselah

像默突舍拉一樣高壽

—— 出自《創世紀》5：27

默突舍拉死時，一共活了九百六十九歲。

—— 《創世紀》5：27

Altogether, Methuselah lived a total of 969 years, and then he died.

—— *Genesis 5：27*

　　無論古今中外，人類似乎都羨慕和追求長壽。「福如東海、壽比南山」或者「福如王母三千歲、**壽比彭祖** [1] **八百春」，是中國人在親友生日時最常說的賀詞。**

　　按照聖經記載，包括亞當在內的以色列十代元祖都非常高壽如下：

1. 亞當 930 歲

2. 舍特 912 歲

1. 堯的臣子籛鏗，歷虞夏至商，相傳活了八百八十歲。因封於彭城，故稱為彭祖。

3. 厄諾士 905 歲

4. 刻南 910 歲

5. 瑪拉肋耳 895 歲

6. 耶肋得 962 歲

7. 哈諾克 365 歲（被天主直接帶走升天了）

8. 默突舍拉 969 歲

9. 拉默克 777 歲

10. 諾厄 951 歲

　　天主隨後大概認為這樣長壽下去不是辦法，就把人類壽命的上限訂在一百二十歲了（《創世紀》6：3）。

　　默突舍拉既然是整本聖經裡最高齡的人。「和默突舍拉一樣高壽」，代表長壽、高齡，是信奉聖經的猶太教和基督宗教文化裡，最典雅的生日賀詞。例如：

Happy birthday, Titus. Wishing you live till as old as Methuselah.
弟鐸生日快樂！祝你壽比彭祖。

I'd believe that Melinda shall have a long life since both her parents were as old as Methuselah when they died.
我相信美琳達會很長壽，因為她的雙親都是高齡過世的。

　　不過，帶領以色列人脫離埃及的梅瑟，壽終時享年一百二十歲（《申命紀》34：7），最合上主心意的達味王，離世時僅七十歲（《撒慕爾紀下》5：4），曾經富甲天下的撒羅滿（所羅門）王，一般認為他在西元前九三〇年過世時，還不到七十歲呢！

　　死生有命、富貴在天。祈禱自己無論生死，都活得有尊嚴。

16 as wise as Solomon

像撒羅滿（所羅門）一樣有智慧

—— 出自《列王紀上》5：9-11

天主賜給了撒羅滿絕大的智慧和聰明，心胸寬大，猶如
海邊的沙灘……他比所有的人更有智慧。

—— 《列王紀上》5：9-11

God gave Solomon wisdom and very great insight, and a breadth
of understanding as measureless as the sand on the seashore.......
He was wiser than anyone else.

—— *1 Kings 5：9-11*

話說西元前九七〇年，達味王駕崩，撒羅滿（Solomon，和合本譯
為所羅門）王即位，坐上了寶座，經過幾番內鬥，處死了想爭奪王位
的同父異母哥哥阿多尼亞（Adonijah）和他的支持者約阿布（Joab），
他的王國才算鞏固下來。

他接著和埃及王法郎結親，娶了法郎的公主，建造自己的宮殿，
和耶路撒冷的城垣。並在基貝紅（Gibeon）奉獻了一千隻牛羊的全燔
祭。

就在那夜裡，上主在夢裡對他說，他無論求什麼，必會給他。撒羅滿只求上主賜他一顆聰慧的心，能判斷善惡，統治百姓。上主認為他沒有求長壽、富貴、或敵人的性命，只求智慧，為能辨明正義，大為喜悅，於是不止賜給他聰慧的心，連同他沒有祈求的榮華富貴，也一起賞賜給他。

撒羅滿斷獄如神。他的智慧超過所有的人。他說過三千句箴言，作詩一千五百首，講論萬物草木走獸飛鳥魚蟲。萬民和各國的君王，都來聽他的智慧之言（參見《列王紀上》2：10 - 5：14）。

as wise as Solomon 像撒羅滿一樣智慧，**引申為智慧過人、聰明絕頂、有非常敏銳的判斷力**……等等，例如：

Eva kept telling everybody that the man she would like to marry must be as wise as Solomon, and modest too.

厄娃告訴每個人說，她想嫁的對象必須要像撒羅滿王一樣聰明（聰慧過人）並且謙虛為懷。

Every family has its own skeleton in the cupboard. It's hard for an outsider to discern which party is the more at fault unless he is as wise as Solomon.

家家有本難念的經。外人除非有非常敏銳的判斷力，才能分辨問題更多出在哪一方。

17 ashes to ashes, dust to dust

來自塵土，歸於塵土

—— 出自《創世紀》3：19

上主處罰亞當說：你必須汗流滿面，才有飯吃，直到你歸於土中。因為你是由土來的，你既然是塵土，還要歸於塵土。

—— 《創世紀》3：19

As the punishment, God said to Adam: By the sweat of your brow you will eat your food until you return to the ground, since from it you were taken. For dust you are and to dust you will return.

—— *Genesis 3：19*

Ash，名詞，灰、灰燼、經過高溫焚燒過的剩餘物質。例如草木灰、火山灰、骨灰等，ash tree（梣木）則是一種樹的名稱。

dust 做名詞是粉末狀的塵土、沙土，（建築物內、傢俱上或地板上的）塵埃等；做動詞用則是（把粉末）撒在東西上或撢掉塵埃。

話說天主創造宇宙萬物。到第六天時，祂按照自己的肖像造了人，一男一女，並祝福他們要生育繁殖，充滿大地，治理大地，管理海中

的魚、天空的飛鳥、和各種在地上爬行的生物……（參見《創世紀》1：26-28）。

而天主創造人的方法，是用地上的灰土做成人（的模樣），之後在他的鼻孔內吹了一口生氣，人就成了一個有靈的生物（《創世紀》2：7）。因此說，人的「原型」是來自灰土。

也許，按照天主最初的計劃，人在天主建構的樂園裡，應該是有永恆的生命，不會死亡的。可惜，厄娃禁不起魔鬼（狡猾的蛇）的誘惑，摘下上主嚴令禁止採食的智慧樹（知善惡樹 the tree of knowledge of good and evil）的果子，還讓亞當也吃了，於是兩人（以及他們世世代代的後裔）都必須面對死亡。

「來自灰土、歸於灰土」（Ashes to ashes, dust to dust.）**就是上主所安排的死亡方式**。這句話也成為西方社會葬禮上最常被用來安慰喪家——讓逝者（死者）安寧、也幫助在世者從悲傷中獲得解脫。

按天主教的禮儀，每年復活節（Easter）前一週的聖枝主日（Palm Sunday）過後，工作人員將乾燥的聖枝燒成灰燼，留作翌年聖灰節（Ash Wednesday）使用。

在聖灰瞻禮那天，神父用祝聖後的聖灰，在信徒的額頭上畫十字聖號，口中誦念："Ashes to ashes, dust to dust."（來自塵土，歸於塵土），提醒信徒記得這是肉體最終的歸宿。

先父在上世紀民國四十八年（一九五九）一月英年病故。民國五十二年（一九六三）暑假我有幸慕道，當年聖誕節受洗，開始接觸聖經，從《創世紀》開始，當時只覺得「聖經故事」生動有趣，至於它的內容和含義，確實懵懵懂懂，僅一知半解。

民國五十四年（一九六五）清明節時，先父已經過世屆滿六年，先母（民國九十二年、二〇〇三過世）按台灣習俗，帶著我到當時像

亂葬崗一樣的公墓給先父「撿拾遺骸」。當「撿骨師」打開已經破舊呈現半腐朽狀態的棺槨後，看到裡面只剩下骨骸和泥漿，《創世紀》3：19 那句「來自塵土，歸於塵土」浮現腦海，我頓時完全明白了。

Surely the fate of human beings is like that of the animals .... All go to the same place; all come from dust, and to dust all return.
Ecclesiastes 3:19-20

人並不優於走獸……都同歸於一處，都出於塵土，也都歸於塵土。

《訓道篇》3:19-20

18 at the eleventh hour

最後時刻

—— 出自《瑪竇福音》20：1-16

約在第十一時辰，家主又出去，看見還有些人站在那裡，就對他們說，為什麼你們整天站在這裡閒著？

—— 《瑪竇福音》20：6

At about eleventh hour in the afternoon the landowner went out and found still others standing around. He asked them, "Why have you been standing here all day long doing nothing?"

—— *Matthew 20：6*

　　耶穌說天國好比一個家主，清晨出去為自己的葡萄園雇工人。他和工人講好一天工資一個德納（*Denarius*），就派他們到葡萄園裡去工作了。隨後在第三時辰、第六時辰、第九時辰、一直到第十一時辰，他分別又出去找到工人回來工作。

　　晚上發工資的時候，從第十一時辰的發起，每人一個德納。那一早就開始工作的人心想他們必會多領，結果同樣只領到一個德納，就抱怨家主不公平了。

家主回答說：我們不是講好一天一個德納嗎？我沒有虧待你啊！拿你的錢走吧！我願意給只工作一個時辰的人一樣的工資不行嗎？或是因為我對他人好，你就眼紅嗎？

猶太人將白晝從早上六點到傍晚六點劃分成十二個時辰。第十一時辰是傍晚五點鐘，**代表還能工作的「最後時刻」**（the last minute 或 the last moment），這就是這句英文成語的意義，例如：

He canceled his trip at the eleventh hour.
他在最後時刻取消行程了。

如果按照字面直接翻譯成「他在第十一點鐘取消行程」，就會鬧笑話了。

我在年輕時讀這個「雇工的比喻」，常義憤填膺，覺得那個家主對其他（特別是一早就來工作的）工人太不公平了，我不會想跟這樣的家主工作。不過，隨著年歲漸長，並且進入社會後很快就成為一個小主管，越能體會其中的真諦：

一、 一早來，保障了工作機會（萬一家主後來不再出去招工了呢？）

二、 勤奮盡職應是本分，只要拿到了勞動合同裡講好的待遇，就沒有資格過問上級給予其他人的工資福利。因為即使後來才參加工作的人（按照工時計算）相對多拿了，但這是靠家主格外仁慈的賞賜，萬一碰到斤斤計較的家主，不就沒有了嗎？

在信仰上也是一樣，先盡本分，之後就看家主（上主）的賞賜了。

19 at their wits' end

束手無策

—— 出自《聖詠》107：27

上主一發命令風浪狂掀，海中波濤頓時高翻，時而忽躍沖天，時而忽墜深淵，處此危急之中，他們膽顫心寒，恍惚暈眩有如醉漢，他們束手無策。

—— 《聖詠》107：26-27

For he spoke and stirred up a tempest, that lifted high the waves. They mounted up to the heavens and went down to the depths; in their peril their courage melted away. They reeled and staggered like drunkards; they were at their wits' end.

—— *Psalm 107：26-27*

　　Wit 機智、計謀的意思。at one's wits' end **表示一個人將機智發揮到極點（但問題卻依然不能解決）**，也就是一籌莫展了。中文成語諸如江郎才盡，束手無策、黔驢技窮、智盡計竭、疲於應付、走投無路等等，意思大同小異。例如：

I was at my wits' end to pass that exam.
我對通過那個測驗一籌莫展。

　　《聖詠》一○七篇是一首感恩的詩篇──感謝天主賜予被俘虜去巴比倫（現在的伊拉克兩河流域中段地區）充軍的以色列人，得以回國的大恩，其大意取材自《依撒意亞先知書》的安慰書，詩人邀請已經回國的人民，感念天主引領迷途的亡羊歸來、釋放囚徒、醫治病苦、援救航海者脫險，隨後如何在家鄉巴勒斯坦聖地照顧他們的大恩。

　　除了開篇的詩文「束手無策」之外，《聖詠》一○七篇還出現如下「走投無路」一詞：

　　上主祝福了（以色列）人口繁衍，賞賜他們牲畜有增無減；其後因慘遭災禍苦難，人口減少而被棄如前。上主使權貴遭受恥辱，任他們徘徊走投無路，但拯救貧窮人脫離災難，使他們家屬多如羊群一般（《聖詠》107：38-41）。

　　從《聖詠》內容可以理解到：以色列的災患都是因為他們犯罪和未能忠實地堅守誡命，而他們屢次在束手無策、走投無路時，常藉著及時的悔改、呼求上主救援，終能挽回上主的心意。

　　我們每個人難免都會遇到走投無路的情況，請記得向上主呼求救援。

20 baptism of fire

火的洗禮

—— 出自《路加福音》3：16

若翰對民眾說，我用水給你們授洗。可是將要來的那位
比我更偉大，祂要用聖神和火為你們授洗。

—— 《路加福音》3:16

John answered the people: I baptize you with water. But the one
who is more power than I. He will baptize you with Holy Spirit
and fire.

—— *Luke 3：16*

　　baptism 名詞，基督宗教（包括天主教、東正教、基督新教、
英國公教、摩門教）的「入教」儀式 —— 洗禮。baptize 是動詞，授
洗、付洗。baptism of fire，字面上也很容易理解：火的洗禮。

　　話說西元二十六年，羅馬王提庇留大帝（Emperor Tiberius）執政
第十五年，比耶穌年長六個月的若翰出道了。他走遍約旦河地區，到
處宣講洗禮和悔改的道理，讓人的罪得到赦免。以色列百姓心中因此

燃起希望，猜想他會不會就是傳說已久的默西亞。若翰趕緊澄清不是，說他用水給人授洗，即將到來的默西亞（耶穌）要用聖神和火來給人授洗（《路加福音》3：1-16）。

耶穌升天約十天後，祂的一眾門徒聚集一處，忽然從天上響起一陣巨聲，好像狂風呼嘯，聖神猶如火舌顯現，分散並停留在每個人頭頂上，眾門徒都充滿聖神，按照聖神賜予的表達能力，開始說起外方語言了（《宗徒大事錄》2：1-4）。若翰的預言就應驗了。

baptism of fire 火的洗禮，**引申為「初次的痛苦經歷」、「嚴厲的考驗」、「戰火的洗禮」**等等，例如：

Bill was given a million-dollar project to manage in his first job, it's a real baptism of fire to him.
吉姆的第一份工作就是管理一個一百萬美元的項目，對他來說真是嚴厲的考驗。

上世紀七〇年代，海峽兩岸還處於對峙狀態。金門對廈門、馬祖對福州，兩邊的守軍，每逢單日就互相炮擊，逢雙日就很有「默契」似的休兵。民國六十一年（一九七二年）五月五日，我奉派到達馬祖服役。當天晚上就聽到不遠處隆隆的炮聲，一時間好不適應，更難忘炮火的洗禮！

2
1 be a man

做個大丈夫

—— 出自 《列王紀上》2：2

達味（大衛）王對他的兒子撒羅滿（所羅門）說，我快
要去世了，你要堅強，做個大丈夫。

—— 《列王紀上》2：2

King David said to Solomon his son, "I am about to go the way
of all the earth, so be strong, be a man."

—— *1 Kings 2：2*

　　話說達味王老了，行將就木，把兒子撒羅滿叫到床榻前，囑咐他
要堅強，做個男子漢大丈夫，忠實於天主雅威，持守律法誡命，那麼
雅威一定會實踐祂的承諾，讓達味王的子孫永遠坐在以色列的王位上。
之後就溘然長逝、與祖先同眠了。

　　撒羅滿即位後，果然堅強起來，大開殺戒，按照達味王交代的後
事，將同父異母兄長阿多尼亞（Adonijiah）、支持阿多尼亞的將領約

阿布（Joab）和曾經詛咒過先王的史米（Shimei）等人一一翦除，鞏固了自己的權勢（參見《列王紀上》第二章）。

Be a man 或寫成 act like a man 或 man up，**都是「做個男子漢（大丈夫）」的意思**，鼓勵男子要強健、沉著、意志堅定、為自己的言行乃至信仰承擔起責任。

be a man 最常這用於父（母）親對兒子們、或教練對即將上場出戰的隊員們，甚至同學或同僚之間互相激勵，例如：

Stop crying for those already been lost, be a man.

不要再為已經失去的哭泣啦，堅強起來。

Being in adversity, the coach yelled to those depressed players: man up, cheer.

教練對因處於劣勢而沮喪的球員大吼：拼了，加油！

不過也有部分語言學家認為 be a man 是一個「危險」的成語，不宜過度使用，以免造成被鼓勵的男子產生「輸不起」的焦慮、失望甚至暴力傾向。

2 be fruitful and multiply

2 繁榮昌盛

—— 出自《創世紀》1：28、8：17、9：1等處

天主照自己的肖像造了一男一女，祝福他們說：你們要生育繁殖，充滿大地，治理大地。

——《創世紀》1：27-28

God created man in his divine image, male and female. God blessed them, saying Be fruitful and multiply, fill the earth and subdue it.

—— *Genesis 1：27-28*

　　話說上主按照祂自己的肖像造了一男一女，祝福他們要生育繁殖，充滿並治理大地。在祂因為人類敗壞而降下大洪水、僅剩諾厄一家八口之後，祂又祝福諾厄和他的兒子們，要他們滋生繁殖，充滿大地（《創世紀》9：1-7），連帶所有同諾厄一起在方舟內的有血肉的生物、飛禽、牲畜和各種地上的爬蟲，都叫它們在地上滋生繁殖（《創世紀》8：17-18）。

　　Fruitful 做形容詞，意思是結實纍纍、獲利豐厚……等意思，例如：

Adam has a fruitful papaya garden.
亞當擁有一處結實纍纍的木瓜園。

Multiply 有很多意思，做動詞是乘、乘以、成倍增加、迅速增加、（使）繁殖、增殖……做形容詞是多股的、多層的；做副詞是復合地、多樣地、多倍地、多重地……等等。例如：

One thousand multiplied by one million equals one billion.
一千乘以一百萬等於十億。

Be fruitful and multiply 用在人身上就是多子多孫、開枝散葉、生生不息的意思。例如參加婚禮時，可以祝福新婚夫婦：

Best wishes for you be fruitful and multiply.
祝你們早生貴子、瓜瓞綿綿。

Be fruitful and multiply **引申為在商業上的獲利豐厚**（very profitable）、**快速擴張、複製增加很多新業務**，例如：

Best wishes for your new business be fruitful and multiply.
祝願你們的新業務賺得盆滿缽滿並快速擴張啊！

2 beating the air

3 白費力氣

—— 出自《格林多人前書》9：26

（保祿說：）我總是這樣跑，不是如同無定向的，我這樣打拳，不是如同打空氣的。

—— 《格林多人前書》9：26

Therefore I do not run like someone running aimlessly; I do not fight like a boxer beating the air.

—— *1 Corinthians 9：26*

　　根據美國賓州匹茲堡市莫里斯大學（Morris University）教授莫瑞鍗（Prof. Anthony Moretti）的考證，每四年舉辦一次的古代奧運會，從西元前七七六年就開始了。而從西元前三三六年起，希臘帝國就征服、並統治了包括以色列在內的中東地區。因此到了耶穌時代，以色列人對於「運動會」的精神和各種比賽規則，都十分熟悉。

　　聖經裡，聖保祿宗徒至少四次引用運動會的精神，來對比他的福

傳工作。例如賽跑運動員在起跑後總是朝著終點（目標）全力衝刺；保祿說他到處去傳教，是有既定的方向、而不是漫無目標的（參見《斐理伯人書》3：12-14）

beat the air 從字面看，就是擊打空氣的意思，我們在生活中幾乎隨時可以看到相關的畫面，例如：

The dove was beating the air with its wings.

鴿子在撲翅搏擊展翅飛翔。

In the Air Show, in front of a brand new airplane, visitors go silent to listen for the sounds of blades beating the air.

在航空展裡，一架嶄新的飛機前，參觀者都安靜下來，聽著螺旋槳轉動空氣的聲音。

Beating the air 又像一般拳擊手在訓練時、或上擂臺後正式鳴笛比賽前，總會對著空氣揮拳比劃比劃，當然也戲謔「揮拳落空」，沒有擊中對方。

開篇引述的聖經經文裡，保祿說他的戰鬥不像拳擊手那樣「擊打空氣」，意思是將他的福傳工作比喻為打拳（打擊反對或汙蔑耶穌的人），必須拳拳擊中對方，不能虛晃一招。

Beating the air **因此引申為白費力氣、徒勞無功，常常用在評論某人做事沒有結果，不發生作用。**例如：

Asking him for help is like beating the air. Let's do it ourselves.

請他幫忙是白費力氣，咱們還是自己動手吧。

2
4

break a bone, break a leg

打斷骨頭，祝你成功

—— 出自《出谷紀》12：46、《若望福音》19：33

（參與逾越節宴的法律）應在同一間房屋內，將烤好的
羔羊肉吃完，不可將肉塊帶到屋外，也不可將骨頭打斷。

—— 《出谷紀》12：46

(Ordinance of the Passover) In one house shall the roasted lamb
meat be eaten; you shall not carry forth out of the flesh abroad
out of the house; neither shall you break a bone thereof.

—— *Exodus 12：46*

　　話說西元前一二四〇年左右，梅瑟帶領以色列人逃離埃及後，很
快地就建立逾越節，並對細節有詳細的規定（參見《出谷紀》12：
1-28），規定不可以將任何骨頭打斷，應在同一間房屋內吃完，不可
將肉塊帶到屋外，所有的男子應先接受割損禮，才准許參加……等等。

　　後來羅馬帝國「發明」了十字架的酷刑，在被釘在十字架上的罪
犯（或無辜的受難者）死前，將他們的腿骨打斷（等於最後的羞辱）。

原來！這個典故出自聖經

西元三十三年，耶穌受難、被釘在十字架上後，反對祂的猶太人請求總督彼拉多打斷祂的腿骨。兵士來打斷了左右二盜的腿骨，來到耶穌跟前，看到祂已經死了，就沒有打斷祂的腿骨（《若望福音》19：33）。聖經學家認為這是祂作為逾越節羔羊、替人類受罪贖罪的證明之一。

To break a leg 是祝你成功，這個英文成語，其實和聖經的記載毫無關聯。對於它的出處，有好多種說法，其中最被人廣泛接受的就是，在西元一八〇〇年代（十九世紀）初期，英國一位演員，在倫敦佛德維爾音樂廳（Vaudeville Hall）演出前，登臺時不小心把腿摔斷了。因此後來英國演藝界人員，彼此間對即將登臺獻藝的人，開玩笑似的說一聲 break a leg，其實是一句「反話」，**真正的意思是「小心別摔斷腿哦」。這個成語逐漸轉變為「祝你演出成功」**，並擴大到德國、歐洲各地，又從演藝圈擴大運用到作秀、應試等許多場合。例如：

I wish you break a leg at your interview today.
祝你今天面試成功。

You all look great in your new costumes. Go break a leg.
你們的新服裝看起來太棒了，祝你們成功。

You will do fine in your examination. Go break a leg out there.
你肯定會考得很好的，祝你成功！

---

2 5 bricks without straw

沒有稻稈的磚

—— 出自《出谷紀》5：18

埃及王法郎命令以色列人的工頭說：現在快去工作，決不供給你們稻稈，但是磚塊卻該如數交上。

—— 《出谷紀》5：18

King Pharaoh gave order to Israelite overseers: Now get to work. You will not be given any straw, yet you must produce your full quota of bricks.

—— *Exodus 5：18*

　　話說西元前一六五〇年左右，以色列人因為境內發生饑荒，開始逃亡埃及謀生。但是因為他們太會生孩子了，僅僅四百年之後，西元前一二五〇年左右，在埃及的以色列人口就反超埃及自己人，喧賓奪主了。這讓埃及人緊張起來，開始奴役壓迫他們，強迫他們做泥磚的苦工，每天都必須交上一定的數量（quota），以色列人生活十分痛苦。

　　梅瑟和他的哥哥亞郎（Aaron）去向法郎求情，法郎不僅駁斥說他

不認識天主，反而停止供應做磚需用的稻稈（straw），叫他們自己去找。以色列人不得不四處尋找麥莖（stubble）來替代，工作加重了，但上交的數量不得減少，這讓他們更加困難（參見《出谷紀》5：1-19）。後來梅瑟只能哀求天主，他獲得上主垂聽，責令並護佑梅瑟帶領他們出離埃及。

Straw 是稻稈，稭稈，drawing straw 吸管。decomposible straw 可以降解的吸管。Brick 做名詞是磚塊，動詞是砌磚。過去鄉下民間建房子或圍牆使用泥土製作的泥磚，為增加它的強度，裡面必須放入稻稈，作用相當於現代建築物裡的鋼筋。

brick without straw 就是沒有放入稻稈的泥磚。clinker brick 是指經過窯火燒煉的紅磚。brick 還可以是小孩子的玩具「積木」。Lego brick 是小朋友們最喜歡的樂高積木。

brick without straw **相當於漢語裡的「無米之炊」，比喻為如果缺少必要的材料或條件，再能幹的人也做不成事。** 例如：

A clever housewife can't cook a meal without rice, just as ancient Israelite couldn't make bricks without straw.

巧婦難為無米之炊，正如古代以色列人難做無稻稈的磚。

If I don't have the data, how can I carry out the analysis? I can't make bricks without straw.

沒有數據，我怎麼做分析？我無法造無米之炊。

2 broken heart

6 心碎、絕望

—— 出自 《聖詠》34：19、《聖詠》109：16

上主親近心靈破碎的人，祂必救助精神痛苦的人。

—— 《聖詠》34：19

The Lord is close to the brokenhearted and saves those who are crushed in spirit.

—— *Psalm 34：19*

　　聖經裡其實不乏讓人心碎的事跡。一則，從西元前一八〇〇年左右，以色列人的始祖亞巴郎蒙召離開他的出生地 —— 現今伊拉克兩河流域中遊的烏爾（Ur）地區，輾轉來到客納罕（Canaan 現今的以色列、巴勒斯坦）地區開始，經歷移民去埃及繁衍生息，竟至淪為奴隸。

　　上主派遣梅瑟帶領他們出走，在今天西乃半島的曠野間顛沛流離四十年。好不容易由達味建立王國，可惜僅僅在撒羅滿王一代昌盛繁榮，建立（第一）聖殿，他死後不久，國家就一分為二……上主為了

祂的這個選民國家，真是「操碎了心」。

以色列子民的日子也不好過。它處在中東（經黎巴嫩、土耳其）通往歐洲和非洲（埃及）的要衝，自己國勢不振，先後遭遇外邦列強（亞述、阿蘭、巴比倫、波斯、希臘、羅馬帝國）的侵襲和統治，民不聊生、哀鴻遍野的情況時有發生。

還有一些殘忍的人，從不想施恩行善，但知道迫害弱小和貧賤，連心靈破碎的人也被摧殘（《聖詠》109：16），因此，達味王再次寫出：上主要醫治心靈破碎的人，親自包紮他們的傷痕（《聖詠》147：3）。

西元前七三〇年左右，先知依撒意亞宣告（預言）：上主的神降臨到我（默西亞）身上，給我傅了油，派遣我向貧苦的人傳報喜訊，治療破碎了的心靈……安慰一切憂苦的人（參見《依撒意亞先知書》61：1-2）。

耶穌出道後的一個安息日，祂在納匝肋會堂裡講道時，有人把《依撒意亞先知書》的羊皮卷拿給祂，祂找到並誦讀了依撒意亞的上述宣告，然後告訴會眾說：你們剛才聽到的這段聖經，今天應驗了（參見《路加福音》4：14-21）意思說祂就是默西亞，已經降臨了。

broken heart 是**指心碎了的、極度悲傷**，「心碎」的詞彙，出現在許多民間流行歌曲裡。二〇〇六年香港歌手易欣的成名曲〈心碎〉曾經一度紅遍半邊天。它的如下歌詞，確實也能引起那些已經無法走下去的情侶、或者曾經有過類似經驗或體會者的共鳴：

人潮漸散去／癡心已粉碎／這裡故事仍然望有再繼續／緣分在這裡／盼望能再追／不知不覺／心冷空虛／匆匆轉身去／我默然允許／獨剩低心痛自我默默承受了罪……

祝禱世間所有心碎的人，都能找到耶穌，獲得醫治、救援和安慰。

2 7 broken reed (bruised reed)

破傷的蘆葦

—— 出自《依撒意亞先知書》42：3、《瑪竇福音》12：20

破傷的蘆葦，祂不折斷，將熄滅的燈芯，祂不吹滅，祂將忠實地傳布真道。

—— 《依撒意亞先知書》42：3、《瑪竇福音》12：20

A bruised reed he will not break, and a smoldering wick he will not snuff out. In faithfulness he will bring forth justice.

—— *Isaiah 42：3 ; Matthew 12：30*

　　蘆葦（reed）在聖經裡出現超過二十次。西元前約一六五〇年，法老王夢見自己站在尼羅河邊，看見從河水裡出來七隻母牛，體肥色美，在蘆葦邊吃草。後來若瑟解夢時說，這象徵是七個豐年（《創世紀》第四十一章）

　　約四百年後的法老王，看到以色列人太興盛繁茂，心生恐懼，下令將所有新生的以色列男嬰丟到尼羅河裡，女嬰可以留下來。梅瑟出

生後，父母見他俊美，不忍丟棄，把他放在用蒲草（papyrus）做成籃子裡，藏在尼羅河邊的蘆葦叢裡，後來被埃及公主發現、救下了（《出谷紀》2：1-10）。

西元前約七三〇年，先知依撒意亞預言降來有一位默西亞，仁慈寬厚，破傷的蘆葦，祂不折斷，將熄滅的燈芯，祂不吹滅，祂將忠實地傳布真道。約七六〇年後，耶穌引述依撒意亞的預言，暗示祂就是那位默西亞，祂將向外邦人傳布真道，直到祂使真道勝利。外邦人將要期待祂的名（《瑪竇福音》12：15-21）。

所謂破傷的蘆葦，意指那些貧困、患有各種疾病、傷殘、附魔、哀傷甚至犯下各種罪過的人。耶穌沒有擯棄（折斷、吹滅）他們，反而施行各種奇跡，行醫治病、驅魔趕鬼甚至將死人復活。祂以謙讓和仁愛，應驗依撒意亞的預言。

bruised reed 或寫成 broken reed 破傷的蘆葦，**引申為靠不住、背信棄義的人**，例如：

Eva had a bruised reed since unfortunately her husband was intoxicated.
不幸由於丈夫酗酒，讓厄娃無所依靠。

Judas let me down at the last minute and turned out to be a broken reed.
猶達斯在緊急關頭拆了我的臺。他真是背信棄義的人。

2 8 building the house on sand
基礎不牢固

—— 出自《瑪竇福音》7：24-27、《路加福音》6：46-49

（耶穌教訓群眾說：）凡聽見我的話而不實行的，就好像一個愚昧的人，把自己的房屋建在沙土上，雨淋、水沖、風吹襲擊那座房屋，它就坍塌了，而且坍塌的很慘。

—— 《瑪竇福音》7：26-27

Everyone who hears these words of mine and does not put them into practice is like a foolish man who built his house on sand, the rain came down, the streams rose, and the winds blew and beat against that house, and it fell with a great crash.

—— *Matthew 7：26-27*

　　話說西元二十八年，耶穌出道約半年、選拔了十二宗徒（參見《路加福音》6：12-16）之後，就在葛法翁附近的一座山上，對跟隨祂的許多群眾，宣講「真福八端」（福音的精神、也是新約的法律），並解釋舊約法律的意義、基督徒與世界的關係、施捨祈禱和禁食的精神、歸向上主的純潔之心、唯獨侍奉上主並依附主的照顧、各種勸諭和辨別真假好壞的勸言等等，統稱之為「山中聖訓」（Sermon on the Mount，合和本譯為登山寶訓，詳見《瑪竇福音》第五至七章）。

耶穌對祂的「山中聖訓」做總結說：凡聽了祂的話而付諸行動的，就像是一個聰明人，把自己的房屋建在磐石上，雨淋水沖風吹襲擊它都不會坍塌。反之，聽了祂的話而不實行的，把房屋建在沙土上，遇到天災襲擊就會坍塌得很慘。

耶穌的這段結論，強調「知行合一」的重要性。祂的十二宗徒之一小雅各伯（Jacob Jr.）寫信給散居外邦的基督徒說：「你們應按照聖言來實行，不要只聽聖言卻不實行，自己欺騙自己。」（《雅各伯書》1：22-24）

Building the house on sand 建房屋在沙土上，字面上非常淺顯，堪稱老嫗能解。它因此被**引申來描述泛泛的人際關係、或在不穩定或不牢固的基礎上建立家庭（婚姻）、團隊、事業**……等等，例如：

Since Adam didn't really have much in common with his classmates, their relationship was kind of building on sand. 亞當和他的同窗們真的沒有太多共同點，他們之間的關係也就是泛泛之交。
Marriage without love often ends in divorce because it's built on sand. 沒有愛情的婚姻經常會以離婚收場，因為建立在沙土上。
Without proper financing, you will end up building your business on sand. 沒有妥適的財務支撐，你的事業終將功虧一簣。

反之，building the house on rock 建房屋（或婚姻、事業、家庭）在磐石上，就比喻基礎牢固，即便遭遇天災人禍，也能屹立不倒、應付裕如了。

29 by the sweat of one's brow

汗流滿面

—— 出自 《創世紀》3：19

上主處罰亞當說：⋯⋯你一生日日勞苦才能得到吃食⋯⋯你必須汗流滿面，才有飯吃。

—— 《創世紀》3：17-19

As a punishment, God said to Adam .... In sorrow shall you eat of it all the days of your life ....; By the sweat of your brow you will eat your food.

—— *Genesis 3：17-19*

　　sweat 做名詞是汗水、艱苦的工作、累活兒、甚至運動服，做動詞則是出汗、艱苦幹活、擔心⋯⋯等等。例如：

This morning when I was working outdoor, sweat dripped into my eyes.
今天早上我在戶外工作時，汗水滴入我的眼睛。

　　sweat 在整部聖經裡僅出現兩次，除了開篇那詩之外，另一次就是耶穌被捕、受難之前，在革責瑪尼山園懇切祈禱時，他的汗如同血珠滴在地上（《路加福音》22：44）。

　　brow 則是額頭或山崖、坡頂。聖經裡的「brow」僅出現五次，在開篇經文裡代表出汗之外，另外四次分別顯示如下三種不同的意思：

1. 接受降福的地方：雅各伯臨終前對兒子們說，願祝福降在若瑟頭上，降在他兄弟中被選者的額上（《創世紀》49：26、《申命紀》33：16）；

2. 俯首（痛苦、受辱）：我縫麻衣包裹我的皮膚，使我的額頭插入塵土（《約伯傳》16：15）；

3. 山崖：耶穌在家鄉納匝肋的會堂裡傳道時，因為說了「沒有一位先知在家鄉受悅納」……等不中聽的話，聽見祂說話的人憤怒填胸，起來把祂趕出城外，領祂到一處山崖上，要把祂推下去，祂卻從他們中間過去、走了（《路加福音》4：14-30）。

　　by the sweat of one's brow 也可以寫成 by the sweat of one's face，直譯為額頭出汗，或**汗流滿面，引申為靠自己辛勤勞動**，例如：

Joseph bought the house by the sweat of his brow.
若瑟靠自己辛勤勞動買了房子。

The only way one shall succeed is by the sweat of his /her brow.
辛勤勞動是一個人成功的唯一路徑。

　　二〇〇二年我到上海工作、創業後不久，就從一家合作廠商的東北籍女性銷售員處學到一句「勞動人民最光榮」，這可說是 by the sweat of one's brow 最好的詮釋之一。

30 David and Jonathan

生死之交

—— 出自《撒慕爾紀上》第十八至二十章

約納堂的心和達味的心很相契,約納堂愛他如愛自己一樣。

—— 《撒慕爾紀上》18:1

Jonathan became one in spirit with David, and he loved him as himself.

—— *1 Samuel 18:1*

　　中國人重視朋友,把朋友和君臣、父子、夫婦、兄弟並列為五種倫理關係(五倫)。描述朋友忠誠、恆久堅貞的成語很多,例如管(仲)鮑(叔牙)的「管鮑之交」、莫逆之交、義結金蘭、八拜之交、吻頸之交、肝膽之交、情同手足⋯⋯等等,大家都耳熟能詳了。

　　西方文化也推崇交情堅貞的朋友關係,稱之為 devoted friendship。據我所知,海峽兩岸不約而同地把「戴蒙和皮蒂雅」(Damon and Pythias)的故事[1],納入為小學語文教科書的學習材料了。聖經裡,達

原來！這個典故出自聖經

味和約納堂（和合本譯為大衛和約拿單）的雋永交情，同樣令人敬佩。

約納堂是西元前約一○四○年，以色列第一位君王撒烏耳（Saul，和合本譯為掃羅）的長子、王位的繼承人，據考證他比達味至少年長十二歲。他第一次在父王面前，看見達味手中還拿著巨人哥肋雅（Goliath）的頭，就為達味的智慧、勇敢和俊美所吸引，覺得和他心靈相契。當天就把達味留下，不讓他回家，和他結為盟友，愛他如愛自己，脫下自己的外氅、連軍裝，帶刀劍，甚至弓和腰帶，都給了達味。

後來撒烏耳從先知撒慕爾（Samuel）口中得知，上主已經廢除自己，將王位交給達味，對達味從愛才變成嫉妒、惱恨，處心積慮要除掉他，以便將王位交給約納堂。哪想到約納堂不僅多次在父王面前替達味美言，質問為何要殺害他，還頂撞父王導致父王氣急敗壞，又三番兩次向達味通風報信，幫助達味及時逃離，最後兩人在田間相抱對泣吻別，起誓願上主永遠在兩人之間，也在兩人的後代之間。

約納堂後來和他父王與培肋舍特人（現今巴勒斯坦人）對陣同時戰死。達味得知噩耗時，傷心到撕裂自己的衣服，為他們舉哀痛哭、禁食直到晚上。達味也遵守諾言，照顧約納堂的後人，這是後話了。

David and Jonathan 達味和約納堂，就被**引申為莫逆之交**了。例如：

Peter and Paul were knit in friendship just like David and Jonathan.
伯多祿和保祿就像達味與約納堂一樣義結金蘭了。

---

1. 希臘羅馬民間故事，時間在西元前四世紀的義大利，皮蒂雅觸怒君王被判死刑，他懇求君王准他回家和父母朋友訣別再來赴死，君王不准，他的好友戴蒙主動請求做人質入監，若皮蒂雅沒回來，願代受死，君王便准了。在期限到來時，不見皮蒂雅蹤影，戴蒙沒有埋怨朋友，也不責怪任何人，坦然面對死亡。皮蒂雅狼狽趕到，宣稱他搭船受到暴風襲擊而遲到。君王受到兩人友誼感動，便赦免了皮蒂雅。

3 Do not be afraid

1 不要害怕

—— 出自《創世紀》15：1、《默示錄》2：10…… 等三百六十五處

上主的話在神視中對亞巴郎說：亞巴郎，你不要害怕，我是你的盾牌，你將獲得的報酬必很豐厚。

—— 《創世紀》15：1

The word of the Lord came to Abram[1] in a vision: "Do not be afraid, Abram. I am your shield, your very great reward."

—— *Genesis 15：1*

Do not be afraid. 不要害怕，毫無疑問是聖經裡出現最多的成語，沒有之一。聖經學家研究發現，從《創世紀》開始，到最後一部《默示錄》結束，總共出現三百六十五處，其中絕大部分是上主自己說的，少數則出自上主的天使、先知（如依撒意亞）、先賢（如若瑟、達味王）等等，例如：

耶穌對門徒們說：你們小小的羊群，不要害怕，因為你們的父，喜歡把天國賜給你們（《路加福音》12：32）

1. Abram 是亞巴郎，和合本譯為亞伯蘭，在《創世紀》17：5，上主與阿巴郎立約，承諾使他成為萬民之父，並要他改名為亞巴辣罕，和合本譯為亞伯拉罕，英文寫做 Abraham。

—— 上主的天使在夢裡顯現給（耶穌的義父）若瑟說：達味之
子若瑟，不要害怕娶你的妻子瑪利亞，因為在她內受生的，
是出於聖神（《瑪竇福音》1：20）。

—— 梅瑟向百姓說，你們不要害怕，站著別動，觀看上主今天
給你們的救恩，因為你們所見的埃及人，永遠再也見不到
了（《出谷紀》14：13）。

—— （時任埃及宰相的）若瑟對曾經將他出賣到埃及為奴、如
今俯伏在他面前的兄弟們說：不要害怕，我豈能替代天主？
你們原來有意對我做的惡事，天主卻有意使之變成好
事，……你們不必害怕，有我維持你們和你們的孩子（《創
世紀》50：19-21）。

—— 赫貝爾（Hebel）的妻子雅厄耳（Jael）出來迎接息色辣
（Sisera），向他說：我主，請你躲起來，躲在我這裡，
不必害怕（《民長紀》4：17-18）。

其實我們從小都經常從父母親、親朋好友和老師、長上那裡，聽
到「不要害怕」的安慰或鼓勵。我們也時常會需要用 do not be afraid
來安慰或鼓勵身邊的人，例如：

Do not be afraid to take the responsibility when you are granted an
important assignment.
當你被授予重要的任務時，不要害怕承擔起責任。

Do not be afraid to ask for help whenever in an emergency.
當情況緊急時，不要害怕向人尋求幫助。

3 2 don't know somebody from Adam (or Eve)
素昧平生

本文介紹的成語並不是直接出自聖經，而是其原創者想藉西方人對聖經人物亞當（厄娃）的熟悉，來吸引人們的關注和應用，結果確實也被廣泛使用。

I don't know somebody from Adam（or Eve）直譯：我不認識亞當（或厄娃）那邊什麼人，**其實意思就是 I don't know somebody（我不認識某人）**。from Adam（or Eve）只是用來加強語氣。因為亞當和厄娃，儘管在聖經裡是人類的元祖，其實千百萬年來誰也沒有見過，即便真的穿越時空碰到了，肯定也不認得。

I don't know somebody from Adam（or Eve）的意思還可以是：

—— I have never seen somebody. 我從未見過某人。

── I wouldn't know what he looks like or I wouldn't recognize him if I met him. 我不知道他長什麼樣子，或即便和他碰頭也認不出他來。例如：

── Who is Judas? 1 don't know him from Adam. 猶達斯是誰？我跟他素昧平生啊！

── I don't know Fiona from Eve, how can I trust her and lend her money? 我和斐歐娜素昧平生，怎麼能信任她還借錢給她？

── I don't know the one from Adam who just called and tried to talk to me over the phone. 我和那位剛剛打電話來並試圖和我談話的人素昧平生。

另外一個類似情況的成語是 since Adam was a boy 直譯：從亞當小時候就……亞當小的時候是千萬年前，都無法計算多少年了。因此這個成語就是比喻很久很久以前 very long time ago。例如：

I know Rudy since Adam was a boy.
我認識魯迪很久、很久了。

Grandma Principal of Cerritos Nursery School says that she has been engaged with preschool education since Adam was a boy.
喜瑞都托育中心的校長奶奶說，她從事學前教育很久、很久了。

---

3 do not muzzle the ox

3 不要給牛籠嘴

—— 出自《申命紀》 25：4

牛在場上踹穀的時候，不可籠住它的嘴。

——《申命紀》25：4

Do not muzzle an ox while it is treading out the grain.

—— *Deuteronomy 25：4*

    Muzzle 做名詞是指（四足動物的）鼻口部、或（防止動物咬人的）口套、槍口、炮口……等。做動詞用則是給（狗等）戴口套或（使）緘默，箝制言論……等，例如：

She muzzled her dog before walking it into the park.

她在遛狗進入公園之前給狗帶上口套。

treading grain（踐踏穀物、踹穀）又稱「打場」，是指用牛馬等大型動物，在晒穀場上踐踏已經晒乾的穀物使之脫落。因為距今三千多年前的古代以色列，沒有像後來出現的「脫穀機」，到了收穫的季節，他們連莖稈一起割下，放到比較平坦的打穀場曝晒，之後將牛牽去踐踏，讓穀粒脫離莖稈。今天在部分落後地區，仍然可以看到那樣的場景

牛在踹穀時，基於天性或因為工作餓了，自然會想吃那些穀粒或莖稈，如果籠住嘴，牠就吃不了，只能面對誘惑卻強忍饑餓繼續幹活，對牛來說確實殘忍。因此猶太法律上規定：牛在場上踹穀的時候，不可籠住它的嘴，是因為牛在打場時是帶著「有分」的希望而去的，讓牠吃一點穀子也是應該的。

耶穌和保祿宗徒把這條法律擴大應用到人的工作上。話說耶穌選定了七十二位門徒，派遣他們兩人一組在祂前面，到祂自己將要去的各城各地去給以色列人傳教，對他們說……你們要住在（願意接待你們、有平安的）那一家，吃喝他們所供給的，因為工人自當有他們的工資（《路加福音》10：7）。

保祿（和息拉）在希臘格林多傳教時，有人質疑他沒有權利不從事勞動（卻白吃白喝、甚至攜帶一位姐妹同行服事他們日常生活）。他答辯說：伯多祿和主的其他宗徒也都是這樣工作（傳教）啊！誰當兵還自備糧餉呢？誰種植葡萄而不吃它的出產呢？誰放牧羊群而不喝羊奶呢？

而且當時法律規定：在聖殿為聖事服務的，就靠聖殿生活，供職於祭壇的，就分享祭壇上的貢品。傳福音的人，應該靠福音而生活（《格林多人前書》9：1-14）。

保祿後來在寫信給他的門徒弟茂德（Timothy）時說：那些善於督

導的長老（主教）、尤其那些出力講道和施教的人，堪受加倍的敬奉，因為**「牛在打場時不要籠住牠的嘴」**、**「工人自當有他的工資」**（《弟茂德前書》5：17-18）。

中國國內迄今仍經常發生企業剋扣員工工資的案件，每到歲末年終時經常見到工人（農民工）圍住業主（包工頭）、索要工資好回家養家活口的場景，政府職能部門甚至要組織力量，專責幫助工人解決被拖欠工資的問題。

每次看到這類報導時，我腦海裡都會浮現 do not muzzle the ox 的成語而特別難受。祝願隨著經濟發展和社會進步，此類場景不再出現。

3 eat, drink and be merry

4 吃喝宴樂、及時行樂

—— 出自《路加福音》12：19 等多處

富人對自己說：你已存有大量的財物，足夠多年之用，你休息吧，吃喝宴樂吧。

—— 《路加福音》12：19

The rich man said to himself: You have plenty of grain laid up for many years. Take life easy; eat, drink and be merry.

—— *Luke 12：19*

　　在「四旬期」這段格外要求刻苦、守齋期間，討論「及時行樂」的話題，好像不太合適！不過，聖經裡至少有六處提到這個話題，而且各自有嚴肅的教導，其中大家最熟悉的無疑是耶穌在「戒貪世物」時的如下比喻：

　　有一個富人，他的田地出產非常豐富，都沒有地方收藏莊稼了。他心想要拆了老庫房，改建更大的，好收藏他的一切穀物。然後他對自己說：已經存有大量的財物，足夠支用好多年，就休息、開始吃喝

宴樂吧！可是天主卻對他說，糊塗人哪，今夜就要收回你的靈魂，你所置備的財物，將歸給誰呢？那些厚積世俗財產而不在天主前致富的，也是如此（《路加福音》12：16-21）。

其實，「吃喝宴樂」一詞並不是耶穌首創的。早在西元前九七〇年左右，以色列國王撒羅滿（King Solomon），在參透世上有太多虛幻（vanity）——例如人的生死大權並不在人自己手中等等之後，就曾說過：為此，我稱讚快樂，因為在太陽下，人除了吃喝行樂之外，別無幸福。

不過撒羅滿強調：**這是人在天主賞他在太陽下的一生歲月裡，從他的勞苦中所獲得的的幸福（不是不勞而獲的哦，《訓道篇》8：15）**。他還對「及時行樂」的條件，做了補充說明（《訓道篇》9：7-10）。

聖經裡另外三處談到「吃喝」卻屬於「犯罪」的行為：

一、　在上主要人哭泣、哀嚎、削髮、腰束苦衣的日子，卻仍然歡樂喜悅、殺牛宰羊、飲酒食肉，口口聲聲「我們吃喝吧，明天就要死了」的人，上主絕不寬恕（《依撒意亞先知書》22：13-14）。

二、　聖保祿引述一千兩百年前以色列人在西乃山下拜金牛犢後，吃喝玩樂的往事（《出谷紀》32：1-6），教訓格林多教會的信徒說：不可崇拜邪神，猶如經上記載的「百姓坐下吃喝起來玩樂」那樣。

三、　不相信死人能夠復活，總想著「我們吃喝吧，明天就要死了」的人，是耽溺於現世享樂、道德生活根本動搖，應當徹底醒悟（《格林多人前書》15：32-33）。

我因為從小家境清貧，成長過程生活拮据，養成「過分節儉」的習慣，總希望能「儲蓄」一些財物。因此有時候不免「摳門」。結婚後，

原來！這個典故出自聖經

太太娘家是軍人眷屬，經常依靠「清寒獎學金」節儉度日，堪稱「門當戶對」。

不過太太天性比我開朗樂觀，對於日常生活開支，當用則用，特別在奉獻和各種捐贈助學或賑災籌款方面，要比我「大方」得多。有時候問她哪裡來的底氣，她就輕聲回覆說：「要積財富在天上」，讓我心悅誠服。

Do not always think about eat, drink and be merry.

But do one's best to store up treaure for himself (herself)

in what matters to God.

不要總想吃喝宴樂，但要努力積財富在天上。

3 5 escaped by the skin of one's teeth

倖免於難

—— 出自《約伯傳》19：20

（約伯哭訴無辜受難：）我的至交密友都憎惡我，我所愛的人也對我變臉，我只剩皮包骨，我還僥倖保留牙床（倖免於難）。

—— 《約伯傳》19：19-20

All my intimate friends detest me; those I love have turned against me. I am nothing but skin and bones; I have escaped only by the skin of my teeth.

—— *Job 19：19-20*

　　約伯（Job）是西元前約一七五〇年代、在古代厄東（Edom）東北部，今天約旦境內阿卡巴灣（Gulf of Aqaba）附近，一位遊牧民族的司祭兼酋長。他本性正直、遠離罪惡，雖非以色列人，卻敬畏天主為唯一的真神，育有七個兒子、三個女兒，擁有七千隻羊、三千駱駝、五百對牛、五百母驢、還有很多僕人，富甲一方、十全十美。

　　約伯的行事引來魔鬼撒殫的嫉妒，在上主面前挑撥離間說：約伯哪裡是無緣無故敬畏天主的呢？還不是因為天主經常祝福他、保護他

嗎？如果上主伸手打擊他所有的一切，他必定當面詛咒上主。不料上主竟然同意撒殫去試探約伯，說他所有的一切，都隨撒殫處置，只要不伸手加害他的身體（不能要了他的老命）就行。

於是撒殫痛下毒手。第一波就讓舍巴（Sheba）人來搶走他所有的牛和母驢，並殺害僕人；加色丁人（Chaldean）來搶走了駱駝、殺害僕人；天上降下野火燒死羊群和僕人，颶風又颳倒房屋的四角、壓死他所有的兒女，他一下子就傾家蕩產了。

第二波又讓約伯從腳踵到頭頂都長了毒瘡，他痛苦地坐在灰土堆中，用瓦片剾身，只剩下妻子在旁邊嘮叨他說，你倒不如詛咒天主、死了算了。

後來他的兄弟離棄、知己疏遠、鄰人和相識者都不見了，婢女對他視同陌路，連妻子都憎厭他的氣味、對他變臉了。所以他哀嘆只剩下「骨頭僅貼著皮，僥倖還保留牙床」（《約伯傳》1：1-19：20）。

by the skin of teeth 天主教思高聖經直接翻譯成「僥倖還保留牙床」，從字面上很難理解。**用白話文就是「倖免於難」或「逃過一劫」，用今天的話來說是「差一點就掛了」、「差一點就不能」的意思**，例如：

> John passed the spoken language exam by the skin of his teeth.
> 若翰差一點就沒能通過口語考試。（如果翻譯成「若翰輕而易舉地通過了口語考試」就完全離譜了。）

我個人蒙天主保佑，一生平淡，沒有驚心動魄、倖免於難的經驗。不過聽說我在滿月之前，曾因莫名的疾病高燒不退，當時鄉下幾乎沒有醫療系統可言，父母親無奈將我放在籃子裡棄置路邊，幸好大舅媽路過時聽到嬰兒哭聲，發現是我又將我抱回給父母，之後竟然奇跡存活，也算是「逃過一劫」吧！

讚美天主，也感謝現在高齡九十七歲依然健在的大舅媽。

36 extending an olive branch

伸出橄欖枝

—— 出自《創世紀》8：10-11

諾厄由方舟中又放出一隻鴿子，傍晚時，那隻鴿子飛回
來他那裡，嘴裡叼著一根綠的橄欖樹枝，諾厄於是知道，
水已經從大地上退去。

—— 《創世紀》8：10-11

Noah again sent forth the dove out of the ark; And the dove came
in to him in the evening; and in her mouth was an olive leaf
plucked -off: so Noah knew that the waters were abated from off
the earth.

—— *Genesis 8：10-11*

　　話說當年上主看見人在地上的罪惡重大，悲痛後悔在地上造了人，
只有諾厄在上主眼中蒙受恩寵，於是命令他建好方舟（ark），又花了
六天時間帶著妻子和三個兒子一家八口連同各種動物一公一母，第七
天起降雨四十天四十夜，洪水在大地泛濫了一百三十天。

　　據聖經學家縝密研究認為，「雨停之後」的洪水開始退卻，第
一百八十四天，方舟擱淺在（今天土耳其境內的）阿辣辣特（Ararat）
山腰；第二百二十四天，許多山頭露出來了；諾厄打開窗戶，放出一

隻烏鴉，它飛出去又飛回來（顯示外面無處落腳）。

第二百三十一天，諾厄放出一隻鴿子，還是飛回來；第二百三十八天，他又放出一隻鴿子，傍晚時分，鴿子飛回諾厄那裡，嘴裡叼著一根綠色的橄欖樹枝，第二百四十五天諾厄再放出一隻鴿子，這隻鴿子沒有回來（顯示已經有地方落腳和覓食了），參見《創世紀》第七至八章。

extending an olive branch 伸出橄欖枝，就是源自上述記載，那鴿子原本帶來的是平安與希望。例如古代希臘在奧運會期間，城邦之間停戰，**競賽獲勝者被授予橄欖枝花冠。後來被引申為「釋出善意」**，例如：

After the 1-week silence, Adam extended the olive branch by sending a bundle of roses and a big hug to Eva.

經過一週的「冷戰」之後，亞當用一束玫瑰花和緊緊地擁抱來對厄娃表示讓步。

Till this moment there is no sign that either Russia or Ukraine would extend the olive branch.

截至目前為止，沒有跡象顯示俄烏雙方願意伸出橄欖枝。

---

3 7 eye for eye, tooth for tooth

以眼還眼、以牙還牙

—— 出自《出谷紀》21：23-25

上主要梅瑟訓示以色列子民說：你們要以命償命，以眼還眼，以牙還牙，以手還手，以腳還腳，以烙還烙，以傷還傷，以疤還疤。

—— 《出谷紀》21：23-25

The Lord told Moses to speak to the Israelite:....you shall give life for life, eye for eye, tooth for tooth, hand for hand, foot for foot, burn for burn, wound for wound, stripe for stripe....

—— *Exodus 21：23-25*

eye for eye, tooth for tooth 以眼還眼、以牙還牙指**對方使用什麼手段攻擊，就用公平對等的手段進行回擊**，例如用瞪眼回擊瞪眼（或者如果被傷害了一隻眼睛，就傷害對方一隻眼睛以示公平），用牙齒咬人對付牙齒咬人⋯⋯等等。相當於漢語成語「以毒攻毒」，例如：

As of today, an eye for an eye and a tooth for a tooth still is a popular measure for many people to solve their dispute with others.

直到今天，對許多人來說。以牙還牙依然是他們用來解決和他人爭議常用的手段。

An eye for an eye policy will leave both the countries confronting each other irrational and the economy in deep recession.

以牙還牙的政策會讓互相對抗的國家雙方都失去理智，並將經濟陷入衰退。

　　以眼還眼、以牙還牙其實最早出自西元前一七七六年、中東地區的古巴比倫國王漢摩拉比（Hammurabi，約西元前一七九二到西元前一七五〇年在位）頒布的法律匯編《漢摩拉比法典》（The Code of Hammurabi，天主教思高版中文聖經翻譯成哈慕辣彼），這是最具代表性的楔形文字法典，也是世界上現存的第一部比較完備的成文法典。

　　上主召喚梅瑟帶領以色列子民出離埃及的途中，啟示梅瑟用開篇經文中的「報復律」來訓示子民。這個「報復律」又重複出現在《肋未紀》24：17-22、和《申命紀》19：21，內容大同小異。

　　不過，後來耶穌在引述「報復律」時，卻說：不要抵抗惡人，若有人掌擊你的右臉頰，你把另一面也轉給他，那願與你爭訟、拿你內衣的，你連外衣也讓給他……（《瑪竇福音》5：38-42）。聖經學家認為耶穌的意思是：不要「以暴制暴」（do not fight violently against violence），而不是輕易縱容惡行。

　　中國在西元前二百年左右，漢高帝劉邦（西元前二五六至一九五年；西元前二〇六至一九五年稱帝）提出的「約法三章」裡，正式確認了「殺人償命」的刑法，兩千兩百年來，這個刑法準則深深地烙印在國人思想裡。

　　相傳在劉邦之前，甚至最早從黃帝時代就有「殺人償命」的說法，但歷史上沒有記載。倒是孔子提出的「以直報怨、以德報德」—— 用公正合理、適當有度的懲罰來回報惡行的思潮，在民間廣為流行。

　　「以暴制暴」誠然不是良策，但是對於謀財害命、搶劫殺人、姦殺婦女、殘害忠良之類的惡行，確實也不必仁慈。

3
8 feet of clay

致命的缺陷

—— 出自《達尼爾先知書》第二章

忽然有一塊石頭，未經手鑿即滾下，擊中了立像，把鐵泥的腳，打得粉碎，同時，鐵泥銀銅和金立即完全粉碎。

—— 《達尼爾先知書》2：34-35

A rock was cut out, but not by human hands. It struck the statue on its feet of iron and clay and smashed them. Then the iron, the clay, the bronze, the silver and the gold were all broken to pieces.

—— *Daniel 2：34-35*

西元前五九三年，巴比倫帝國拿步高王（和合本譯為尼布甲尼撒，西元前六三〇至五六二年；西元前六〇五至五六二年稱帝）一連做了幾個夢，心神不寧，不能入睡，於是召集全國的巫師、術士、占星者和智者來解夢，可惜沒有人能說出個端倪，君王大發雷霆下令要消滅他們。幾經折騰，找來在十多年前就被從耶路撒冷俘虜過去的青年達尼爾（Daniel，西元前六二〇至五三八年）。

拿步高王的夢境是：他夢見一座巨大的立像，非常高大，光輝燦

爛但是面貌可怕，它的頭是純金的，胸和臂部是銀的，腹部和股部是銅的，胖是鐵的，足部一部分是鐵一部分是泥的（泥足）。忽然有一塊石頭，未經手鑿即滾下，擊中了立像，把鐵泥的腳，打得粉碎，同時，鐵泥銀銅和金立即完全粉碎，猶如夏天禾場上的糠皮，被風吹去無蹤無影。那塊擊碎立像的石頭，卻變成一座大山，占據了全地。

達尼爾解夢說：君王現在統治一切，就是那屬金的頭。在他之後，要先後興起實力稍弱的、屬銀、屬銅的國家，到第四個國家，堅強如鐵，擊破一切。夢中足部部分是鐵、部分是泥，表示這個國家必要分裂。至於從山上滾下來的石頭，把金銀銅鐵泥打得粉碎，預示巴比倫王國將來（被粉碎）的命運。

「泥足」就是拿步高王夢境那個立像裡最脆弱、最不堪一擊的部分，**引申為最致命的缺陷或環節，中國武俠小說裡俗稱的「罩門」**。也有人進一步引申為最「不可告人的事件」或祕密。

例如現年八十八歲的美國前參議員蓋瑞哈特（Gary Hart 生於一九三六年迄今），在一九八八年參加美國總統競選，本來鋒頭強勢領先，不料媒體爆出他和一位女記者出軌夜宿和不堪畫面，一時輿論嘩然，他的人設一夕崩塌，只好黯然退出競選活動，總統的寶座也就失之交臂。出軌就成為他的「泥足」或「致命缺陷」、「罩門」。

The sexual harrassment scandal years back has become the feet of clay for David's political career.

多年前的性騷擾醜聞，已經成為大為政治生涯的罩門。

俗語說：打鐵還得自身硬。泥菩薩過江自身難保。「泥足」也會讓人一失足成千古恨，信然！應戒慎警惕！

3
9 fire and brimstone

烈火硫磺

—— 出自《創世紀》19：23-25

羅特抵達左哈爾的時候，太陽已經升出地面，雅威從天上把燃燒的硫磺，降在索多瑪和哈摩辣城裡，徹底毀滅了那兩座城，以及生長在那裡的草木。

—— 《創世紀》 19：23-25

By the time Lot reached Zoar, the sun had risen over the land. Then the Lord rained down fire and burning brimstone on Sodom and Gomorrah, from the Lord out of the heavens. Thus He overthrew those cities and the entire plain, destroying all those livings and also the vegetation in the land.

—— *Genesis 19：23-25*

Brimstone 做名詞使用，和 sulfur 都是「硫磺」。fire and brimstone 烈火硫磺，在聖經裡是上主用來毀滅地上的工具，也形容地獄裡的磨難（the torment of hell），例如：

Pastor Chen's sermon was full of fire and brimstone in the hell.

陳牧師的證道充分說明地獄裡的磨難。

fire and brimstone 也被**引申為「非常熱心」和「脾氣火爆」**，例如：

At 19 though, Daniel had lost his fire and brimstone, and had become withdrawn and melancholy.

雖然只有十九歲，達尼爾已經失去熱忱，變得畏縮和憂鬱了。

「烈火硫磺」出自舊約《創世紀》第十九章。話說猶太人的始祖亞巴郎和他的侄兒羅特（Lot）分手後，羅特去到位於死海東南部的索多瑪定居，那裡連同附近的哈摩辣城，同性戀的情況極其嚴重，連天主派去的兩位天使都被騷擾，天主決心摧毀這兩座城，於是天使催促羅特立刻離開，前往左哈爾，隨後天主就降下硫磺烈火，把那兩座城徹底毀滅了。

耶穌出道後，在加里肋亞海周邊的貝特賽達（Bethsaida）、苛辣匝因（Corazin）和葛法翁（Capernaum）三座城不受待見，曾生氣地說，到末日來臨時，這三座城將比索多瑪更難受（詳見《瑪寶福音》11：21-24）。可見，「拒絕耶穌的福音」，要比索多瑪城罪加一等，能不慎乎！

4 0 flesh and blood

血肉、情慾

—— 出自《瑪竇福音》16：17、《厄弗所人書》6：12 等

耶穌對西滿伯多祿說：約納的兒子西滿，你是有福的，因為不是血和肉啟示了你，而是我的在天之父。

—— 《瑪竇福音》16：17

Jesus answered and said unto him, Blessed are you, Simon Barjona: for flesh and blood has not revealed it unto you, but my Father which is in heaven.

—— *Matthew 16：17*

　　話說耶穌一行來到斐理伯的凱撒勒雅（Casaerea of Philip），祂詢問門徒說：人們說我是誰？眾人說：有人說是洗者若翰（John the Baptist），有人說是厄里亞（Elijah），也有人說是耶肋米亞（Jeremiah），或先知中的一位。耶穌再問門徒說：你們說我是誰？西滿伯多祿回答說：你是默西亞，永生天主之子。這個回答直接擊中耶穌心坎，讓祂非常滿意，於是說出開篇那句話，之後，將伯多祿立為教會的磐石（《瑪竇福音》16：13-20）。

Flesh，名詞，（動物或人的）肉；果肉；（人體的）皮膚；蔬菜的可食部分；Blood 是血、血統、家世、紈絝子弟……等許多意思。

Flesh and blood 在聖經裡出現超過二十次，在《舊約聖經》裡多數是講贖罪祭和全燔祭裡，要將（牛、羊、鴿子等）祭品的肉如何處理（《肋未紀》6：23、《戶籍紀》19：5……等多處）；做贖罪祭的公牛和公山羊，將牠們的血帶到聖所內贖罪，皮、肉、糞便等都應運到營外，用火燒了（《肋未紀》16：27）。

在《新約聖經》裡，耶穌在葛法翁會堂教訓會眾時，一段「人子的血肉是信友的飲食」中，多次強調誰若吃我的肉、喝我的血，必得永生（《若望福音》6：51-59），當時讓猶太人一頭霧水，彼此爭論不休。直到後來在受難前建立聖體聖事時，拿起麵餅說這是我的身體……舉起（裝有葡萄酒的）杯來說這是我的血……（《瑪竇福音》26：26-29），大家才比較理解。

Flesh and blood 連用，**引申為肉體、人類、血肉之軀、骨肉、血肉、血肉之軀、親骨肉、親人、真實的**……等等，例如：

All flesh shall know that I the Lord am your Saviour and your Redeemer, the mighty One of Jacob. *Isaiah 49:26*

凡有血肉的人都知道我是上主，你的拯救者，你的救主，是雅各伯的大能者。《依撒意亞先知書》49：26

It is more than flesh and blood can bear.

這真不是血肉之軀所能忍受的。

How could you say that to your own flesh and blood?

你怎麼能對自己的骨肉說出這樣的話？

Every flesh and blood human being shall be a moral person.

每個有血有肉的人，都應該是符合道德的人。

I shall have to go to my aunt's funeral since she was my own flesh and blood after all.

我得參加我姑姑的葬禮，畢竟她是我的親人哪。

4 for thirty pieces of silver

1 為了三十塊銀錢

—— 出自《瑪竇福音》26：14-16

猶達斯去見司祭長說：我把耶穌交給你們，你們願意給我什麼？他們約定給他三十塊銀錢。從此他便尋找機會，要把耶穌交出。

—— 《瑪竇福音》26：14-16

Judas Iscariot went unto the chief priests, and said unto them, What will you give me, and I will deliver him unto you? And they covenanted with him for thirty pieces of silver. And from that time he sought opportunity to betray him.

—— *Matthew 26：14-16*

　　話說西元前約五二〇年，匝加利亞（Zechariah）以先知的身份出現，和另一位先知哈蓋（Haggai），一同鼓勵剛從巴比倫流放回來的同胞，從速修建聖殿。他在預言裡提起牧人（其實就是先知）的工資是三十兩銀子（《匝加利亞先知書》11：12-13）。此後。以色列人就把三十兩銀錢，作為買賣奴隸或給奴隸償命的代價。

　　在逾越節晚餐之前，耶穌十二門徒之一的加略人猶達斯和敵人暗中勾結。他偷偷摸摸去見司祭長和司祭們，對他們說：「我把耶穌交

給你們，你們願意給我多少錢？」他們就給了他三十塊銀幣。這樣，猶達斯為了三十塊銀幣就成為叛徒。

　　耶穌受難前夕，在建立聖體聖事時，猶達斯偷偷開溜了。晚餐後耶穌前往革責瑪尼山園祈禱。隨即，猶達斯領著許多攜帶刀劍棍棒的群眾，圍住耶穌。猶達斯按照事先約好的方式，口親耶穌，群眾就上前將祂拿下，把祂帶到大司祭那裡接受審問，折騰了一夜，到第二天（也就是耶穌受難日）清晨，又把祂捆綁了，解送給總督彼拉多。

　　猶達斯看見被五花大綁的耶穌，忽然意識到自己出賣了無辜者的血，犯罪了，就去把那三十塊銀錢退還給司祭長。可是司祭長冷冷地說，這是你自己的事，與我何干？於是猶達斯就把那些銀錢扔進聖所裡，離開聖所，上吊死了。司祭長拿了那些錢說，這是致人流血喪命的「血價」，不可以放進獻儀箱裡。就用這筆錢買了陶工的田地，作為埋葬外鄉人之用，成為「血田」（field of blood，詳見《瑪竇福音》27：1-10）。

　　For thirty pieces of silver 為了三十塊銀錢，就被**引申用來比喻為私利而背叛他人、利慾薰心、見利忘義等**。例如：

The top referee was arrested for receiving the thirty pieces of silver then match fixing in the Final game.

那位金牌裁判因為在決賽中涉及假球而被捕了。

Anyone who knows me realizes I could never throw a game for thirty pieces of silver.

認識我的人都知道，我絕不會見利忘義去打假球。

---

42 fought the good fight

打完這場好仗

—— 出自《弟茂德後書》4：7

這場好仗，我已打完；這場賽跑，我已跑到終點；這信仰，
我已保持住了。

—— 《弟茂德後書》4：7

I have fought the good fight; l have finished the race; I have kept
the faith.

—— *2 Timothy 4：7*

　　話說西元五十年，保祿開始他往小亞細亞（今天的土耳其）的第
二次傳教之旅。途經呂斯特辣（Lystra），得知弟茂德（Timothy）是
一位信主虔敬又熱心有為的青年，就收他為徒，做自己傳教的助手。
從此一路同行。西元六十五年，保祿巡視東方教會時，將弟茂德留在
厄弗所（Ephesus，和合本譯為以弗所），並祝聖他為當地的主教。

　　西元六十七年，保祿第二次被囚禁在羅馬，自覺沒有再獲釋放的
希望了，就寫信給弟茂德，要他儘快前來羅馬。在信中，保祿陳述自

己的心事，給自己一生的勞苦做了如開篇經文所述的定論；也將內心的痛苦、所受的災難，一一告訴他的愛徒，希望他見到自己的榜樣，鼓起勇氣，為基督作證。

　　fight 可以做動詞或名詞，都是打仗、競技……的意思。fought 是 fight 的過去式和過去分詞。例如：

We are going to fight a fight.
我們將去打仗（比賽）。

We have fought the fight.
我們打完仗（或比賽）了。

---

　　good fight 美好的仗（好仗），**最簡單的意思是盡最大的努力做正確的事**。它的定義因人、事、地而異。最容易體現的是軍警人員或運動員等，一路乘風馭劍、高奏凱歌，自然是好仗；頂住壓力、最終反敗為勝的，以及竭盡全力不屈不撓、雖敗猶榮的，有時候更令人謳歌。

　　情侶們頂住父母反對的壓力，攜手走進婚姻的殿堂，也是「好仗」。例如：

Although strongly opposed by both of their parents, Jack and Jill have fought a good fight and eventually got married.
儘管雙方父母都強烈反對，傑克和吉兒還是打完一場好仗、最終喜結連理了。

　　清寒貧困的父母，言教身教，辛苦拉拔子女們長大，即便沒有大富大貴，只要沒有人作姦犯科，同樣是值得敬佩的「好仗」。

　　就信仰來說，無論受洗時間是長是短，領悟是深是淺，對傳播福音和教會的奉獻是多是少，若能持守到生命的終點，正如引自聖經的那句話所說那樣，就是「好仗」了。

　　自民國五十二年（一九六三年）聖誕節受洗以來，我參加過不下二十次主教、神父、修女和教友的葬禮或追思彌撒，《弟茂德後書》4：6-8 是這類禮儀中最常聽到的經文章節，也應該是對逝者最大的讚揚和安慰。

　　想起自己早已年過古稀，廉頗老矣，不再「遙想公瑾當年」。其實目前最大的心願就是：打完這場好仗，持守信仰到終點。

4 from Dan to Beersheba

3 從丹到貝爾舍巴

—— 出自《撒慕爾紀下》24：2、《編年紀上》21：1-17 等

達味王對在他自己身邊的約阿布和其他將領說，你們應走遍以色列各支派，從丹到貝爾舍巴，統計人民，我好知道人民的數目。

—— 《編年紀上》21：2

For the king David said to Joab the captain of the host, which was with him, "Go now through all the tribes of Israel, from Dan even to Beersheba, and number you the people, that I may know the number of the people." [1]

—— *1 Chronicles 21：2*

　　Dan 丹，大家都熟悉這是以色列人第三世祖雅各伯的十二個兒子之一，後來成為十二支派之一。丹和貝爾舍巴（Beersheba）同時都是色列就非常古老就出現的地名，丹位於以色列東北角、赫爾孟山麓（Mt. Hermon），亞巴郎在得知侄兒羅德（Lot）被當地原住民擄走之後，急忙率領家丁追趕、直到丹那裡將羅德和家人救回（《創世紀》14：14）。

---

1. 本處經文出自《英王欽定本聖經》。

　　貝爾舍巴則位於以色列西南角的乃革布曠野（Negev Desert），從丹到貝爾舍巴距離約 220 公里（150 英里）。亞巴郎的小妾哈加爾（Hagar）和庶子依市瑪耳（Ishmael）被趕出家門後，在那裡迷路了，放聲大哭，獲得天使的救援（詳見《創世紀》21：1-21）。

　　話說達味王晚年，受到撒殫的慫恿，派遣軍士從丹到貝爾舍巴（意味以色列全境）做人口普查（特別著重兵力調查）。這事大大惹怒天主，決意打擊以色列。祂給達味王三個選項：一是三年饑荒，二是在敵人面前流亡三個月，三是全境瘟疫三天。達味王選擇了第三項。結果在三天之內，從丹到貝爾舍巴死亡七萬人，上主看到災情慘重，又後悔降災……（《編年紀上》21：1-17）。

　　from Dan to Beersheba 從丹到貝爾舍巴，**引申為「天南海北」、「全境各地」、甚至「天涯海角」**……等意思。例如：

Adam said to Eva that he loved her so much and would be with her from Dan to Beersheba.

亞當對厄娃說他深愛她，會同她一起到天涯海角。

We searched from Dan to Beersheba to find an antique glass to match this one.

我們到處找一隻古董杯和這隻配對。

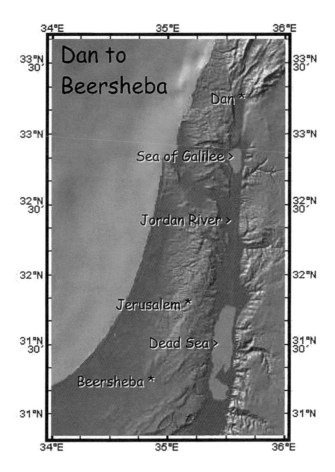

附圖一：古代以色列地圖
（丹在東北角、貝爾舍巴在西南角）

4 give up the ghost

4 斷氣了，沒用了

—— 出自《宗徒大事錄》12：23 等多處

黑落德王沒有將光榮歸於天主，立刻有上主的天使打擊
了他，他為蟲子所吃，遂斷了氣。。

——《宗徒大事錄》12：23

Because king Herod did not give praise to God, immediately an
angel of the Lord struck him down, and he was eaten by worms
and gave up the ghost.

—— *Acts 12：23*

　　話說西元四十四年，巴勒斯坦王黑落德‧阿格黎帕一世（Herod
Agrippa I，西元前十年至西元四十四年，西元四十一年至四十四年執
政）是耶穌時代大黑落德王（Herod the Great，西元前七十三年至西元
四年，西元前三十七年至西元四年為王）的孫子，從耶路撒冷進駐凱
撒勒雅（Caesarea）。有一天他披戴君王的禮服，向來自漆冬和提洛的、
希望從他那裡獲得糧食的群眾發表演講。

　　他應該是說了一些僭越天主的大話，而群眾為了討好他，就大聲

呼喊說：「這不是人的聲音，而是神的聲音。」立刻惹怒天主，派遣天使當場讓他魂歸離恨天（《宗徒大事錄》12：20-23）。

give up 動詞，投降、認輸、放棄、戒除、騰出時間、辭去（工作）、讓出、自首、投案、把……讓給等好多意思。

ghost，大家熟悉的「鬼」，大多數人都敬而遠之。其實從宗教信仰來說，「鬼」是人死後，還沒有去到他的歸宿（無論是天堂、或西方極樂世界、或煉獄甚至地獄）還在人間遊蕩的亡魂。ghost 本身未必邪惡。大寫的 Holy Ghost 更是在基督宗教裡備受尊崇的聖神（基督新教譯成聖靈 Holy Spirit）。

Give up the ghost 可以追溯到中古英語 "gaf up þe gost"，更早的源頭則是古英語短語 "hēo āġeaf hire gāst"，從字面上來說就是「她放棄了她的靈魂」，直白的說就是死了（died），斷氣了（breathed one's last），思高聖經翻譯成「交付靈魂」。除開篇引自聖經的經文之外，還出現在如下兩處：

—— 被釘在十字架上的耶穌呼喊說：父啊，我把我的靈魂交托到祢手中！說完便斷了氣（《路加福音》23：46）。

—— 有人將海綿浸滿了醋，綁在長槍上，送到十字架上的耶穌口邊。祂嘗了一下那醋，便說：完成了，就低下頭，交付了靈魂（《若望福音》19：29-30）。

因此，give up the ghost 就被**引申為死了、放棄了、報廢了**……等等，例如：

The bad guy in the TV show finally gave up the ghost.

電視節目裡那個壞蛋最後終於死了。

Everything I loved was gone, so I simply give up the ghost.

我愛的一切都沒了！所以我只好放棄。

I have to buy a new car because the old one I had was broken and given up the ghost.

我必須買一部新車，因為我的舊車已經壞了、也報廢了。

4 giving is more blessed than receiving

5 施比受更有福

—— 出自《宗徒大事錄》20：35

保祿說，我已經明確要求了，我們應在各方面幫助有困難的人，牢記主耶穌的話，給予比接受更有福。

——《宗徒大事錄》20：35

Paul said: l have shown you that by working hard in this way we must help the weak and remember the words of the Lord Jesus how he himself said it's more blessed to give than to receive.

—— *Acts 20：35*

　　保祿說，「施比受更有福」，是耶穌親自教導的。可惜我後知後覺，查遍聖經也沒有找到耶穌這句話的出處。倒是看到《箴言》19：17 提到，**「接濟窮人就是借錢給（上主）雅威，上主祂必會回報」**。相信保祿說的「福」是指「上主的回報」，也就是耶穌說的「天上的財富」。

　　聖經裡有許多關於「施捨－獲得福報」的記載，最「現實版」的莫過於匝耳法達（Zalphath）那位寡婦接濟先知厄里亞（Elijah）的故事。

當時當地正經歷超過三年的乾旱，她家裡本來就只剩下一點點麵粉和油，她準備最後一次撿拾一些柴火、烙餅，吃完後，就跟兒子一起等死。

厄里亞來了，要寡婦先烙餅給他，之後再供給自己和孩子。不料這位寡婦竟然言聽計從了。意外的是她缸裡的麵粉和油竟然從此源源不絕，不虞匱乏！更神奇的是她的兒子後來突然死了，全靠厄里亞及時施救復活了（《列王紀上》17：1-16）。

to give（動名詞 giving）給予、施捨；to receive（動名詞 receiving），接受、接待等意思。可能有人會認為，從物質層面來說，一個人「給予」之後，他所「持有」的東西減少了，怎麼會比「接受（持有更多）」的人更「有福」呢？

to give is better than to receive，聖經學家歸納「施比受更有福」的理由扼要如下：

1. 他（她）本來擁有——儘管可能像寡婦（或近代的聖德蕾莎修女）那樣，擁有的物資少得可憐。
2. 他（她）慷慨——看到別人比自己困難，就毫不吝惜。
3. 他（她）從幫助人的行為裡獲得快樂。

其實，世俗的財富，死後一分錢也帶不走。何不及時對有困難的人伸出援手，積財富在天上。

4 good Samaritans

6 好心的撒瑪利亞人

—— 出自《路加福音》10：30-37

有一個撒瑪利亞人，經過那被打劫的人那裡，一看見就
動了憐憫的心。

—— 《路加福音》10：33

But a certain Samaritan, as he journeyed, came where he was:
and when he saw him, he had compassion on him, ...

—— *Luke 10：33*

　　話說號稱智慧之王且富甲一方的撒羅滿王（King Solomon）執政
時期，以色列國勢鼎盛。遺憾他死後不久，西元前九百三十一年，就
分裂成南（猶大）、北（以色列）兩國，撒瑪利亞就是北國的首都，
居民主要是厄弗拉因支派和默納協支派（Tribe of Ephraim and
Manasseh）的後裔，加上所謂「選民中的選民」、被上主特意安排分
散居住在各指定城市的肋未族人。

　　更遺憾的是，西元前七百二十二年，北國被亞述帝國消滅了，亞

述國王將原有的以色列王族、精英和壯丁抓走了，再將他們自己人遷徙過來，定居、通婚，那些通婚後生下的混血兒及其後裔，就是後來聖經裡多次提起的撒瑪利亞人。

撒瑪利亞人由於血統不純淨，加上他們各自敬拜原來的神祇、不全心敬畏天主、不遵行上主訂頒的法令規章、甚至保留很多邪惡的習俗——比如將子女過火（燒死）給邪神等等，他們備受「正統」猶太人的歧視，成為「二等公民」。

不過，耶穌說過「健康的人不需要醫生」，祂是為召叫罪人悔改而來的（《路加福音》5：31）。祂和撒瑪利亞人至少有如下三次很好的互動[1]，其中最著名的就是如下大家耳熟能詳的「好心的撒瑪利亞人」。

有一個以色列人從耶路撒冷往耶里哥（Jericho）去，路上遭遇打劫，被打得半死丟在路邊。先後有一位司祭和肋未族人經過那裡，看了看他就繞過去走了。之後來了一個撒瑪利亞人，一看就動了憐憫的心，上前給他的傷口敷上油和酒，包紮好，扶他騎上自己的驢子，帶他到客棧小心照料。第二天又拿出兩個銀錢，交給店主請小心看護他，說無論之後花費多少，等他回來時必會補償。

耶穌問：這三人中，誰是憐憫這傷者的「鄰人」，也就是中國人說的「貴人」？答案很清楚——是那位好心的撒瑪利亞人。

Good Samaritan 好心的撒瑪利亞人，就是對苦難者給予同情並及時提供幫助的好心人，見義勇為或樂善好施的人。我們日常生活中隨時都可能遭遇到。

---

1. 耶穌和撒瑪利亞人的另外兩次互動分別是：
   1-1. 祂在「雅各伯井」邊邂逅一位撒瑪利亞婦女，詳見《若望福音》4：1-42。
   1-2. 祂以十位獲得醫治的癩病人裡，只有一位撒瑪利亞人回來感謝祂為例，說明人要懂得感恩之後，才會獲得真正的治癒，詳見《路加福音》17：11-19。

我們做人，不止要知道誰是曾經幫助過我的人，並記得感恩，還要在看見他人遇到困難時，在力所能及的情況下，及時伸出援手，做他人的「鄰人（貴人）」。

I accidentally lost my Identification card (ID) the other day, yet fortunately a good Samritan picked up and returned it to me yesterday.

我前幾天不小心把身份證弄丟了。幸好被一位好心人撿到，並在昨天還給我了。

A good Samaritan helped the young boy who missed his parents in the big crowd reunite with its family.

一位好人幫助在一大群眾裡和父母失聯的小男孩找到了他的家人。

The police asked a good Samaritan who intervened during an attempted robbery to come forward and testify.

員警請求在搶劫案中見義勇為的人現身並作證。

耶穌的這個教誨深入人心，西方社會甚至有一條法律叫做「好心的撒瑪利亞人法」（the Good Samaritan Law），任何在危急時挺身而出救助他人的人，受到這條法律的保護，美國、加拿大、日本、法國……等國均有此法，其中若干國家甚至進一步要求看到有人需要緊急救援，不得袖手旁觀，把見義勇為拉高到人溺已溺的高度。

4 7 having in the belly

肚子裡有了

—— 出自《瑪竇福音》1：18

耶穌基督的誕生是這樣的：祂的母親瑪利亞許配給若瑟
後，在同居前，她因聖神而懷孕的事已顯現出來。

—— 《瑪竇福音》1：18

This is how the birth of Jesus the Messiah came about: His
mother Mary was pledged to be married to Joseph, but before
they came together, she was found having in the belly through
the Holy Spirit.

—— *Matthew 1：18*

　　除了基於各種（包括宗教和政治上的）信仰而奉獻、和自願過獨
身生活的人之外，懷孕生子無疑是所有女人最大的心願。「祝願早生
貴子」更是在婚禮上或對新夫婦最常說的賀詞。

　　古代猶太人（其實古今中外許多地方至今依然）許多婦女，都將
「不孕」視為是人間的羞辱（《撒慕爾紀上》1：20、《路加福音》1：
25）。

懷孕，有兩個大家熟悉的英文字：

一、是 conceive，表示受孕的「發生」，例如：

It's better for women to give up alcohol before they plan to conceive.
女性在計劃懷孕之前最好戒酒。

The child was conceived on the night of their wedding.
那孩子是在他們新婚之夜懷上的。

聖經裡記載如下七位婦女原本不孕、到高齡後因受天主的眷顧，奇跡般懷孕的：

撒辣依 Sarah（《創世紀》21：1-2）；

黎貝加 Rebecca《創世紀》25：19-26；

辣黑耳 Rachel（《創世紀》30：22-24）；

亞納 Hannah（《撒慕爾紀上》1：20）；

三松的母親（《民長紀》13：1-25）；

叔能女子（《列王紀下》11：17）；

依撒伯爾 Elisabeth（《路加福音》1：25），英文聖經裡都使用 conceive。

二、是 pregnant 表示懷孕的狀態（比如有多長時間了），例如：

How long has she been pregnant?

她懷孕多久了？

Soonest upon Eva got pregnant, Adam bought a new house for her.

厄娃懷孕之後，亞當很快就給她買了新房子。

Belly 做名詞可以是肚子、腹部。（物體的）圓形或凸起部份，胃口，食欲……等等，也可以做動詞，膨脹的意思。

Tummy 也是肚子的意思，通常小孩子比較愛使用，例如：

Mom, I'm sick in my tummy.

媽，我肚子不舒服。

Having in the belly（或 having in the tummy）**直譯就是「肚子裡有了」，懷孕了。**

唯獨瑪利亞，正當青春年少時，在天主前獲得寵幸，因聖神的庇蔭而受孕，英文聖經裡用「having in the belly」應該有特殊的含義。

48 having itching ears

耳朵發癢

—— 出自《弟茂德後書》4：3-4

時候將到來，那時候，人們不接受正確的道理，反而因為耳朵發癢，順從自己的情慾，為自己聚攏許多師傅，且掩耳不聽真理，偏愛聽那些無稽之談。

—— 《弟茂德後書》4：3-4

For the time will come when people will not put up with sound doctrine. Instead, to suit their own desires, they will gather around them a great number of teachers to say what their itching ears want to hear. They will turn their ears away from the truth and turn aside to myths.

—— *2 Timothy 4：3-4*

「耳朵發癢」是常見的生理現象之一，造成原因很多，包括：

1. 耳垢（ear wax）積存太多沒有及時清除；

2. 盥洗或游泳時，耳朵進水後沒有及時清理乾淨；

3. 耳朵裡溼氣太高，滋生黴菌；

4. 感染了細菌或病毒，包括濕疹（Eczema）；

5. 對洗髮精或髮膠過敏（allergy）……等等。

　　臺灣民間還有一種傳說，是每當被他人思念時，耳朵會發癢，可惜這種說法沒有科學的依據。

　　不過，聖經裡的「耳朵發癢」和疾病或思念全然無關。它是指一個人反對或拒絕接受宗徒教導的真理、正道，反而尋求各式各樣的「師傅」，企圖藉他們講述的各種謬論，來寬恕自己放縱的生活形態。

　　「耳朵發癢」引申為喜歡打聽「新奇事務」或八卦（gossip），英語中「愛窺探祕密的人」會「耳朵發癢」。例如：

I have itching ears.(= I like gossip.)
我就喜歡（聽別人的）八卦。

Yesterday Mrs. Humphrey asked me whether I had heard my neighbors quarreling with each other; she has itching ears.
昨天，韓弗瑞太太問我是否聽見鄰居吵架了；她就是愛聽八卦。

　　Having itching ears 耳朵發癢還可以**引申為愛聽奉承、好聽的話** want to hear what is pleasing and gratifying。例如：

Being the general manager of ABC Company, Adam has itching ears for something pleasing from his subordinates.
身為 ABC 公司總經理，亞當喜歡聽屬下的奉承。

　　自古「忠言逆耳」，很多人都有愛「包打聽」再「放送」的壞習慣。但是無稽傳說不僅不能滿足人按本性尋求真理的願望，很多時候「無稽之談」還會耽誤正事，應該戒慎警惕。

49 he that touches pitch

近墨者黑

—— 出自《德訓篇》13：1

凡觸摸瀝青的，必被瀝青玷汙。

—— 《德訓篇》13：1

He that touches pitch shall be defiled.

—— *Ecclesiastes 13：1*

Pitch 這個字我粗略一算竟然超過二十個意思，包括

1. 作為名詞：運動場地、程度、音高、推銷行話、傾斜度、瀝青、街頭擺攤處、顛簸、螺距、……；

2. 作為動詞：投擲、投（球）、觸地、擊高球、重跌、顛簸、使傾斜、確定標準、定音高、投標、推銷、搭帳篷、用瀝青塗抹、用石頭鋪（路）、給（麥芽汁）加酵母……；

3. 作為形容詞：（pitchy）漆黑的、粘稠的……等等。

Pitch 在聖經裡出現很早，諾厄（Noah）建造方舟，內外都塗上瀝青（《創世紀》6：14）之後，分別以如下二種不同的意思，合計出現超過一百一十次之多：

1.　搭帳篷：to pitch the tents 亞巴郎在貝特爾東面山區搭起帳篷（《創世紀》12：8）等約一百處。

2.　瀝青：除了諾厄方舟之外，大家最熟悉的應該是梅瑟（Moses）的故事。西元前一二五〇年左右，由於僑居在埃及的希伯來人（就是猶太人）太興旺了，引起埃及王朝顧慮，通令全國「凡希伯來人所生的男嬰應該丟到尼羅河裡，女嬰留她活著」。

梅瑟出生後他媽媽藏了三個月，實在掩飾不了了，就拿了一個蒲草筐子，塗上瀝青和石漆（防止滲水），把梅瑟放在尼羅河邊的蘆葦從中……後來被正好來河邊洗澡的一個公主發現，動了憐憫的心，……讓他媽媽抱回家乳養，長大之後再帶給公主收養（《出谷紀》1：1-2：10）。

瀝青是黑色的，**觸摸瀝青者的手自然烏黑（被玷汙了），這和中國古訓「近朱者赤、近墨者黑」**（靠近朱砂易染成紅色，靠近墨汁就會變黑），比喻接近好人可以使人變好，接近壞人可以使人變壞（晉傅玄《太子少傅箴》）完全相同。

自二〇一三年以來，中國嚴厲執行反腐。成千上萬的貪官敗吏被繩之以法。從電視播出的許多影片裡都可以證實：只要稍微接觸有不良企圖的人，都不免開始腐敗，應該引以為戒。

5 0 head on the platter

盤子上的人頭

—— 出自《瑪竇福音》14：9-11、《馬爾谷福音》6：27-28

黑落德安提帕斯王下令將被關押在監獄裡的洗者若翰處死，並將他的頭放在銀盤裡，送給王的繼女莎樂美，她又交給母親黑落狄雅。

—— 《瑪竇福音》14：9-11、《馬爾谷福音》6：27-28

King Herod Antipas ordered John the Baptist be beheaded in the prison. His head was put on a silver platter and brought to Salome, king's stepdaughter, and she carried it to her mother Herodias

—— *Matthew 14：9-11，Mark 6：27-28*

　　話說在耶穌誕生時期執政的黑落德大帝有四個兒子，老么斐里伯（Philip），竟然娶了長兄（亞里斯托布勒斯 Aristobulus）的女兒、也就是他的侄女黑落狄雅（Herodias）為妻，還生下女兒莎樂美（Salome）；更絕的是老三、也就是處死耶穌的黑落德安提帕斯（Herod Antipas），竟然又強娶（弟媳婦、也是侄女）黑落狄雅，成為莎樂美的繼父。

　　洗者若翰對於王室這樣重重亂倫的惡行，大加撻伐。黑落德王對若翰還有幾分尊敬或忌憚，但是淫婦黑落狄雅就難掩殺機，於是在黑落德王生日那天，設下圈套，讓王最終如開篇的聖經記載所述，下令處死若翰，並將人頭帶上宴會廳交給莎樂美。

　　head on the platter 直譯是「盤子上的人頭」，意思是「非常殘酷的懲罰」（a very cruel punishment），這在古代（其實也就約一百年前），無論中外，都極為常見。

　　head on the platter **因此引申為「嚴厲懲罰」**（harsh punishment）、**或「生死責任」**，相當於古代軍中（或者「道上」），長官要求屬下在不能完成一個特殊任務時，要「提頭來見」（自殺謝罪），例如：

If l find someone sabotages my presentation to the Board and causes me failed, l will put his head on the platter.

如果我查出有人破壞我對董事會的報告並讓我栽了，我會狠狠地修理他。

"Why are you so worry about this project?" "Because l am actually the person in charge, and it's my head on the platter."

「你怎麼對這個項目這樣操心？」「因為我才是真正立下軍令狀的責任人啊！」

故事 BOX

　　本篇提到的盤子 platter 跟常用的 plate 有何不同？可以想像一下家常便飯的盤子大小，便可猜想得到 platter 的盤子比較大，plate 能裝的食物少得多。如果在餐廳用餐時，侍者詢問是要上 plate 或是 platter，意思是你要點小份還是大份的餐點。

　　然而若說到 silver platter，意思就是另外一回事了，若有人說某人 be given everything on a silver platter，可不是什麼正面意義，通常是說某人生來富貴，養尊處優。

5 heart melt

1 令人動情或灰心喪志

—— 出自《申命紀》20：3-4、《申命紀》20：8

你們今天就要上陣與敵人作戰，你們不要灰心，不要害怕，不要恐慌，不要在敵人面前顫慄，因為上主你們的天主和你們同去……。

—— 《申命紀》20：3-4

You approach this day unto battle against your enemies: let not your hearts melt, fear not, and do not tremble, neither be terrified because of the Lord your God is going with you....

—— *Deuteronomy 20：3-4*

melt 若做動詞用，意思有熔化，液化、逐漸消散、生憐憫的心情、決心軟化……等等 heart melt（心軟）或寫成 heart fainted，有兩種意思：

一、　是一顆心為了某人（或事物）動情、或感傷了，例如：

Peter didn't like dogs before, but when he saw the puppies, his heart melted.

伯多祿本來不喜歡狗的，但是當他看到那只小狗時，他心軟了。

Seeing the photos of her late parents made Eva heart melt.

厄娃看著去世父母的照片，感傷不已。

二、　是對於可能將面對的不利情況（例如嚴厲的處罰或戰爭等）心意動搖、灰心喪志了，例如：

Realizing the upcoming competition could be so difficult, Paul's heart melt and he withdrew from his decision for participation.

意識到即將面對的競爭會是非常困難，保祿心意動搖，決定不再參加了。

　　話說以色列人從逃離埃及、進入西乃半島上的曠野之後，一路遭受當地「原住民」的阻擊，艱難求生。梅瑟因此訓令，每當快要和仇敵交戰時，司祭應上前對民眾訓話，要他們在攻打仇敵時，不要灰心，不要害怕，不要恐慌，不要在敵人面前顫慄，因為是上主他們的天主和他們同去的，上主會幫助他們攻打仇敵，讓他們獲得勝利。這相當於我們每次有重大行動前的「動員備戰大會」。

　　有意思的是，在司祭的鼓勵之後，以色列的（行政）長官，會接著提出下列四種人可以回家去：

1. 蓋了新房，還沒有祝聖的，免得他死在戰場，別人來替他祝聖（被占有的意思）；

2. 栽種了葡萄園，還沒有享用過的，免得他死在戰場，別人來替他收穫；

3. 訂了親，還沒有迎娶的，免得他死在戰場，別人來娶她；

4. 害怕灰心的，免得他使兄弟的心，和他的一樣沮喪。

長官訓話結束之後，再派定軍官統帥部隊（《申命紀》20：5-9）。

讓我非常好奇的是，在長官說完上述「不必上戰場、可以回家去」的條件之後，面對戰爭和死亡，是不是有很多人就放下武器，回家去了。

5 2 how the mighty have fallen

強者為何倒下？

—— 出自《撒慕爾紀下》1：19

哦！以色列！你榮耀的人在高山上被砍殺了，強者怎能倒下？

—— 《撒慕爾紀下》 1：19

O, Israel, your glory lies slain on your heights. How the mighty have fallen.

—— *2 Samuel 1：19*

　　mighty 做形容詞，意思是「強有力的」，做名詞是「強者」（可以是個人、企業或機構團體甚至國家）。Almighty（大寫）全能的天主。

　　上述經文是達味王為悼念以色列歷史上第一位君王、也是他的岳父撒烏耳（Saul）和他的小舅子約納堂（Jonathan）戰死沙場的哀歌。撒烏耳原本是天主首選、並經先知兼司祭撒慕爾（Samuel）傅油的君

王，可惜因為僭越了司祭的權能，被上主廢棄（另立達味王）。曾經叱咤風雲四十年，最終卻不幸身首異處。讓達味王深深哀嘆「強者怎能倒下」。

How the mighty have fallen 就是**形容一個曾經非常強大（或成功、有影響力、或很高調）的個人（或企業、機構等）轟然失敗（垮台）**的情況，它可以是很幽默（或很諷刺）地適用在各種場景上，例如：

In the end of August 2021, the US Army hastily evacuated from Afghanistan. How the mighty have fallen?

二〇二一年八月底，美軍倉促撤出阿富汗，強者怎能倒下？

(The book) "*How The Mighty Fall*" appeared soon after Lehman Brothers disintegrated and faced bankruptcy.

二〇〇八年美國雷曼兄弟公司破產解體後不久，《為什麼 A+ 巨人也會倒下》這本書就問世了。

How the mighty have fallen 也可以用來笑話一個人現在幹著他過去很看不起的事情，例如：猶達斯做生意破產了，不得不賣掉豪車豪宅，開著他曾經不屑一顧的破車、搬到半都市化地區（Desakota）去了，強者怎能倒下了。

人生難免起起伏伏。期許自己要居安思危、低調做人，以避免一旦不幸陷入困境時，淪為他人笑柄。

5
3

I am my brother's keeper

我是兄弟的守護人

—— 出自《創世紀》4：8-9

加音擊殺弟弟亞伯爾之後，上主對他說，你弟弟在哪裡？
加音說：我不知道，難道我是我弟弟的守護人？

—— 《創世紀》4：8-9

After Cain attacked and killed his brother Abel, the Lord said to
him, "Where is your brother Abel?" "I don't know," he replied.
"Am I my brother's keeper?"

—— *Genesis 4：8-9*

　　Keep 若當動詞，可以是保持、保護、記錄……等二十多個意思。
Keeper，名詞，守護者、管理員、足球守門員（goalkeeper）的簡稱，
例如：

I insist in jogging everyday in order to keep slim.
我堅持每天慢跑以保持苗條。

話說亞當「認識」了厄娃後，生下加音（Cain）和亞伯爾（Abel）兄弟倆，哥哥耕田，弟弟牧羊。有一天加音把田裡的出產獻祭給上主，弟弟則獻上自己羊群中最肥美又是首生的羔羊。上主惠顧了亞伯爾和他（芳香）的祭品，卻對加音和他的祭品不屑一顧。這讓加音太沒面子，氣憤之下把弟弟誘騙到田間去擊殺了。於是發生上述經文裡的對話（《創世紀》4：1-16）。

加音隨後被上主放逐，成為流離失所的人（a wanderer and fugitive），他知道自己犯罪了，應該躲避上主的面，但認為這個罪罰太重，無法承擔，特別害怕凡遇見他的人必會殺他。上主對他說，絕不會的，凡殺加音的人，一定要受七倍的罰，還給了他一個記號，以免遇見他的人擊殺他。

上主為什麼不當場「斃了」殺人犯加音、反而「保護」他？而且還要「主持正義」、讓擊殺他的人受到七倍的罰？

根據聖經學家的說法，主要原因如下：

一、 當時大地混沌初開，還沒有倫理或法律的概念，包括為了傳生人類，經常發生親屬之間、在後世法律上被界定為亂倫（incest）的結合，例如亞巴郎的侄兒羅特（Lot）被兩個女兒灌醉後亂倫生子（《創世紀》19：30-38）。

二、 西元前一二四〇年左右，梅瑟在西乃山下頒布十誡，首次提到「不可殺人」（《出谷紀》20：13）。

三、 上主的仁慈超過了祂的公義，特別是按照聖經記載，亞當夫婦當時就這麼兩個兒子，既然亞伯爾沒了，如果再把加音處死，他們不就絕後了嗎？

西元一五三五年完整的英文版聖經問世後，有人引用 my brother's keeper 我兄弟的守護人做為一句成語，**引申為對某人（或某事）負有責任**，例如：

原來！這個典故出自聖經

Regret to hear that Magdalene failed in the entrance exam, I am my brother's keeper.

遺憾聽說瑪德肋納沒有考上，這事我有責任。

　　反過來說，"I'm not my brother's keeper." 就變成：不關我的事、我無需為……負責。例如：

How should I know that Adam would get involved in this scandal?

I'm not my brother's keeper.

我怎麼知道亞當會捲入這件醜聞？

這不關我的事，我無需為此負責。

★ 故 事 B O X

　　上述文中提到，亞當「認識」厄娃，英文是用 know，這是夫婦敦倫的委婉用詞，在聖經當中多處用這種模糊用語代指。

5 in the twinkling of an eye

4 一眨眼的時間

—— 出自《路加福音》5：4

魔鬼把耶穌引到高處，頃刻間把普世萬國指給他看……。

—— 《路加福音》5：4

And the devil took Jesus up into a high mountain and showed him all the kingdoms of the world, even in the twinkling of an eye ....

—— *Luke 5：4*

　　「一閃一閃亮晶晶，滿天都是小星星……」的兒歌，每個小朋友應該都唱過。這首歌的英文歌詞一開頭就是 Twinkle, twinkle, little star .... 這個 twinkle **就是閃爍，和** wink、flash **意思一樣、在極短的時間裡發生的意思。**

　　所以 in a wink、in a flash 和 in the twinkling of an eye 是互相通用的。例如：

Their eyes met across a crowded room but in the twinkling of an eye, she was gone.

他們在擁擠的房間裡對看了一眼，轉瞬間她就消失了。

英文版聖經裡，in the twinkling of an eye，我只查到兩處，除了一開頭的那句經文之外，另外一次出現在聖保祿宗徒說的：在末次吹號角（指世界末日）時，我們眾人全要改變，這是在頃刻眨眼之間發生的（《格林多人前書》15：52）。

但是 immediately（立刻）、instantly（即刻）、very shortly（很快）、in a single instance（一霎那）、suddenly（忽然間）等等，都和「轉瞬之間」意思大同小異，而且在《聖經》裡頻繁出現，其中 immediately 單單在《新約》出現五十次以上，suddenly 也出現二十多次，堪稱俯拾皆是，例如：

— 天使對夜裡看守羊群的牧人說：我要給你們報告一個全民族的大喜訊……忽然有一大隊天軍，同那天使一起讚頌天主……（《路加福音》2：11-13）。

— 耶穌受洗後，立刻從水裡上來，忽然間，天為祂開了（《瑪竇福音》3：16）。

— 耶穌對伯多祿和安德肋說：來，跟隨我，我要使你們成為漁人的漁夫，他們立刻捨下了網，跟隨了祂（《瑪竇福音》4：19-20）。

— 耶穌伸手撫摸癩病人說：我願意，你潔淨了吧！他的癩病立刻就潔淨了（《瑪竇福音》8：3）。

—— 耶穌餓了，見路邊有一棵無花果樹。但樹上除了葉子之外，
沒有找到無花果，就對它說：你永遠不再結果子了，那無
花果樹立刻枯乾了（《瑪竇福音》21：18-19）。

這樣的例子很多，不再一一列述了。

祝願大家在察覺到上主的召叫時，都能夠立刻正面答覆祂。

In case of any horrible natural disaster, Police Department has
legitimately to take rescue operation in the twinkling of an eye.

每當有嚴重的自然災害發生時，警察部門依法必須即刻展開救援
行動。

5 in the wilderness

5 在曠野裡

—— 出自《申命紀》8：2

梅瑟對以色列子民說：你們應當記念上主你的天主使你們這四十年在曠野中所走的路程，是為磨難、試探你們……。

—— 《申命紀》8：2

Moses said to Israelite: Remember how the Lord your God led you all the way in the wilderness these forty years, to humble and test you....

—— *Deuteronomy 8：2*

曠野（wilderness）有兩種意義如下：

一、　是指遠離村落的荒郊野外（remote place），它可能是土地肥沃、水草豐滿的地方，只因位於都市和城鎮周邊，或鄉村居民聚集地和已經開墾的農林漁牧場地以外的地方，而當時或當地人口不夠，還沒有進行開發，以至於人跡相對罕見。

二、　　是荒蕪的地方（deserted place），包括沙漠（desert）在內，專指長期缺乏雨水，土地乾旱，草木不生之處，其間可能零星點綴著一些綠洲（oasis），可供人類居住活動。所以英文聖經裡的 desert，到了中文聖經都翻譯成曠野。

《聖經》裡，wilderness 出現將近一百二十次（其中《舊約》七十次，《新約》五十次），desert 也有近五十次（其中《舊約》三十五次，《新約》十五次）之多。有趣的是：在不同的聖經英文版本裡，甚至對同一個地方，這兩個字都經常混用；例如京城耶路撒冷東部的「猶大曠野」（Judean wilderness），有些版本就使用 Judean desert。因此中文聖經裡，將 wilderness 和 desert 統一翻譯成「曠野」，確實是很高明的做法。

《出谷紀》其實就是記載猶太人逃離埃及後，在西乃半島的各個「曠野」之間浪跡四十年的慘痛經歷。根據聖經學者的研究，以色列人從被埃及法老王放行，渡過紅海，進入厄堂曠野（Etham Wilderness）起，到最後聚集在摩阿布平原（Moab Plains），準備渡過約旦河進入福地為止，四十年間總共搬遷四十次（猶太人真喜歡四十這個數字啊），其中比較著名的駐地如下：

1. 舒爾曠野（Shur Wilderness）：在此地，梅瑟變苦水為甜水。

2. 辛曠野（Sin Wilderness）：天主開始供應鵪鶉和瑪納。

3. 瑪撒與默黎巴（Massah & Meribah）：梅瑟擊石出水。

4. 西乃曠野（包括西乃山 Sinai Wilderness & Mount Sinai）：天主頒布十誡；梅瑟進行第一次人口普查，二十歲以上的有六十萬三千五百五十人。

5. 摩阿布平原（Moab Plains）作渡河之前的人力集結，若蘇厄做人口調查，二十歲以上的有六十萬一千七百三十人。

　　其實，從當時以色列人在埃及的主要居留地哥笙（Goshen）到加薩，如果沿著最西部相對平坦的「海線」，大約只要七到十天；如果走稍微東部的「山線」，大約十五到二十天；上主偏偏引導他們走「曠野線」，整整花了四十年，直到當年二十歲以上的那一代人（包括梅瑟）全部過世了，才讓他們進入「福地」。上主的旨意，可能只有以色列人能夠體會了。而梅瑟長年帶領著六十多萬人，輾轉奔波在各個曠野之間，完全聽天主的信號行事，對天主是多麼信賴。

　　In the wilderness，在曠野裡，就是以色列人出離埃及後四十年生活的總結，**引申為在困難中、在磨難中**。例如：

Most economists worldwide forecasts that, under current Mira administration, Argentina economy shall be in the wilderness for many years.
全球大多數經濟學家都預測，在現任米辣政府領導下，阿根廷經濟將陷入困境許多年。

After in the wilderness of arguing with parliament for months, the premier has finally returned back to track.
在和國會爭議的困境數月之後，總理終於回歸正軌。

5 Job's comforters
6 約伯的安慰者

—— 出自《約伯傳》16：1-3

約伯回答說：像這樣的話我聽多了，你們的安慰反而使我煩惱。

—— 《約伯傳》16：1-2

Then Job replied, "I have heard many things like these; you are miserable comforters, all of you!"

—— *Job 16：1-3*

話說約伯遭遇慘重災禍之後，他的三位友人厄里法次（Eliphaz）、彼耳達得（Bildad）和佐法爾（Zophar）聞訊，分別從今天沙烏地阿拉伯北部和西北部的特曼（Teman）、叔亞（Shuh）、納阿瑪（Naamath）啟程，來到一起，來慰問他，勸勉他。

這三位友人確實仗義，他們從遠處瞭望，認不出來約伯，就放聲大哭，撕破自己的外衣，把灰塵揚起撒到自己頭上，陪約伯坐在灰土

中七天七夜，看見約伯受苦太大，沒有人敢開口吭聲，直到約伯開始詛咒自己的生日、切願早死安息……開始，他們才敢接腔。

問題在於這三位友人講話，「教訓人」的口氣太重了。約伯無端遭災受罪，難免自怨自艾、感嘆造化弄人；但這三位友人幾乎統一口徑，認定他的痛苦是咎由自取，斥責約伯發怒不當，如不悔改，天主不會寬恕，天使也不會垂聽。約伯後來實在受不了了，就說了引述自聖經裡的重話：你們哪裡是來安慰我的啊！你們的安慰使我煩惱……。

「約伯的安慰者」（Job's comforter）其實是指**出於善意來安慰他人或提出勸告，卻給他人徒增煩惱的人，或者說出於好心卻辦了壞事的人** a person who seemingly giving comfort or consolation yet discouraging or depressing others 或者說嘗試安慰他人但卻帶來相反效果的人 a person who tries to console others but instead brings with opposite effect。例如：

When someone is in distress, Judas is used to be like a Job's comforter to cause more pain by saying inappropriate words.

每當有人遭遇不幸，猶達斯很習慣就像約伯的安慰者一樣，說些不恰當的話，讓人更加痛苦。

5 Job's wife
7 約伯的妻子

—— 出自 《約伯傳》2：9

約伯的妻子對他說，你還保持你的尊嚴嗎？你倒不如詛
咒天主，死了算了。

—— 《約伯傳》2：9

Job's wife said to him, "Are you still maintaining your integrity?
Curse God and die!"

—— *Job 2：9*

據考證生於西元前十七到十六世紀、胡茲（Uz，今天以色列東南
角阿卡巴〔Aqaba〕海灣東岸）地區的約伯（Job），無疑是聖經裡，
最富「戲劇性」的人物之一。

他生性正直、敬畏天主，遠離邪惡，為人無可指謫。他和妻子育
有七子三女，擁有大量牲畜和眾多僕人。子女們天天輪流宴飲，他每
週都要召集他們，給天主獻上全燔祭，聖潔他們。

原來！這個典故出自聖經

　　哪知道天主竟然接受撒殫的讒言，同意牠去考驗約伯，說約伯所有的一切，都隨撒殫處置，只要別把他弄死了就行。撒殫果然毫不客氣，把約伯所有的牲畜僕人子女和房舍都摧毀，傾家蕩產，甚至約伯連自己都無法倖免，從頭頂到腳踵都長了毒瘡，痛苦不堪。

　　就在約伯最需要人安慰的時候，他的妻子卻對他說了上述那句話，問他還要保持尊嚴嗎？質疑他還要繼續相信天主嗎？不如詛咒天主，死了算了。想必約伯那時候一定火冒三丈，就嚴詞責備妻子是一個糊塗的女人！因為在約伯看來，人不能要求只從天主那裡接受恩惠而不接受災禍（《約伯傳》2：9-10）。

　　約伯儘管面對極大的痛苦、哀嘆自己一生無過卻遭受無端懲罰，但在和遠道來安慰他的三位友人辯論時，他依然堅持上主有權能自由處置眾生。他最後還向上主認罪，坐在灰塵中懺悔，請求上主寬恕他說過許多無知的話。

　　上主最終為約伯「平反」了。不僅加倍賜給所有的牲畜，他又娶了妻子，生育七子三女（而且都是絕代美人），而且他又活了一百四十年，推算至少在一百八十歲以上才與世長辭。

　　約伯的妻子（Job's wife）**因此被比喻為目光短淺、冥頑不靈、而且落井下石的婦女**（a short-sighted and stubborn woman who kicks her husband when he is down）。

　　其實，何止女人會落井下石？我們可能都曾經遭遇鄰人落井下石。只能祈禱自己不要在不經意間對他人落井下石。Don't kick others when they are down.

5
8 Jonah's trip
約納的航程

—— 出自《約納先知書》第一、二章

水手們將約納舉起,投入海裡,海遂平靜。上主安排一條大魚,吞了約納。他在魚腹裡三天三夜,讚美上主,向上主祈禱。上主遂命令那大魚,將他吐回到大地上。

—— 《約納先知書》2：1-2,11

Sailors took Jonah and threw him overboard, and the raging sea grew calm. Now the Lord provided a huge fish to swallow Jonah, and Jonah was in the belly of the fish three days and three nights. From inside the fish Jonah praised and prayed to the Lord his God . Then the Lord commanded the fish, and it vomited Jonah onto dry land —— *Jonah 2:1-2,11*

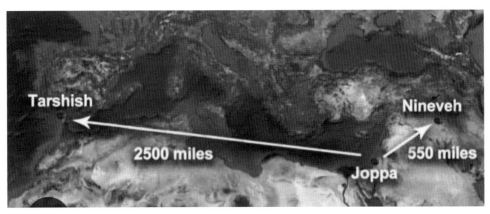

附圖一：尼尼微和塔爾史士方位與距離示意圖。

約納（Jonah 在和合本翻譯為約拿）是西元前第八世紀在以色列北國的一位先知。他曾經預言北國王雅洛貝罕二世（king Jeroboam II）的勝利（《列王紀下》14：25）。

那時候，北國東北方約九百公里遠的敘利亞帝國首都尼尼微（Nineveh, Assyrian）全城上下民心險惡，上主又富於仁慈，不忍心直接滅了他們，就召叫約納去奔走呼號，要尼尼微人悔改。

約納是心胸偏狹的猶太人，不願意去給「異民」宣講，免得他們回頭，受到上主寬恕。於是他故意選擇反方向，買了船票，往西南方約四千公里遠的塔爾史士（Tarshish，現在的西班牙）去，想遠遠地逃避任務。

沒想到船起航不久，上主就在海上掀起狂風大浪，全船的人都驚懼至極。約納倒是有自知之明，知道自己是惹起禍端的人，主動投案自首，要水手們將他舉起，拋入海裡，海就會平靜。於是就出現開篇經文裡的場景。約納獲救後，再次聽到上主的召叫，只能依從命令去尼尼微，這是後話了

後來耶穌引述約納在魚腹裡三天三夜的事，說約納為尼尼微人是個徵兆，正如祂自己是那個時代的徵兆一樣（《瑪竇福音》12：38-41、《路加福音》11：29-32）。聖經學家們一致認為，約納的事跡就是耶穌受難後下降陰府，第三日復活的預示。

Jonah's trip 約納的航程，**被引申為「失敗的計劃或操作」**a unsuccessful plan or failed operation，**用現代的話語就是瞎折騰**。例如：

Having been experimented for three months, Judas project turned out to be a Jonah's trip.

經過三個月的驗證，猶達斯的項目就是瞎折騰。

---

59 Jonah's castor plant

約納的蓖麻

—— 出自《約納先知書》4：5-11

上主對約納說：這株蓖麻，不過是一夜出生，一夜死去的植物，你對它並沒有勞過力，也沒有使它生長，還憐惜它；對尼尼微這座有十二萬多人的大城，我就不該憐惜嗎？

—— 《約納先知書》4：10-11

The Lord said to Jonah:, to this castor plant, which sprang up overnight and died overnight, you have been concerned about though you did not tend it or make it grow. Should I not have concern for the great city of Nineveh, in which there are more than a hundred and twenty thousand people.

—— *Jonah 4:10-11*

　　話說約納獲救後，再次接到上主要他去尼尼微的召叫。這次他不敢怠慢，趕緊上路。他進城後，走了一天，到處宣布說，還有四十天，尼尼微就要被毀滅了。尼尼微人便信仰了上主，立即宣布禁食，從尼尼微王到販夫走卒，所有的人都身披苦衣，坐在灰土中懺悔，連牲畜牛羊都不可放牧喝水。上主果然憐憫他們，宣布不再降災了。

原來！這個典故出自聖經

這讓約納非常不滿，因為他認為尼尼微人既然多行不義，上主就應該降災處罰；結果人家一懺悔呼求，上主就寬恕了，他（似乎覺得上主不公不義）氣得想死的心都有了。於是出城，自己搭了個棚子，坐在棚蔭下，要看上主究竟如何處置尼尼微城。

上主安排一棵蓖麻，有的聖經版本說是葫蘆瓜（gourd），長得飛快，一天之內就高過約納，為他遮蔭，他好喜歡。但是第二天上主卻安排蟲子把蓖麻（葫蘆瓜）咬死枯萎，又故意安排烈日和熱風，讓約納難以忍受，再次哀求上主讓他死去，於是有了開篇經文裡的對話。上主責備約納憐憫那株只活了一天的蓖麻（葫蘆瓜），難道尼尼微城裡的十二萬人，不值得祂憐憫嗎？

Jonah's castor plant（或寫成 Jonah's gourd）約納的蓖麻（葫蘆瓜），**就被引申為曇花一現或朝生暮死的東西**，例如：

The once extremely booming barbecue business in Zibo Shandong ended up like the Jonah's castor plant.
山東淄博一度極為火爆的燒烤生意最終就是曇花一現了。[1]

---

1. 二○二三年初山東淄博的燒烤生意突然走紅，甚至產生「進淄趕烤」的語彙。三月到七月新加入的燒烤商家有案可考至少七百家，但是八月間生意開始走下坡。

6 labor of love

0

心甘情願

—— 出自《得撒洛尼人前書》1：3

我們紀念你們因信德所做的工作，因愛德所受的勞苦，
因盼望的主耶穌基督所有的堅忍。

—— 《得撒洛尼人前書》1：3

We remember before our God and Father your work produced by
faith, your labor prompted by love, and your endurance inspired
by hope in our Lord Jesus Christ.

—— *1 Thessalonians 1：3*

　　labor 的字義繁多，算來至少有二十個中文意思：

　　做名詞是勞動、工作、工會、工人、體力勞動者、勞動果實；分娩、
（分娩時的）陣痛；英國工黨⋯⋯等等。

　　做動詞則是使疲倦、使厭煩、使辛勤地勞動（或工作）；費力地

前進、掙扎、苦惱、痛苦；分娩；誤以為、為⋯⋯所蒙蔽、（指引擎）緩慢而困難地運轉⋯⋯等等。

美國電影史上有兩部同樣命名 *Labor of love* 的電影：

西元一九九八年的那部描述一名年屆四十的女性安妮，欲透過與一同性戀者交好而懷孕。兩人同居不久後，安妮卻遇上她生命中可相依的男人，而此時安妮已成功懷孕。

西元二○二一年的這部則描述一個沉默寡言的費城書店老闆，妻子在一場意外中去世後，他意識到自己沒有在妻子生前對她表述愛，為了彌補悔悟，踏上了橫穿美國的旅程⋯⋯，有興趣的讀者可以自行上網查看詳情。

不過出自《得撒洛尼人前書》1：3 的 labor of love 卻是完全不同的意境。得撒洛尼（Thessaloniki）位於今天希臘東北部的薩羅尼基（Saloniki）。西元五十年底，保祿和他的愛徒息拉（Silas）、弟茂德（Timothy）到達這裡，建立了教會，歸化的教友多數是外邦人，猶太人極少。大多數猶太人都不相信耶穌，痛恨保祿來傳教，於是集合市井敗類與為難他，迫使他離開。

保祿到達雅典後，聽說得撒洛尼的信徒遭到嚴厲的迫害，就指派弟茂德前往探望，他和息拉繼續前往格林多（Colinthus）。

等弟茂德由得城回到格城，向他報告得城的狀況，雖然遭受迫害，多數信徒仍然堅持信望愛三德。於是西元五十二年，保祿就在格林多寫信給得撒洛尼的信徒，給予安慰和鼓勵。

Labor of love，思高聖經翻譯成「因愛德所受的勞苦」，**引申為：出自信仰或承諾（commitment）、激情（passion），或為個人喜樂，而不是為了財務酬勞或利益的工作**，相當於大家熟知的義務工作者或稱志工（volunteer），例如：

During last 30 years, John keeps maintaining the trait and helping the hikers, which truly is a labor of love for him.

過去三十年來，若翰致力於維修步道援助登山客，對他來說真是為愛勞動。

6

let me catch my breath

1

讓我喘口氣

—— 出自《約伯傳》9：18

（誰能反抗天主）上主使我不能喘一口氣，使我飽嘗苦辛。

—— 《約伯傳》9：18

He would not let me catch my breath but would overwhelm me with misery

—— *Job 9：18*

　　breath 當作名詞使用，呼吸氣息，一口氣，（呼吸的）一次；瞬間……等等；deep breath 深呼吸；take a deep breath 深呼吸（動作）；out of breath 喘不過氣來、上氣不接下氣。

　　breathe 動詞，呼吸、氣息，是生命存在的證明。

　　《聖經》裡記載，上主在祂用灰土做成的人形的鼻孔裡，吹了一口生氣（the breath of life），人就成了有靈的生物（living being，詳見《創世紀》2：7）。

　　西元前約一千五百年，在胡茲（Uz，現今以色列死海東南方），一位遊牧民族的酋長也是賢者約伯（Job）也說：上主的神造了我，全能者的氣息使我生活（《約伯傳》33：4）。

　　西元二○二○年五月二十日，在美國明尼阿坡里斯市（Minneapolis），黑人佛洛依德（Floyd）被員警跪殺前，淒慘地呼叫「我不能呼吸」（I can't breathe....）的鏡頭，相信大家無比沉痛並記憶猶新。

to catch one's breath 中文意為喘一口氣、歇一會兒，例如：

Let me just catch my breath for a second.
讓我喘口氣吧。

它也可以說是「屏息」，例如：

The song was so beautiful that it made me catch my breath.
這首歌太好了，我禁不住屏息而聽。

其他還有一些和呼吸（breath）相關的成語：

—— to take a breath 吸一口氣，例如：

Let's both take a breath then jump down.
我們倆都吸一口氣，然後就跳下去吧。

—— to hold one's breath 屏氣攝息，形容氣氛緊張刺激或焦慮，
　　例如：

The election of new mayor was so close that I held my breath until the final were out.
新市長的選情太接近了，我屏氣攝息直到最終結果出來。

6 let there be light

2 要有光

—— 出自《創世紀》1：1-5

元始之初，……大地一片漆黑……天主說，要有光，光就有了……。這是第一天。

—— 《創世紀》1：1-5

In the beginning God created the heaven and earth....darkness was over the surface of the deep. And God said, let there be light. And there was light....this is the first day.

—— *Genesis 1：1-5*

light 可以有十多個意思。做名詞是光、光明、打火機……；做動詞是點燃、開燈……；做形容詞是輕的、淺色的……等等。

話說天主創造天地時，大地一片混沌，無形無樣，深淵之上一片漆黑，天主說：要有光，光就有了。天主見光好，就把光和黑暗分開，稱這光叫晝（白天），黑暗叫夜（晚上），晚上過去，清晨來臨，這是第一天。後來天主又創造了日月星辰，那是第四天的事了。

上主的第一句話 "Let there be light." **要有光，在我們日常生活上經常用到，而且可以有許多不同的含義**，例如：

1. 開燈：Entering the dark room, Adam flapped the switch, let there be light.

    亞當進入那昏暗的房間，輕拍了開關，開燈了。

2. 開鏡：Upon setting up everything, the producer of the film announced "Let there be light".

    一切安排就緒之後，製片人宣布：開鏡。

3. 開竅：Eva was still confusing about the punishment for eating the forbidden fruit, let there be light（for her）.

    厄娃仍然在為她吃了禁果而被處罰感到困惑，（願她早日）開竅吧！

4. 公開：Is there any secret story behind the scenes? Let there be light.

    有什麼幕後不可告人的祕密嗎？攤在陽光之下吧！

63 letter of the law
法律條文

—— 出自《瑪竇福音》5：18

耶穌說：我實在告訴你們，即使天地過去了，一撇或一劃也絕不會從法律過去，必待一切完成。

—— 《瑪竇福音》5：18

Jesus said to disciples:　For truly I tell you, until heaven and earth disappear, not the smallest letter, not the least stroke of a pen, will by any means disappear from the Law until everything is accomplished.

—— *Matthew 5：18*

　　Letter 大家都知道，它作名詞意為「信件（例如：情書 love letter），也是字母、文字、證書（例如：「信用證」letter of credit）等。它還可以做動詞，意思包括「寫字母於」、「寫印刷體字母」……等等。

　　letter-of-the-law 意思就是律法的字句、法律條文。例如 work around the letter of the law 或 stick to the letter of the law，從正面上說是「依法辦事」這本來是天經地義的，開篇經文裡耶穌也說，法律一撇

一劃都不會過去，必待一切完成。

但是，相對於法利賽人（Pharisees，或譯法利塞人）死死咬住法律上的每一字每一句話，耶穌從憐憫和寬恕的觀點，提出境界更高、也更富於人性化的解釋，例如安息日不可以餵牛喝水吃草嗎？在安息日看到有人遭到病痛或殘障的折磨，難道不可以給他醫治嗎？

耶穌並具體付諸行動，吸引了很多跟隨者，卻也因此引發持守傳統思想的猶太人（特別是司祭長們和法利賽人）的嫉恨。

因此，letter of the laws 在英文裡，**經常是用為負面的表達「咬文嚼字、墨守成規」**，例如：

Timothy always works by following the letter of the law but not for the gains in productivity.

弟茂德工作時總是墨守成規而不考慮提高生產力。

民國六十九（一九八〇）年十一月初，中鋼公司董事長趙耀東先生（一九一五～二〇〇八）受蔣經國先生擢升為經濟部長。由於曾經在新加坡經營企業多年，他的思想相對於長期在臺灣工作和生活的官員們來說要開放得多。例如他認為「法律上沒有規定不可以的就可以做」，因此開放許多產業（包括麥當勞、家樂福等服務業）讓外國人來投資，當時也引起傳統產業保護主義者的攻擊，但他不為所動，終於帶來八〇年代臺灣經濟的繁榮。

To follow the letter of the law 意思是依法辦事，當然是基本的指針。法律上規定不可以的，當然不能違背。但如果能更人性化的解釋或行動，過去新冠肺炎三年疫情期間，若干醫院拒絕收治沒有核酸陰性證明的患者、造成病人死亡的悲劇不會發生。

6 4 like the lamb to be slaughtered

像待宰的羔羊

—— 出自《依撒意亞先知書》53：9、《耶肋米亞先知書》11：19

我好像一隻馴服被牽去宰殺的羔羊，竟不知道他們對我蓄意謀害。

—— 《耶肋米亞先知書》11：19

I had been like a gentle lamb led to the slaughter; I did not realize that they had plotted against me.

—— *Jeremiah 11：19*

　　話說天主創造宇宙萬物和人類之後，起初是將「全地面上的各種蔬菜，和在果內含有種子的各種果樹，都給人類做食物的」（《創世紀》1：29）。到因為人類敗壞，引發天主以洪水滅世、只剩義人諾厄一家八口存活之後，天主又將「凡有生命的動物，都賜給人類做食物，猶如以前賜給的蔬菜一樣」（《創世紀》9：3）。

　　因此，人類宰殺各種動物來做為食物，乃是天主的允許和恩賜（當

然現代被保護的「瀕危物種」除外）。那麼為什麼特別強調像待宰的「羔羊」呢？為什麼不說被作為食物而數量更大的雞、豬或魚類呢？來是有聖經裡的依據的。

西元前七三二年左右，先知依撒意亞（西元前七六五－七○○，其中七四○到七○○年擔任先知的職務）預言：有一位上主正義的僕人（a God's righteous servant），像被牽去宰殺的羔羊一樣，祂被虐待羞辱，被刺透、折磨，承擔眾人的罪過和痛苦，遭到不義的審判，卻謙遜忍受總不開口，最終竟與二盜同樣致死，犧牲自己的性命……祂最後必要成功，被舉揚，且備受崇奉尊榮（《依撒意亞先知書》52：13）。

大約一百年之後，另外一位先知耶肋米亞（西元前六四五－五八六，其中六二六到五八六年擔任先知的職務）也做了類似的、也就是上面引述的預言。

又過了約六百年，到西元三十年的逾越節前夕，耶穌被捕，被鞭打、差辱、接受不義的審判、而在逾越節當天受難致死，第三天復活，最後光榮升天的過程，完全應驗了依撒意亞的預言，因此聖保祿宗徒說：我們的逾越節羔羊基督，已經被祭殺做了犧牲（《格林多人前書》5：7），凡信祂並遵行祂的道路的，將寫在（或保留在）羔羊生命冊上。因此「像待宰的羔羊」就成為一個通行的詞彙了

like the lamb to be slaughtered 像待宰的羔羊專指：**面臨即將被殺害、卻完全沒有能力抵抗的人**（例如戰爭中被殘殺的戰俘或平民），或者是為了信仰而慷慨赴義的殉道者或英雄、烈士，例如：

The prisoners-of-war (POWs) were transferred to the stalag like the lambs to be slaughtered.

戰俘們像待宰的羔羊一樣，被移送到戰俘營去了。

The intern innocently committed a big mistake which caused huge loss for the company.

He then helplssly walked into the meeting room for investigation, like the lamb to be slaughtered.

那位實習生無辜地犯下大錯，造成公司重大損失。

他無助地走進會議室接受調查，猶如待宰的羔羊。

　　「除免世罪的天主羔羊，求祢垂憐我們……除免世罪的天主羔羊，求祢賜給我們平安。」是彌撒中的重要禱詞。讓我們常常這樣誦念、祈禱！

65 live by the sword, die by the sword

凡持劍者，死於劍下

—— 出自《瑪竇福音》26：52

耶穌對伯多祿說：把你的劍放回原處，因為凡持劍的，
必死在劍下。

—— 《瑪竇福音》26：52

Put your sword back in its place, Jesus said to him, for all who draw the sword will die by the sword.

—— *Matthew 26：52*

　　話說耶穌受難前夕，在革責瑪尼山園（Garden of Gethsemane）被因叛徒猶達斯（Judas）帶來的羅馬軍士和群眾逮捕後，伯多祿伸手拔出自己的配劍，砍掉大司祭的僕人馬爾曷（Malchus）的右耳。耶穌立即命令他把劍放回原處，隨即摸了摸那人的耳朵，治好了他（詳見《瑪竇福音》26：52、《路加福音》22：49-51、《若望福音》18：10-11）。

原來！這個典故出自聖經

　　耶穌為何制止門徒伯多祿、並反而治好仇家的僕人？聖經學家認為是基於如下兩大因素：

一、　應驗預言、成就事業：被捕、受難本來就是完成祂的救贖世人使命的過程，祂如果想避開這個折磨，大可以要求天父調動十二軍以上的天使，但若這樣一來，就無法應驗《舊約聖經》裡對祂應該成就事業的預言。

二、　祂在保護伯多祿：當時來逮捕耶穌的大量軍士和群眾，都帶著刀劍棍棒，伯多祿不僅絕無勝算，反而肯定會被拿下，和耶穌一同被處死，那麼耶穌對他的託付 —— 要在他身上建立教會的託付，不就前功盡棄了嗎？

　　Live by the sword, die by the sword 是根據耶穌原話「拔出」（draw）刀劍的人，必死在劍下」略微修改的。它至少可以做如下兩種解釋：

一、　一個人老是依靠「劍」這種攻擊性武器（泛指「暴力」）來過日子或解決問題，必然會遭遇他人用劍（暴力）的反彈。例如：

Carrying a gun, Saul initiated the mob in the street of Paris and unfortunately was shot yesterday. His death seemed to confirm that he who lives by sword will die by sword.

撒烏耳昨天在巴黎持槍發起街頭暴動不幸被槍擊身亡。他的死亡似乎印證了凡持劍者死於劍下的說法

二、　一個人的成功和失敗，都歸因於同一個人（或物件），**這和漢語成語「成也蕭何、敗也蕭何」有異曲同工之妙。**

　　當年韓信胸懷壯志卻落魄於江湖，幸運地獲得蕭何的賞識，推薦給劉邦，成為西漢開國的功勳將領。可惜後來據說因為權力慾望太大，引起劉邦警覺，最終被蕭何設計誅殺了。對韓信來說，他因蕭何而功成名就，卻也因著蕭何而死於非命。

　　網上還有人將 live by the sword, die by the sword 解釋成「善有善報、惡有惡報」甚至「要怎麼收獲、先怎麼栽（種瓜得瓜、種豆得豆）」，我認為這種引申過於牽強了。

6 man can not live on bread alone

6 人不能只靠麵包過日子

—— 出自《申命紀》8：3、《瑪竇福音》4：4

梅瑟對以色列人說：上主用瑪納養育了你們，叫你們知道，人生活不單靠食物（麵包），而且也靠上主口中所發的一切話語。

—— 《申命紀》8：3

Moses said to Israelite, God feeds you with Manna, and teach you that man does not live on bread alone, but on every word that comes from the mouth of the Lord.

—— *Deuteronomy 8：3*

　　話說耶穌剛剛出道，在約旦河接受若翰的洗禮後，就被聖神帶領到現在耶里哥（Jericho）城外的曠野，接受魔鬼的試探。祂禁食四十天四十夜，肚子餓了。魔鬼就前來對祂說，你若是天主子，就命令這些石頭變成餅（麵包）吧《瑪竇福音》4：4。

　　人一直是最容易被食物誘惑的。君不見，小孩子哭鬧不休時，往往一顆糖果或餅乾就解決了。當年在伊甸園裡，那條狡猾的蛇也是用

智慧樹的果子來誘惑厄娃，厄娃看到那水果實在好看好吃，令人羨慕又能增加智慧，就「中招」了（《創世紀》3：1-7）。

作為上主選民的以色列人比較「辛苦」，從西元前一二四〇年梅瑟帶領他們逃離埃及的時代開始，就被教導人生活除了食物之外，還要依靠從上主口中所說的一切話語。耶穌在面對誘惑時引述梅瑟的教導，正是對我們基督徒的提醒。

人不能只靠麵包過日子其實不難理解。**「要麵包也要愛情」，自古以來就是人生活上的基本需求。**除了食物（麵包）之外、還要依靠情分（親情、愛情、友情）來維繫人際關係，靠各種禮節和藝術來豐富日常生活。有條件的人（或情侶、家庭）可以錦衣玉食、詩書琴畫；清寒窮困的下里巴人，粗茶淡飯之後，山歌繞樑一樣自樂娛人。

Even though Paul had a well-paying office job, he felt unsatisfied and started cultivating an orchid garden in his free time, proving that man can't live by[1] bread alone.

保祿即便有一個高薪的白領工作，他依然不滿足，於是利用閒暇培育一個蘭花園，說明了人不能只靠麵包過日子。

---

1. live on bread 或 live by bread，均有多種英文聖經譯本採用。

6 manna from heaven

7 天上降下的瑪納

—— 出自《申命紀》8：3

梅瑟吩咐以色列人說：祂（上主）磨難了你，使你感到饑餓，卻以你和你祖先所不認識的「瑪納」養育了你。

—— 《申命紀》8：3

Moses said to Israelite that: He (God) humbled you, causing you to hunger and then feeding you with manna, which neither you nor your ancestors had known.

—— *Deuteronomy* 8：3

話說人類元祖亞當和厄娃犯罪後，受到上主嚴厲的處罰，必須一生每天勞苦才能得到食物，地要長出荊棘和蒺藜，亞當夫婦得吃田裡的蔬菜，必須汗流滿面才有飯吃（詳見《創世紀》3：14-19）。可是後來人類在極度需要時，上主每每會以意想不到的方式伸出援手。

西元前一二四〇年左右，梅瑟帶領以色列人逃離埃及，就在進入曠野的一個月後，他們帶出來的食物吃完了，新的糧食接應不上，又

懷念以前做奴隸時還能夠吃飽喝足的日子，因而怨聲震天，連上主都聽到了，於是向梅瑟說：要從天上給他們降下食物──就是以民後來所稱的「瑪納」（manna），並且就用這種食物，餵養了以色列人整整四十年之久，《出谷紀》第十六章和《戶籍紀》11：1-8 有很詳盡的記載。

天降瑪納（manna from heavenmk 天上掉下的餡餅）**引申為上主用未曾預期的方式，滿足特定的人的急切需要**，代表一種神的干預（divine intervention），但是對受惠者來說，則是一種「不勞而獲的禮物或福分」（unearned gift or blessing），例如：

> Eva needed that money for her father's medical operation so desperately, it was like manna from heaven when she received the donation from a charity foundation.
>
> 厄娃正急需那筆錢給她父親做手術，所以當她收到一個慈善基金會的捐款時，猶如天降瑪納。

在上世紀六〇年代以前，我們嚴家世代務農，家境清寒，加上先父在一九五九年初英年病逝，留下巨額債務，生活十分拮据。一九六四年夏季，大哥已經在臺北上大學，弟弟考上初中，我考上高中，龐大的學雜費支出，讓先母幾乎喘不過氣來。

我是三兄弟裡唯一有「選項」（alternative）的人：可以去讀無需繳付學雜費且反而有生活補貼的師範專科學校。先母因此多次要求（也可以說是命令）我必須去就讀。可是我又一心「要像哥哥那樣去念大學」，面對先母的囑咐和壓力，我只有日夜熱切祈禱天主伸出援手。

　　就在暑假馬上要結束、新學年即將開始之前的兩週，我說服先母給了我五元新臺幣，去買當時的「愛國獎券」，說如果中獎了、而且金額足夠我一年的學雜費，就讓我去念高中；如果不幸落空了，我就認命去讀師範專科學校……沒想到天主垂憐，我真的中獎一千元，解決了我家當時的燃眉之急。對我來說，真是 manna from heaven 天降瑪納，多大的恩賜啊！

For Titus, the one-thousand dollar award from the government-operated lottery which enough to support his one-year tuition, was really the manna from heaven.

對弟鐸來說，那足夠支持他一年學費的公營彩票獎金，真是天降瑪納。

6
8 many are called, few are chosen

蒙召的人多，中選的人少

—— 出自《瑪竇福音》22：14

國王對僕役說：把那位不穿婚宴禮服的人手腳捆起來，丟到外面的黑暗裡，在那裡有哀嚎切齒，因為蒙召的人多，被選的人少。

—— 《瑪竇福音》22：14

The king told the attendants, Tie them who did not wear wedding clothes, and throw him outside into the darkness, where there will be weeping and gnashing of teeth. For many are called but few are chosen.

—— *Matthew 22：14*

　　耶穌在「婚宴的比喻」裡，提到一位國王要給兒子辦婚宴。他宰殺了公牛和肥畜，一切都齊備了，就派遣僕役去召請人來吃喝。沒想到第一批客人一個個找理由不來，還有人竟然將僕役凌辱後殺害了。國王大怒，把這些人都滅了。

　　國王又派僕役到各路口，凡碰到的、無論好人壞人都召請來，很快就坐滿了。可是其中一位沒有穿禮服，國王問他怎麼不穿禮服就來吃酒席呢？那人默然無語。於是國王就命令僕役把他攆出去（詳見《瑪

竇福音》22：1-14）。

耶穌很擅長用一般人生活上經常會碰到的場景來做比喻、講道理。婚宴的比喻裡，婚宴是指眾人死後，靈魂去見天主的榮耀。天主原來邀請的第一批客人是以色列人，遺憾他們不接受耶穌，找各種理由推託，甚至把僕役（先知們）虐殺了。

天主大怒，把這些人滅了，城市也毀了（預示西元七十年耶路撒冷的毀滅），隨後在各路口找來的第二批客人就是世界各地、接受了基督信仰的外邦人。不過其中還是有人沒穿禮服（不接受福音）就蒙混進去，最終還是被識破、轟出去了。

Call 可當動詞，呼叫、召請，也有英文聖經版本用 invite，名詞是 invitation（邀請）。聖經學家認為 call 有兩種：

一是外在的召請 external call（或 invitation），就是教會透過各種方式（包括神父修女親自宣講、舉辦教育和社會事業、乃至廣播電視節目、網上福傳等等）將福音資訊傳送出去。

二是內在的召請（internal call）聖神在個人心靈深處的呼喚，正如許多神父修女在回顧他們選擇修道——追隨耶穌的經歷時，幾乎都會提到他們「聽到」耶穌（或聖神）的召喚。

教會發出的「外在召請」，數量其實難以計數，不過每年慕道受洗的人實在有限；「聽到」內在召請、又能放下世俗的牽絆去修行的人更是鳳毛麟角。

民國五十六年（一九六七年）八月，我高中畢業、考上大學後，曾經去參加在臺灣彰化市天主教耶穌會靜山會院舉辦的「避靜」（Retreat）。當時的院長——就是後來的單國璽樞機主教在個別談話時，曾經詢問我有沒有興趣瞭解、考慮一下將來去修道當神父的意願（這就是「外在的召請」）。可惜，我沒有這種福分，婉謝了，沒有「中選」。所以至今還是「一品」老教友。

6 mark of Cain
9 加音的記號

—— 出自《創世紀》4：15

上主對加音說：絕不這樣！凡殺加音的人，必定要受七倍的罰。上主逐給加音一個記號，以免遇見他的人擊殺他。

——《創世紀》4：15

The Lord said to Cain, Not so; anyone who kills Cain will suffer vengeance seven times over. Then the Lord put a mark on Cain so that no one who found him would kill him.

—— *Genesis 4：15*

　　加音（Cain）是亞當和夏娃被逐出伊甸園後，所生下的長子，從事耕種；弟弟亞爾（Abel），則從事打獵。兄弟兩分別向上主獻祭。上帝惠顧亞伯爾的貢物——最肥美又是首生的羔羊，卻不喜歡加音祭獻的農產品，加音因此嫉恨亞伯，把他誘騙到田裡擊殺了。

　　在上主向他查問時，他又謊稱不知情，因為自己不負責看護亞伯爾。上帝因此把他放逐，成為一個流離失所的人（wanderer）。但是上主又在他額頭上做個記號，不讓其他人殺害加音。

在英語中，加音 Cain 就成了「殺人犯」——特別指殺害兄弟者的代名詞。to raise Cain 字面意思是「招惹加音」，比喻引發騷亂、大怒、吵鬧。the mark of Cain（或 Cain's mark）「加音的記號」，是對罪惡性質的標誌（a sign of sinful nature），相當於中國封建時代，在罪犯臉上刻字的「黥刑」。

不過，按照聖經的記載，上主是為了避免加音在浪跡天涯的路程中被人殺害了，才給他做上這個記號的。因此 the mark of Cain 是一種「上主保護的記號」（a sign of God's protection），例如：

Charlie's friends believe that he must be carrying the mark of Cain because he fortunately escaped unhurt in the recent fatal car accident.

查理的朋友們相信他一定帶著加音的記號，因為他在最近遭遇的一場致命的車禍裡，竟然毫髮無損。

上主為什麼要保護加音這個殺人犯？主要是當時天地間混沌初開，上主還沒有頒下「殺人償命」的法律啊！聖經學家解釋說，加音殺了弟弟，又撒謊拒不承認，上主立刻懲罰——將他逐出樂園、失去耕種謀生的能力，流離失所。但是當加音向上主說出「我該躲避你的面」時，顯示他已經知道後悔了，上主仁慈，給他一條活路，讓他到異地他鄉重新做人。

加音額頭上的記號，既有「保護」的作用—就像現在法律上還是要保護犯人的人身安全，不能任由他人處置一樣，也是要他記得悔改的提醒。

7 0 money is the root of all evils

錢財是萬惡的根源

—— 出自《弟茂德前書》6：10

貪愛錢財是萬惡的根源，有些人曾因貪求錢財而離棄了信德，使自己受了許多刺心的痛苦。

—— 《弟茂德前書》6：10

For the love of money is a root of all kinds of evil. Some people, eager for money, have wandered from the faith and pierced themselves with many griefs

—— *1 Timothy 6：10*

　　這句話平鋪直敘，老嫗能解，似乎無需贅言。不過，這句話是有如下「語病」的：

　　一則，「錢財」本身，特別是「貨幣類（例如人民幣或美元）」一旦離開了它原來的流通區域，如果無處兌換成當地貨幣，是沒有用處的。

　　二則，當初原文說「貪愛」或貪求錢財是萬惡的根源，錢財本身

只是一種流通的工具，「貪愛」才是造成罪惡的動機；但英文成語把「貪愛」省略，等於把罪惡的根源歸責在錢財身上，對錢財來說，太難、太委屈了。

我們「燈光明家族」¹出身清寒，六個姊妹裡，就有四位因為家境貧苦無力撫養，而從小被父母送給附近條件相對好一點的人家領養。對於「錢財不是萬能（例如它買不到親情）、但沒有錢萬萬不能」的說法，我們都有極其深刻的體會。也因為過去艱難的求學時期曾受惠於人，我們對於有困難的學生也特別樂於伸出援手。

聖經《德訓篇》31：1-7 對錢財有如下深刻的敘述和教導：

為發財而不寐使人肉身消瘦；焦慮使人失眠……凡貪愛金錢的不能稱為義人。凡追求利益的必走入迷途。許多人為了金錢而失足，他們的喪亡就在眼前。金錢為拜金的人是絆腳的木樁。迷愛黃金的人是有禍的，一切愚人都成為它的俘虜。**無瑕可指、不追求黃金、不寄望於金錢財寶的富人，是有福的。**

耶穌對於錢財的教導，大家最熟稔的莫過於「富貴少年」那一段。有一位家境非常富有、也從小遵守了所有的誡命的少年，來詢問耶穌應該行什麼是「善」為得到永生？當耶穌對他說，你若願意是成全的，去變賣你所有的、施捨給窮人，你必有寶藏在天上，然後來跟隨我。少年一聽到這話，就憂悶地走了，因為他捨不得他的許多產業。耶穌因此對門徒說：富人難進入天國（意指難接受祂的福音）。駱駝穿過針孔比富人進天國還容易（《瑪竇福音》19：16-26、《馬爾谷福音》10：22-25）。

善用財富才是真正的福氣。誠然。

---

1. 意指嚴家三兄弟永燈、永晃（小名永光）、永明連同他們六位姊妹的所有家屬。

7 new wine in old bottles (wineskins)

1 舊瓶（皮囊）裝新酒

—— 出自《瑪竇福音》9：17、《馬爾谷福音》2：22……等

耶穌說：沒有人把新酒裝入舊皮囊的，不然，皮囊一破裂，酒也流了，皮囊也壞了。而是應把新酒裝在新皮囊裡，兩樣就都得以保全。

—— 《瑪竇福音》9：17

Jesus said: Neither do people pour new wine into old wineskins. If they do, the skins will burst; the wine will run out and the wineskins will be ruined. No, they pour new wine into new wineskins, and both are preserved.

—— *Matthew 9：17*

古代以色列家庭，一般都使用陶罐或石罐來盛裝水或酒的。這在耶穌施行的第一個奇跡「加納婚宴」裡，有很清楚的記載（《若望福音》2：1-11）。但他們出門遠行時，為減輕負擔和方便攜帶，卻是使用羊皮做成的皮囊（皮袋）裝滿清水或葡萄酒上路的。

皮囊（皮袋）既然是用生皮製成，加上酒精的發酵作用，自然有一定的耐用期限，不可能一再回收重複使用，正如耶穌所說：如果把

新酒倒入舊皮囊，會把它脹破，酒灑出來，皮囊也沒用了。只是隨著時代進步，各種瓶子（bottle）輕巧便利，如今皮囊已經不多見了。

新酒（new wine），一如耶穌宣揚的「福音」，代表新的信仰、觀念、事物、制度……而舊瓶（皮囊）則是指存在已久的老觀念、條條框框的法令規章或老舊機構等等。「舊瓶（皮囊）裝新酒」**比喻雖力求革新、卻無法掙脫桎梏，只能拘泥在舊有的模式裡，勉強表現新意**。例如人們常說：

To put new wine into old bottles often does strong harm to literacy creation.

舊瓶（皮囊）裝新酒會嚴重傷害文學創作。

與此相對的是「新瓶裝舊酒」（old wine in new bottles），意指將舊的觀念或事物，重新包裝後推出問世。例如各國「專利法」（Laws of Patents）幾乎都將專利分為新發明、新型和新設計三種，其中新型和新設計，就是「新瓶裝舊酒」最好的詮釋，也可以說是進入「新發明」的一個階段性進程。

拙作「品味聖經」系列文章 [1] 也是一種「新瓶裝舊酒」的做法。因為聖經的教訓和典故，已經定稿快兩千年了，但是歷久彌新，我反覆品味理解後，加上個人的文筆和經驗事例，用現代人習慣的語法表達出來，請大家指教。

正如魯迅在《準風月談》所說的：舊瓶可以裝新酒，新瓶也可以裝舊酒。我個人認為關鍵在保持謙虛、開放、學習的心態，與時俱進，千萬不要把好酒弄壞了。

　1. 作者發表於中國大陸最大的天主教 APP「萬有真原」。

7
2 no greater love

最偉大的愛

—— 出自《若望福音》15：13

耶穌教訓門徒們說：沒有比為朋友犧牲生命更偉大的愛
了。

—— 《若望福音》15：13

Jesus said to his disciples: Greater love has no one than that to lay down one's life for one's friends.

—— *John 15：13*

　　中國傳統文化重視「朋友」，把它和君臣、父子、夫婦、兄弟並列為「五倫」。中國人對朋友的要求是講情分，重道義，為朋友敢於冒險，赴湯蹈火，義無反顧，甚至兩肋插刀，犧牲性命。這似乎完全符合耶穌上述的教導。

　　不過，如果仔細品味耶穌在緊接著那句話之後的如下兩句話；我稱你們為「朋友」，因為我已經把從父那裡聽到的一切，都讓你們知

道如果你們奉行我所交代的，就是我的「朋友」了（《若望福音》15：14-15），我們就可以理解：祂交代門徒愛的對象，除了我們俗稱的「朋友」之外，更明指祂自己。

No greater love 沒有更偉大的愛——也就是「最（偉）大的愛」，例如：

No love is greater than a mother's love to her child or children.
沒有比一位母親對她子女的愛（母愛）更偉大的愛了。

耶穌要求門徒們愛祂，甚至不惜犧牲生命，其實和「十誡」等教導是完全一致的。因為在「十誡」裡，第一到第三誡（愛天主在萬有之上、勿呼天主聖名以發虛誓、守瞻禮主日）都是要求信徒敬天愛主。

耶穌還重申梅瑟的教訓：**要全心、全靈、全意、全力愛你的天主（《申命紀》6：5），作為最大誡命的第一條。第二條則是「愛近人如同愛自己」**（《馬爾谷福音》12：1-3）。

祝願我們時刻奉行耶穌所交代的，成為祂的「朋友」，願意義無反顧，為祂赴湯蹈火。

7
3 no rest for the wicked

惡人絕無平安

—— 出自《依撒意亞先知書》57：20-21

惡人將如翻騰的大海，不能平息！它的浪潮捲起黃土和
汙泥！我的天主說：惡人決無平安。

—— 《依撒意亞先知書》57：20-21

But the wicked are like the tossing sea, which cannot rest, whose
waves cast up mire and mud. There is no peace for the wicked,
says my God.

—— *Isaiah 57：20-21*

　　Rest 和 pitch 一樣，也有將近二十個不同的意思。作為動詞可以是
休息、放鬆、被支撐、被擱置、使依靠、托、中止、安息、長眠……，
作為名詞可以是其餘（的人）、其他（事務）、剩餘部分、殘留、支
撐物、休息、睡眠、休止……等等。例如：

She deserves a rest after all the hard work for weeks.

在辛苦工作幾週之後，她該好好休息一下了。

Rest 在聖經裡至少以如下不同的含義，合計「誇張」地出現將近四百次之多：

1. 休息：（例）上主在第七天休息了（《創世紀》2：2）。

2. 安息：（例如）耶穌說，凡勞苦和負重擔的，都到我跟前來，我要使你們安息（《瑪竇福音》11：28）。

3. 停留：那裡有和平之子，你們的和平就要停留在他身上（《路加福音》10：6）。

4. 長眠：達味與自己的列祖同眠，葬在達味城（《列王紀上》2：10）。

5. 其他（的事）：撒羅滿的其他事跡、作為和智慧，都記載在《撒羅滿實錄》上（《列王紀上》11：41）……等等。

聖經裡關於「惡人」的記載「不要太多」（上海話，太多了的意思），從亞當的長子加音（Cain）殺弟之罪（之後被上主驅逐成為流離失所的人，《創世紀》4：1-16）開始，「人類的敗壞」（導致洪水滅世，《創世紀》6：1-8）、索多瑪（Sodom）的邪行（後被徹底毀滅，《創世紀》19：1-29）……等等，真是血淚斑斑，罄竹難書。

No rest for the wicked 惡人絕無平安，和成語「邪不勝正」、「惡有惡報」有異曲同工之妙。

No rest for the wicked 也被引申為工作太忙沒得休息,這通常是用來調侃自己或比較親近的友人,例如:

I accidentally had my lunch break timeout, then I had to work over time in the evening. No rest for the wicked.
我不小心午休超時,以至於傍晚必須加班,工作真是沒完沒了。

至於網絡上有人將 No rest for the wicked 翻譯成「惡人沒有休息」(不會停止作惡),我不能理解。

7
4 of little faith

小信德

—— 出自《瑪竇福音》6：30、《路加福音》12：28 等

田地裡的野草，今天還在，明天就被投入爐中，天主尚且會這樣裝飾。信德薄弱的人哪，何況你們呢？

—— 《瑪竇福音》6：30、《路加福音》12：28

If that is how God clothes the grass of the field, which is here today and tomorrow is thrown into the fire, will he not much more clothe you——you of little faith?

—— *Matthew 6：30、Luke 12：28*

　　Faith 名詞，信德、信心、信任、忠信……它的相關詞組很多，例如對某人（事、物）保持信任 keep faith with（或 have faith in，in good faith with）；失去信任 break faith with（或 lose faith in、或 in bad faith with），例如：

> Why won't you let me take up that position? Are you of little faith on me?
>
> 你為何不讓我接那個職務？你信不過我嗎？

　　事實上聖經裡耶穌批評祂的門徒小信德、信德薄弱至少五次，例如：

　　平息風浪：耶穌和門徒在船上，忽然起了大風浪，耶穌卻睡著了，門徒們慌忙叫醒祂說：主，救命啊，我們要死了！耶穌對他們說，**小信德的人啊！你們為什麼膽怯？**（《瑪竇福音》8：23-26）

　　耶穌步行海面：伯多祿想學耶穌步行於海面，一見風勢很大，就害怕起來，並開始下沉，遂大叫說：主，救我吧！耶穌伸手拉住他，並對他說：**小信德的人，你為什麼懷疑？**（《瑪竇福音》14：28-30）耶穌帶著門徒們往對岸去，忘了帶麵包，門徒們彼此議論。耶穌知道了，就說：小信德的人！你們為什麼竟彼此議論沒有帶餅呢？（《瑪竇福音》15：5-8）

　　西元二千年美國總統大選，小布希（George W. Bush）當選後，信誓旦旦地提出「立基於（基督）信仰的施政倡議（Faith-based Initiatives）」，遺憾天不從人願，二〇〇一年一月二十日總統就職日那天，美國東北部包括華府地區暴風雪，所有的戶外慶祝和遊行活動全部取消，宣誓儀式也被迫改在室內舉行，當時許多媒體就預言說這真不是好兆頭。

　　到了當年九一一事件，又兩個月後他出兵阿富汗，從此開始美國長達二十年的戰爭噩夢。以至於有學者在二〇〇四年出版了一本 *Of Little Faith* 的書籍，嚴詞批判他的 Faith-based Initiatives，讓小布希總統灰頭土臉。

★ 故 事 B O X

　　有一本書，叫做 *Have a Little Faith*，中文書名叫做《一點小信仰》，作者是暢銷經典《在天堂遇到的五個人》米奇·艾爾邦（Mitch Albom），他最為人熟知的著作是《最後 14 堂星期二的課》。

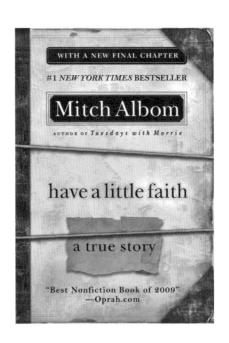

7
5 out of the mouths of babes

出自稚子之口

—— 出自《聖詠》8：3、《瑪竇福音》21：12-17

從赤子乳兒的口中，你取得完美的讚頌，為使恨你的人
受辱，為使仇敵有口無用。

—— 《聖詠》8：3

From the lips of children and infants, you, Lord, have called
forth your praise. You have established a stronghold against your
enemies, to silence the foe and the avenger.

—— *Psalms 8：3*

　　話說耶穌傳教的兩年四個月期間，曾有兩次潔淨聖殿的記載。第
一次是祂出道不久，首次去耶路撒冷聖殿時，看見庭院裡有賣牛、羊、
鴿子的，和坐在錢莊裡兌換銀幣的人，就用繩索做成一條鞭子，把眾
人連同那些牛、羊、鴿子都趕出去，怒斥他們說：你們怎麼把我父親
的殿宇變成賊窩……當時沒有人認識祂，就追問祂有什麼權柄趕他
們……（《若望福音》2：13-22）。

第二次則是祂受難的六天前，騎著驢駒進入耶路撒冷，到了聖殿庭院後，又看見那裡像市場一樣，祂再次把商販顧客都趕出去，把錢莊的桌椅板凳推翻，說：我的殿宇應該是祈禱之所⋯⋯接著治癒了庭院裡的瘸子瞎子。司祭長們看見祂所行的奇跡，又聽見孩子們喊說「賀三納達味之子」，就怒斥耶穌，結果耶穌引述《聖詠》「你（天主）從嬰兒和吃奶者的口中，備受讚美」（《瑪竇福音》21：12-16），意思就是明白告知這些司祭長和經師們，祂就是上主。

聖經英文版原文是用 out of the lips of children and infants，英文成語改為 out of the mouth of babes（and sucklings），意思完全相同，卻更覺得親切。babes 是名詞，寶貝兒，也是男人對年輕女子或愛人（特別是「小三」）的暱稱。sucklings 則是還在哺乳期間的赤子、乳兒。suckle 是動詞，suckling 可當動名詞，都是哺乳的意思。例如：

Take care of sucklings requires a great deal of patience.
照顧乳兒需要極大的耐心。

出自稚子之口，童言稚語、童語的意思，引申為天真無邪的話語、有時候會「蹦出」大智慧。例如：

Sometimes the ingenuous questions out of the mouths of babes and sucklings can confound the experts.
有時候出於天真孩童之口的問題會難住一些專家（所以我們不能以人廢言，對童言稚語全忽視不顧）。

76 pride comes before a fall
驕傲是失敗的前導

—— 出自《箴言》16：18

驕橫是滅亡的先聲，傲慢是隕落的前導。

——《箴言》16：18

Pride goes before destruction, a haughty spirit before a fall.

—— *Proverbs 16：18*

　　驕傲是一種情緒狀態，一般分為兩類：

　　一是由於達成目標，或是對於某個選擇或行動，感到自信不悔，或者在受到讚賞之後，對自我獨立、堅強的形象感到滿足等等。

　　第二類則是一種對於個人的地位或成就的自我膨脹與炫耀，通常與傲慢是同義詞，這是負面思維，也是自古以來最受人詬病的心態，因此有「驕兵必敗」的成語。

中國自古以來對於「勸誡驕傲」的訓導太多了。例如：

1. 自見者不明，自是者不彰，自伐者無功，自矜者不長。語出《老子》；

2. 富貴而驕，自遺其咎。語出《老子》；

3. 滿招損，謙受益。語出《尚書》；

4. 器滿則傾，志滿則覆。語出《六韜》……等等。

聖經裡對於「驕傲」的勸誡也不遑多讓，例如：

1. 驕傲的開端，始於人背離上主，始於人心遠離自己的創造者，因為**驕傲是一切罪惡的起源。固執於驕傲的人，散佈可憎的事，猶如雨點，最後必使它喪亡**（《德訓篇》10：14-16）。

2. 目空一切的人必被抑制，性情高傲的人不被屈服……（《依撒意亞先知書》2：11-17）。

3. 耶穌告誡門徒說：凡高舉自己的必被貶抑，凡貶抑自己的必被高舉（《路加福音》26：4-19）……等等。

聖經裡也不乏個別人物由於驕傲而被上主重懲的記載，例如：

1. 西元前一千年左右，達味王因為驕傲（想展現國力），進行人口普查而得罪上主，遭降下瘟疫，一夜之間死了七萬人（《撒慕爾紀下》24：1-17）。

2. 西元前七四〇年左右，猶大王烏齊雅（Uzziah）在國勢強盛後，心高氣傲，竟敢冒犯上主，擅自進入聖殿，執意要越權上香，結果就在香壇旁邊，當著司祭面前，他的額頭就出現癩病，急忙走出聖殿，已經來不及了（《編年紀下》26：16-23）。

期許自己時刻摒棄驕傲的心魔。

7 put your house in order

7 料理好你的家務

—— 出自《列王紀下》20：1

先知依撒意亞對猶大國王希則克雅說：上主這樣說：把
你的家務料理好，因為你快死了，活不成了。

——《列王紀下》20：1

Prophet Isaiah said to Hezekiah, king of Judah, this is what the
Lord says, put your house in order, because you are going to die,
you will not recover.

—— *2 Kings 20：1*

　　話說西元前七〇二年，猶大國一位明君希則克雅（西元前七一五－
六八七）不幸重病（據考證是褥瘡），奄奄一息。先知依撒意亞銜上
主的命令，向他傳達以上引述的話語，這可把他嚇得不輕，急忙哀告
上主，說他一生忠心全意地在上主面前行走，作了上主視為正直的事，
求主憐憫。

　　上主果然是公正忠信的。祂聽到希則克雅的禱告，又看見他的眼

淚，就讓依撒意亞去對他說，上主將

1. 用無花果的餅治好他；

2. 把耶路撒冷從亞述王手裡拯救出來；

3. 給他延長壽命十五年，這使他成為聖經裡唯一獲得延壽的人（《列王紀下》第二十章）。

order 動詞是命令，名詞是命令、秩序、訂單⋯⋯take order 接訂單，in order to 為了，To put something in order（也可以寫成 set something in order 或 get something in order）都是「把東西整理好」的意思，例如：

John, please put your books in order on the bookshelf.
若翰，請把你的書在書架上整理好。

put your house in order 對希則克雅來說，本來有「料理後事吧」的意思，**引申為「要人解決他自己的問題」**，例如：

You shall put your own house in order before start telling me what to do.
你應該先把自己的事情處理好，再來指點我該做什麼。

7 render unto Caesar what belongs to Caesar

8 凱撒的歸凱撒

—— 出自《瑪竇福音》22：17、《馬爾谷福音》12：17、《路加福音》20：25

耶穌對來給祂下圈套的法利賽人和黑落德黨人說：凱撒的，就應該歸還凱撒，天主的，就應歸還天主。

—— 《瑪竇福音》22：17、《馬爾谷福音》12：17、《路加福音》20：25

And Jesus said to those Pharisees and Herodians who came to trap him: "Render to Caesar the things that are Caesar's, and to God the things that are God's."

—— *Matthew 22：17、 Mark 12：17、Luke 20：25*

羅馬帝國的「凱撒大帝」和基督宗教真有不解之緣。從西元一年耶穌誕生前到西元六十五年保祿受難期間，先後共有五任凱撒執政，其中如下三任都被記載入《新約》裡[1]：

1. 西元一年：凱撒奧古斯都（Caesar Augustus ，西元前二十七年至西元十四年執政），發布諭令，要天下人都返鄉登記戶口（《路加福音》2：1），若瑟因此帶著身懷六甲的瑪利亞

---

1. 聖經裡沒有記載的另外兩位凱撒分別是：凱撒卡里古拉 （Caesar Caligula，西元三十七到四十一年執政）、凱撒克勞迪烏斯（Caesar Claudius 西元四十一到五十四年執政）。

回白冷，耶穌就在白冷出生。

2. 西元二十八年：凱撒提庇留（Caesar Tiberius 西元十四年到三十七年執政）執政第十五年，若翰出來，宣講悔改的洗禮，預備上主的道路（《路加福音》3：1）。

3. 西元五十七年，保祿堅持要去羅馬向凱撒尼洛（Caesar Nero，西元五十四 – 六十八年執政）上訴（《宗徒大事錄》25：10-12）。

話說反對耶穌的法利賽人和黑落德王的支持者來「請教」耶穌可不可以向凱撒交稅？這是一個陷阱：耶穌如果回答可以，就違背了十誡裡第一條（「尊崇天主在萬有之上」）；反之，如果耶穌回答「不可以」，那就等於教唆民眾對抗政府，問題更嚴重了。

耶穌識破他們的詭計，就要求他們拿出交稅用的硬幣，問他們硬幣上有誰的肖像？他們說，是凱撒的。於是耶穌說：那麼凱撒的就應歸還凱撒；天主的，就歸還天主。那些反對祂的人抓不到耶穌的把柄，只能閉嘴。

render unto Caesar things that are Caesar's 或寫成 give to Caesar what belongs to Caesar 凱撒的歸凱撒，就代表完整的「凱撒的歸凱撒、天主的歸天主」，意思是：人生在世，既然無法切斷世俗的事務（例如納稅），就得按規定盡義務；但信仰是個人對天主的關係，應該回歸天主。

耶穌受難是最好的例證：祂被按照當時的法律釘在十字架上（世俗的生命歸於凱撒），但祂的靈魂回到天父那裡。

「凱撒的歸凱撒，天主的歸天主」，**引申為分屬於兩個截然不同的領域**，例如：

Don't be confused by Urban Renewal and New Area Development in the city. Render unto Caesar things that are Caesar's.

不要被一個城市的「都市更新」和「新區開發」弄混淆了，橋歸橋、路歸路。

7
9 salt of the earth

地上的鹽

—— 出自《瑪竇福音》5：13、《馬爾谷福音》9：4-50 等多處

你們是地上的鹽。鹽若失去味道，可用什麼使它再鹹呢？它再毫無用途，只好拋在路邊，任人踐踏罷了。

—— 《瑪竇福音》5：13

You are the salt of the earth. But if the salt loses its saltiness, how can it be made salty again? It is no longer good for anything, except to be thrown out and trampled underfoot.

—— *Matthew 5：13*

中國人說：開門七件事，柴米油鹽醬醋茶，這是古代平民百姓每天奔波以維持日常生活的必需品。其實其他地方亦然。其中，鹽因為具有調味、防腐、保鮮、乃至療傷又是維持生理正常運作的要素，比醬醋茶重要得多。

《聖經》裡，鹽就出現多達四十六次，猶太法律甚至將鹽規定為「祭祀用品」之一，也提到以色列兩個主要產地：鹽海（Salt Sea，《厄

則克耳書》47：7-11）、鹽谷（Salt Valley，《撒慕爾紀下》8：13），以及它宗教信仰上的如下諸多用途：

1. 淨化、聖化：猶太人在嬰兒出生時，割斷臍帶、用水洗淨後，要「擦鹽」，再用襁褓包裹（《厄則克耳先知書》16：4）；

2. 祭獻：例如奉獻全燔祭時，司祭應在祭品上撒鹽（《出谷紀》30：34-35）；

3. 結盟：上主和以色列人締結了「鹽約」（Salt Covenant）將以色列的王位，永遠賜予達味和他的子孫（《編年紀下》12：5）。

   古代猶太人為了締結「鹽約」，締約各方需要互換鹽缽，並彼此品嘗一口（eat the salt），這和古代中國人的「歃血為盟」頗有異曲同工之妙。

4. 和平的催化劑：耶穌教訓以色列人：你們彼此間應當有鹽，彼此和平相處（《馬爾谷福音》9：49-50）。

鑑於鹽的不可或缺性，salt of the earth「地上的鹽」就被**引申為一個「忠實可信」、吃苦耐勞的人，是人中豪傑**。例如：

Merry is the salt of earth and can be completely trusted.

心怡忠實可靠，可以完全被信任。

還有一些和鹽相關的成語，例如：worth one's salt 稱職、勝任（be qualified），例如：

Cheery is really worth her salt as a professional manager.
心悅真是一位稱職的專業經理人。

更讓人猜不到的是 salt away 竟然是存錢的意思，例如：

He made up his mind to salt away money from now on.
他下定決心了，從現在開始要存錢。

期許自己謹記耶穌的教導，做「地上的鹽」，一生都是誠實善良、高尚的人。

80 signs and wonders

奇跡異能

—— 出自《出谷紀》7：3、《申命紀》4：34、《聖詠》135：9、
《若望福音》4：48……等多處

（耶穌對葛法翁的一位官員說：）你們除非看見奇跡異
能，就總是不信。

—— 《若望福音》4：48

(Jesus said to a royal official of Capernaum:) Unless you see the
signs and wonders, you will never believe.

—— *John 4：48*

sign 可以是簽名、記號、招牌、奇跡、徵兆……等好幾個意思，
請參閱本書第八十一篇 signs of the time（時代的徵兆）。

wonder 做名詞，和 miracle、sign 都是驚訝、神奇的意思。做動詞
則是很驚訝、好奇、想知道；wonderful 可做形容詞，很奇妙、棒極了。
signs and wonders 在《思高聖經》裡，翻譯成「奇跡異能」，例如：

I just wonder, among those signs and wonders that Jesus performed, which is the most wonderful one.

我很好奇，耶穌所行的奇跡異能裡，哪一件最神奇。

聖經裡充滿各種奇跡異能的記載，許多是天主自己、並透過祂所揀選的人來完成。其中梅瑟（Moses，和合本譯為摩西）無疑是個中翹楚，在埃及境內時就有「燃燒的荊棘叢」、「十災」，帶領以色列人出逃時，又舉手就分開海水方便以色列子民通過，在西乃半島的曠野裡還兩次「擊石出水」……等等，詳請參閱《出谷紀》第三到十七各章。

聖經裡《申命紀》4：34、6：22、7：19、《乃赫米亞》9：10、《聖詠》135：9等多處，都讚頌上主以奇跡異能拯救了以色列民族。梅瑟也被後世的聖經學家們稱為「奇跡製造機」（miracle making machine），他堪稱當之無愧。

耶穌更「厲害」了，列入四部福音裡記載的就有三十七件，行醫治病、驅魔趕鬼甚至復活亡者，無所不能，連同祂自己受難後的「復活」和多次顯現，都讓當時的社會深受震撼和信服。

8 signs of the time

1 時代的徵兆

—— 出自《瑪竇福音》16：3-4

耶穌對法利賽人說：……你們知道辨別天象，卻不能辨別時代的徵兆嗎？邪惡淫亂的世代要求徵兆。

—— 《瑪竇福音》16：3-4

Jesus said to Pharisees: you can discern the face of the sky; but can you not discern the signs of the time? A wicked and adulterous generation seeks after a sign.

—— *Matthew 16：3-4*

Sign 這個字有將近二十個中文意思。做動詞用可以是：簽名、簽字、簽約、示意、打手勢、打手語……等等，做名詞可以是：招牌、手勢、符號、標誌（記）、跡象（奇跡）、徵兆、預兆……等等。在聖經裡，至少以如下四種不同的意思，合計出現約一百八十次：

1. 簽署：例如，巴比倫君王簽署了禁令（《達尼爾先知書》6：13）等。

2. 奇跡：上主教梅瑟向埃及人顯示棍杖變蛇、蛇變棍杖……等奇跡（《出谷紀》4：8）上主為證明他們（保祿和息拉）所宣講關於恩寵的話是真實的，就借著他們的手顯示奇跡（《宗徒大事錄》14：3）……等。

3. 記號：天主說，在天空中要有光體，以分別晝夜，作為規定時節和年月日的記號（《創世紀》1：14）……等。

4. 徵兆、預示：引述聖經典故的那個句子裡，法利賽人要求耶穌給他們顯示一個來自天上的徵兆。耶穌回答說，你們知道晚上天色發紅必要放晴；早上天色又紅又黑必有風雨；你們知道辨別天象，卻不能辨別時代的徵兆？（《瑪竇福音》16：1-4）耶穌言下之意是：法利賽人應該從祂的道理和奇跡中，辨識出默西亞已經來臨了。

signs of the time **如果解釋為「時代的記號」或特徵、趨勢，特別是負面的，比較容易理解**，例如餐桌上本來是互相交流、宴席上更多的是杯觥交錯、酒酣耳熱，但現代許多餐桌上常見賓客們各自盯著自己手機上的資訊，彼此間都很少互動交談了，社會學家們認為這是一種「時代的記號」

signs of the time 也可以解釋成時代的「徵兆」，就是比較「玄」一點了。例如每次有奇特的天象（比如日環蝕）、或重大的天災人禍發生後，經常會聽到這是「末世來臨的徵兆」。

但我個人總認為這些說法過於危言聳聽。保持敬天愛人、善工善言就好，不必杞人憂天。

82 spare the rod and spoil the child

棍棒不施，寵壞孩子

—— 出自《箴言》13：24

不懲戒孩子就是不愛孩子，愛孩子的人謹慎管教孩子。

—— 《箴言》13：24

Whoever spares the rod hates their children, but the one who loves their children is careful to discipline them.

—— *Proverbs 13：24*

　　spare 節省、惜用、不使用、備用……，例如：spare parts 備用零件。rod 棍棒、權杖；spoil 則有搶劫、掠奪、寵壞、糟蹋……等意思。

　　spare the rod the spoil the child **從字面上就很容易理解：孩子犯錯誤時，如果都不予懲戒，就是放縱、不愛孩子，最終寵壞孩子。**

　　猶太人嚴格管教孩子，聖經裡多處記載，例如：

—— 管教孩子是希望之所寄（《箴言》19：18）

—— 哪個孩子不受父親的管教？（《希伯來人書》12：7）

猶太人管教孩子成效卓著，自一九〇一年諾貝爾獎頒發以來，到二〇二一年止，累計九百四十三位獲獎人中，猶太人超過二百一十人，遙遙領先所有其他族裔，就是明證。

其實漢語裡對管教孩子也有類似的教訓，包括「不打不成器」、「棒頭出孝子、箸頭出忤逆」，幾千年來絕大多數父母親都是用棍棒（或枝條）來教訓犯錯的孩子。

臺灣地處亞熱帶，盛產各種竹子。我的故鄉「新竹」就是重要的產地之一。在上世紀七十年代以前，臺灣父母親對付調皮搗蛋的孩子，捨棄傳統的棍棒，而是將兩三根細竹枝紮成一束，稱之為「竹咻子」，打在身上或小腿肚子上，要比棍棒更刺痛難受得多，挨打時往往嚎啕慘叫。

我小時候也沒少挨過，上小學之後，由於學習成績優異，總算脫離「吃竹咻子」的噩夢。臺灣後來由於教育水準全面提升，加上政府禁止體罰，一般家庭已經看不到「竹咻子」了。然而教育孩子，仍然是父母長輩不可規避的責任，看到公共場所有熊孩子闖禍，令人想起聖經這段經文。

8 straight and narrow

3 正道和窄門

—— 出自《瑪竇福音》7：13-14

（耶穌教訓門徒說：）你們要從窄門進去，因為寬門和大路導入喪亡，但有許多人從那裡進去。那導入生命的門是多麼窄，路是多麼狹，找到它的人的確不多。

—— 《瑪竇福音》7：13-14

(Jesus said to the disciples:) Enter through the narrow gate. For wide gate and broad road leads to destruction, and many enter through it. But small gate and narrow road leads to life, and only a few find it.

—— *Matthew 7：13-14*

上面是耶穌出來傳道之後不久，在靠近葛法翁（Capernaum）的一座山上，對門徒解釋「舊約」法律的意義，同時定下「新約」律法，聖經上稱為山中聖訓（Sermon on the mountain，和合本譯為登山寶訓）裡的一句。

寬門和大路代表世俗舒適、特別是充滿金錢物慾的日子，而狹路窄門則是指追隨祂、遵守誡命、背十字架的生活，這在當時確實是極小的人群。

　　耶穌隨後在前往耶路撒冷的路上，一位門徒詢問祂：得救的人真的不多嗎？耶穌回答時再次提到「窄門」，說：你們竭力從窄門進去吧！我告訴你們，將來有人要想進去，將不得其門而入（《路加福音》13：22-24）。

　　大路和窄門 wide road and narrow gate，後來被修正為正道和窄門 straight road and narrow gate，又簡化成 straight and narrow，並**引申為** the way of proper and honest behavior **行為正直誠實、中規中矩和** the orthodox and law-abiding way to live life **以遵紀守法的方式過日子**，例如：

Petero has kept himself on the straight and narrow after he married Lisa.
伯多祿和麗莎婚後行為始終中規中矩。

　　反之，off the straight and narrow 就是「走上邪路」了。例如：

Personal grievances or financial inducements will always lure some off the straight and narrow.
個人恩怨或金錢誘惑總是能導致某些人走上邪路。

8
4 taking someone under your wing

翼護某人

—— 出自《聖詠》17：8、《聖詠》61：5、《聖詠》91：4 等

（無辜者的懇禱）求你護佑我猶如眼中的瞳仁，在你雙翼的庇護下叫我藏身。

—— 《聖詠》17：8

Lord, keep me as the apple of your eye[1]; hide me in the shadow of your wings.

—— *Psalms 17：8*

「翼護」是指把幼小弱勢的放在翅膀下給與保護，這是自然界許多鳥類共同的習性，相信大家都有這樣的經驗。聖經裡，將人類比喻做在上主的「翅膀」下受到「翼護」，除開篇詩文外，還出現在如下兩處：

—— （流落異鄉者的祈禱）願我常在你的帳幕內居住，在你的翼護下隱居（《聖詠》61：5）。

1. 詳見本書第八十五篇，第二二四頁。

—— （天主是義人的護佑）祂以自己的羽毛掩護你，又叫你往祂的翼下逃避，祂的忠信是盾牌和鎧甲（《聖詠》91：4）。

人類沒有翅膀，但自古就有家庭制度，一家人同居一處，對老弱婦孺提供最基本的保障。對於失去一家之主的寡婦孤兒，古代以色列人，特別在制度上給與保障，例如規定在農作物收成時，必須「特意」留下少量，讓困難戶撿拾過日子。

聖婦盧德[2]因為撿拾麥穗奉養婆婆納敖米（Naomi）成就姻緣，嫁給波阿次（Boaz），成為達味王的曾祖母，後來還列入耶穌的族譜（《瑪竇福音》1：5），這是聖經裡最近乎神話的結局。

天主教會近兩個世紀以來，在世界各國各地，興辦無數的社會福利事業包括養老院、育幼院、殘障收容所等等；以及社會上許多善心人士，收養被遺棄的孤兒，都充分發揮愛心和「翼護」（保護、教養）的功能，令人肅然起敬。例如：

Realizing that Julie comes from rural area and lives and works in the city by herself, the church takes her under their wing.

得知裘莉雅來自鄉下、獨自在城市裡工作生活，教會給她提供翼護。

不過，無論國際間和各國各地也都有一種「負面的翼護」，俗稱「保護傘」（protective umbrella），就是對某些壞人或惡勢力提供庇護、使其利益不受損害或不受干涉的力量。例如：

---

2. Ruth，或譯路得。

Japan has been under the US protective umbrella since the end of World War II in 1945, and yet strengthened its military warfare.

日本自一九四五年二戰結束後就在美國的保護傘之下，壯大了該國的軍事實力。

　　祝禱任何為人父母或有能力為他人提供保護的人，都應該將「翼護」的重心置於對人家的引導和幫助，絕不能成為對方任何惡行的保護傘。

8 5 the apple in one's eye
眼中的蘋果

—— 出自《申命紀》32：10、《聖詠》17：8 等

（梅瑟歌）上主撫育以色列人，猶如保護自己的眼珠。

—— 《申命紀》32：10

The Lord shielded Israelite and cared for them. He guarded them as the apple of his eye.

—— *Deuteronomy 32：10*

Apple 蘋果；蘋果樹（apple tree）；大家熟悉的蘋果公司（Apple Inc.），蘋果手機（Apple iPad）。其實 apple 還可以做形容詞，可愛的意思。The Apple City 至今還是美國紐約的暱稱。

聖經裡，The apple of one's eye 眼珠，除了開篇的例句之外，還出現在如下三處：

—— （達味王「無辜者的懇禱」）上主，求你護衛我猶如你眼

中的瞳仁（「眼珠」）Keep me as the apple of your eye.（《聖詠》17：8）

—— 上主說：你要遵守我的誡命，好叫你得以生存；應恪守我的教訓，像保護你眼中的瞳仁（《箴言》7：2）。

—— （耶京的哀禱）耶路撒冷！你應該從心裡呼號上主，白天黑夜讓眼淚像江河般地湧流，不要歇息，也不要讓你的眼睛休息（《哀歌》2：18）。

由於視覺是我們最重要的感覺，而「眼珠」（瞳仁）又是視覺裡最關鍵的結構，因此被**引申為「珍貴、寶貴」的人或物、掌上明珠，猶如眼瞳一般珍貴**。例如：

Every daughter is the apple of her father's eye.
每個女兒都是她父親的掌上明珠。

Apple of one's eye 的應用，最早於西元八八五年出現在英國威塞斯（King Alfred the Great of Wessex）的一封「牧函」（Gregory's Pastoral Care）裡。西元一六〇〇年英國大文豪莎士比亞在他的浪漫喜劇《仲夏夜之夢》裡也用上了。英王欽定本聖經便多次採用了這個詞。

一六一五年完整的英文版聖經問世之後，更是普遍流傳，這個詞彙成為家庭或機構團體成員之間，表達親密愛情的方式，例如：

The new baby boy (girl) is the apple of all the family members' eyes.
這個新生兒是所有家庭成員的心肝寶貝。

John is an avid gardener, and those orchids are the apple of his eye.
若翰是一位熱心的園丁，那些蘭花是他的寶貝。

My wife is the apple of my eye. I could not imagine living without her.
我太太是我的最愛，我無法想像沒有她怎麼過日子。

★ 故事 BOX

　　十幾年前有部電影《那些年，我們一起追的女孩》，英文片名就叫 *You are the Apple of My Eye*。男主角送了一件有蘋果圖案的 T 恤，當女主角身穿著它，男生對著女生說了這句話，懂了這句英語，心頭肯定別有一番滋味。祝願每個人都有他（她）的至愛。有情人終成眷屬。眷屬也始終是有情人。

86 the blind leads the blind

瞎指揮

—— 出自《瑪竇福音》15：14、《路加福音》6：39

耶穌對群眾說：他們（法利賽人）是瞎子，且是瞎子的
領路人。如果瞎子帶領瞎子，兩人必要掉進坑裡。

—— 《瑪竇福音》15：14、《路加福音》6：39

Jesus said to the crowd: They are the blind leaders of the blinds.
If the blind leads the blind, both will fall into the ditch.

—— *Matthew 15：14、Luke 6：39*

（圖取自維基百科）

The blind leads the blind **意指對某一事務沒有任何知識、技能或經驗的人，要去指導同樣一無所知的人，用俗話是說「瞎指揮」**。這和我們常用的詞彙「問道於盲」或「盲人騎瞎馬」有異曲同工之妙，例如：

Mike has never talked love with anyone. His trial in offering dating advice for me is really like the blind leads the blind.

麥克沒有談過戀愛。他嘗試提供約會的建議，對我來說真像盲人帶領盲人。

「盲人帶領盲人」其實比「盲人騎瞎馬」還要危險，也更惡質。

因此梅瑟在對以色列人關於「受詛咒的罪」裡，就訓示：領瞎子走錯路的人應受咒罵，全體人民應答阿門（《申命紀》27：18）

西元前一世紀，羅馬詩人侯瑞斯（Horace， 全名 Quintaw Hortius Flaccus 西元前六十五年到西元前八年）首次寫出 the blind leads the blind 這樣的詩句。大約半個世紀之後，到耶穌的年代，「盲人帶領盲人」在民間已經相當熟悉。經過耶穌引述說：引人跌倒的人是有禍的（《路加福音》17：1）之後，自然更加發揚光大，並廣為流傳了。

到十六世紀，荷蘭畫家老彼得‧布魯蓋爾（Pieter Brueghel the Elder 西元一五二五－一五六九年）根據他對「瞎子帶領瞎子」的理解，在一五六八年創作了一幅畫（參閱上頁附圖），現在珍藏在義大利那不勒斯國立卡波迪蒙特博物館（Museo di Capodimonte）。

我們為人處事，應引以誠，切忌不懂裝懂，帶領他人瞎折騰。

8 7 the ends of the earth

天涯海角

—— 出自《約伯傳》28：14

（約伯論天主知道智慧之所在）因為天主觀察地極（天涯海角），俯視天下的一切。

—— 《約伯傳》28：14

God views the ends of the earth and sees everything under the heavens.

—— *Job 28：14*

the ends of the earth 是指地理上的天涯海角，不是「世界末日」哦！

end（複數 ends），做名詞是（時間、事件、活動或故事等的）終止；終結；結局；結尾；末端；盡頭；末梢；結束；破滅⋯⋯ 等等。做動詞則是：結尾；終止；死亡，使完結，了結，終止；豎立，使直立著⋯⋯等等.

earth 名詞，意思包括陸地、地面、大地、泥土⋯⋯ 等等，the Earth（大寫）地球，世界；earthing（電器）接地；scorched earth 焦土。

on the earth 是在地球上，但 on earth 卻是「在世上或究竟」的意思

ends of the earth，不是指「地球末日」，也不是狹義的北極和南**極，正確的含義是遙遠的地方、天涯海角**，例如：

> Love has never been without any hardship, but I will be with you to the ends of the earth.
>
> 愛從來不會是一帆風順，但我一定會伴隨你直到天涯海角。

「地極」在聖經裡出現將近五十處，除了出現在本篇的例句外，還有很多，例如：

—— 上主必由遠方，必由地極引來一個民族，像老鷹一樣撲殺你（預示後來羅馬帝國的大軍圍困、毀滅耶路撒冷，詳見《申命紀》28：45）。

—— 當我心靈憂戚時，我由地極呼號你（上主），求你領我上那崇高磐石，使我安息（《聖詠》61：2）。

—— 撒慕爾的母親亞納（Hannah）將剛滿三歲的他留在聖殿獻給天主後，祈禱、頌謝說：至高者在天上雷鳴，上主要裁判地極，賜予自己（所授傳）的君王能力，高舉受傳者的冠冕（《撒慕爾紀上》2：10）。

大家最熟悉的莫過於耶穌復活後、升天前，最後一次顯現、並交代給一眾門徒們說：天父以自己的權能所定的時候和日期，不是你們應當知道的。但是當聖神降臨於你們身上時，你們將充滿聖神的德能，要在耶路撒冷和全猶大和撒瑪利亞，並直到地極，為我做證人（《宗徒大事錄》1：7-8），意思是要門徒們因著聖神的德能，到天涯海角建立祂的神國，傳播福音。

祝禱聖教會傳揚福音的好消息，一如耶穌所囑咐的，直到天涯海角。

8 the four corners of the earth

8 世界各地

—— 出自《約伯傳》37：3……等多處

上主將向列邦高舉旗幟，召集以色列的流放者，由大地
四極聚集猶大的離散者。

—— 《依撒意亞先知書》11：12

God will raise a banner for the nations and gather the exiles of
Israel. He will assemble the scattered people of Judah from the
four corners of the earth.

—— *Isaiah 11：12*

　　話說西元前七二二年，古代以色列國（北國）被亞述王兼併、亡
國了。當時在猶大國（南國）執行先知職務的依撒意亞（西元前
七五六——七〇〇年，西元前七四〇——七〇〇年執行先知職務）預
言，由於猶大國和以色列國同樣行了很多上主視為不義的事，因此同
樣會遭遇亡國的命運，甚至會被流放到巴比倫。

　　但依撒意亞後來又做出開篇的那則預言，上主會高舉旗幟，從大
地的四極召喚流放者。後來猶大國果然在西元前五八七——五八六年

間被巴比倫帝國擊潰，大量精英被流放；然後又在西元前五四〇——五三九年間開始返回以色列。依撒意亞的預言先後應驗了。

The four corners of the earth，有的英文聖經版本用 the four quarters of the earth 或 the four ends of the earth，即**大地的四極，意思是東西南北四個方向最遠的地方**。這個詞彙在《舊約》裡出現多次，例如：

—— 上主令閃電照耀天下，使之照射地極（《約伯傳》37：3）。

—— 上主對以色列人說：結局到了，大地的四極結局到了（《厄則克耳先知書》7：2-3）。

—— 聖若望在神視裡，看見四位天使站在大地的四角上，握住大地的四股風，不讓風吹向大地、海洋和各種樹木（《默示錄》7：1）。

—— 撒殫要從牢獄裡被釋放出來，去迷惑大地四極的萬民（《默示錄》20：7）。

The four corners of the earth 被**引申為「世界各地」**，例如：

The athletes from the four corners of the earth to Beijing to the attend the 2008 Olympic Games.

運動員從世界各地來到北京參加二〇〇八年奧運會。

The oversea Chinese returned from the four quarters of earth to China for celebrating the Lunar Chinese New Year.

華僑從世界各地回國慶祝春節。

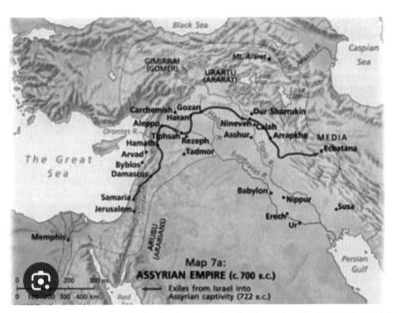

附圖一：上主召叫被流放到巴比倫的以色列人回國路線圖

⭐ 故 事 B O X

　　下頁內文提到渡過約旦河的那位聖經人物，思高本翻譯為若蘇厄，和合本稱為約書亞，他被猶太教、基督教、伊斯蘭教公認為先知，接續了梅瑟（摩西）的位置，帶領以色列人進入了上主應許民族的應許之地——客納罕（或譯為迦南）。

8　the heavy cross to bear

9　背起沉重的十字架

—— 出自《瑪竇福音》16：24、《若望福音》19：17-18 等多處

耶穌教訓門徒說：誰若願意跟隨我，應當棄絕自己，背起自己的十字架，來跟隨我。誰不背起自己的十字架跟隨我，不配是我的門徒。

—— 《瑪竇福音》16：24．10：38

Then Jesus said to his disciples, Whoever wants to be my disciple must deny themselves and take up their cross and follow me. And whoever does not carry their cross and follow me cannot be my disciple.

—— *Matthew 16：24．10：38*

　　cross 做動詞是指穿越、渡過（馬路、河流或海洋等），在聖經裡出現至少一百五十次，例如：雅各伯穿過幼發拉底河，梅瑟渡過紅海，若蘇厄渡過約旦河，耶穌渡過加里肋亞海到對岸去了等等。

　　cross 作為名詞就是「十字架「源自拉丁文 crux，意為「叉子」，原是一種殘酷的刑具，流行於古羅馬、波斯帝國和迦太基等地，通常用來處死叛逆者和奴隸等。

聖經裡的十字架，出現約四十次，都和耶穌有關，先是如開篇的經文，祂教訓門徒要背起自己的十字架來跟隨祂。後來在四部《福音》裡都記載了耶穌自己背起十字架，走出審判祂的場所，到了一個叫哥耳哥達（Golgotha 意思是「骷髏」skull）的地方，被釘在十字架上（《瑪竇福音》27：31-35、《馬爾谷福音》15：20-24、《路加福音》23：26-33、《若望福音》19：17-18）。

正因為耶穌被釘在十字架上受難死亡，十字架演變為基督宗教信仰的標記，於西元四三一年開始在基督教會中出現，西元五八六年開始被立在教堂頂端，象徵祂救贖罪人，也代表著愛與救贖。

「十字架」引申為一個人必須由他（她）自己去面對、處理的一個非常困難、讓他長時間都很憂慮難受的人、問題、事件或情境。它所代表的意義因人而異。例如：

—— 中小學生會認為中考和高考是他們的十字架；

—— 溝通不良的配偶間，可能認為家庭或婚姻的約束是他們的十字架；

—— 身心未能健全發展的人會認為殘障是他們的十字架；

—— 因天災人禍而顛沛流離的人會認為苦難的生活是他們的十字架……等。例如：

Bill failed in the exams for his driver's license again. I think that is a heavy cross for him to bear.

比爾再次考駕照失敗，我想這是他得背起的沉重十字架。

中國人常說，家家有本難念的經，每個人在一生中都要經受磨難，只能坦然面對、並勇於承擔、背起自己的十字架。

90 the kiss of death

死亡之吻

—— 出自《瑪竇福音》26：49-50

猶達斯一來到耶穌跟前，就說：辣比（老師），你好！
就口親了祂。耶穌卻對他說，朋友，你來做的事就做吧！
於是群眾們上前，對耶穌下手，捉住了祂。

—— 《瑪竇福音》26：49-50

Going at once to Jesus, Judas said, Greetings, Rabbi! and kissed
him. Jesus replied,   "Do what you came for, friend."   Then the
men stepped forward, seized Jesus and arrested him.

—— *Matthew 26：49-50*

　　話說西元三十年逾越節前夕，耶穌建立聖體聖事後，帶領著門徒
們去革責瑪尼山園祈禱。隨後，叛徒猶達斯帶著許多由司祭長和民間
長老派來的、手持刀劍棍棒的群眾。猶達斯給了他們一個暗號說：我
口親誰，誰就是耶穌，你們拿住祂。

　　猶達斯一看到耶穌，就上前親吻耶穌，於是群眾們上前，對耶穌
下手，捉住了祂，將祂逮捕、送審、最終導致耶穌受難、被釘在十字
架上死亡……。

　　Kiss of death 就是源自這段記載，耶穌由於一個叛徒偽善的口親導致死亡，**引申為「肯定會導致失敗的事件」**，例如：

Trying to please the audience is the kiss of death for an artist.
嘗試討好觀眾是一個藝術家的死路（死亡之吻）。

　　Kiss of death 還可以被用來表達類似「毀滅」、「肯定沒戲」、下場很慘、戛然而止……等等，例如：

The conventional view of the development of timber industry is the kiss of death for rainforest.
傳統的看法認為　發展木材加工業必然導致雨林的毀滅。

Rain is the kiss of death for an outdoor barbecue.
下雨就肯定不能戶外燒烤了。

The affirmation and announcement of Mayor Lin's plagiarism of his academic papers is the kiss of death for his political career.
林市長的論文被確認並宣布涉及抄襲，使得他的政治生涯戛然而止。

The support from the outlawed group was the kiss of death to the candidate.
獲得犯罪團體的支持對候選人是致命的。

---

9 the land flows with milk and honey

1 流奶流蜜之地

—— 出自《出谷紀》3：8、《民數紀》16：13-14……等十多處

上主對梅瑟說：我要下去拯救百姓脫離埃及人的手，領他們離開那地方，到一個美麗寬闊、流奶流蜜的地方……。

—— 《出谷紀》3：8

God said to Moses: I would come down to rescue my people from the hand of the Egyptians and to bring them up out of that land into a good and spacious land, a land flowing with milk and honey....

—— *Exodus 3：8*

The land flows milk and honey，天主教習慣稱之為聖地（Holy land），基督新教稱之為應許地（the promised land）

話說西元前約一六五○年以色列人由於境內饑荒，大量僑居埃及，隨即由於他們生育繁殖太快了，引起埃及恐慌，於是對他們採取各種打壓，包括所有新生的男孩要被丟到尼羅河裡，女孩則留下做奴隸等等，讓他們生活十分痛苦。

上主注意到他們的痛苦，就召叫梅瑟，要他帶領以色列人逃離埃及，前往上主預定的「流奶流蜜的地方」（《出谷紀》第一至三章）。

流奶流蜜的地方一詞在聖經《舊約》裡出現至少十次，再三強調這是上主對他們祖先（從亞巴郎開始）的計劃，提醒以色列人不要忘本，例如：

—— 你們要聽，且謹守遵行一切法令和誡命，好使你在流奶流蜜的地方，獲享長壽，獲得幸福，人數增多，如上主你祖先的天主所許的（《申命紀》6：3）。

—— 你們過（約旦）河，進入上主許給你們流奶流蜜的地方之後，就要將法律的一切話刻在幾塊大石頭上……（詳見《申命紀》27：3）。

聖經上所謂「流奶流蜜」的地方，就是今天整個約旦河西岸，以色列和巴勒斯坦兩國的領土。不過，這個詞彙今天已經成為廣泛應用的諺語：**任何一個有發展潛力、會給居民帶來繁榮和舒適生活的地方，都會被稱為「流奶流蜜的地方」。**

9 2 the land of Nod

打盹、睡覺的地方

—— 出自《創世紀》4：16

加音就從上主面前離開，住在伊甸園東方叫「諾得」的
地方。

—— 《創世紀》4：16

Cain went out from the Lord's presence and lived in the land of
Nod, east of Eden.

—— *Genesis 4：16*

　　Nod 諾得，字母大寫可以是人名或地名的專有名詞，如果是小寫
nod 就作動詞，打盹兒、睡覺的意思，nodding 動名詞 打盹兒。

　　話說人類的元祖亞當「認識」了厄娃，先後生下長子加音和次子
亞伯爾，加音耕田，亞伯爾牧羊。他們分別向天主獻祭的時候，上主
惠顧了亞伯爾和他的祭品。這使得加音大怒，垂頭喪氣，並且不聽天
主的勸導，在田間擊殺了弟弟亞伯爾，釀成人類史上第一宗人命案件，

隨即被上主驅逐到伊甸園東方一個後來被叫做「諾得 Nod」的地方
（《創世紀》4：1-16）。

聖經《舊約》全部是用希伯來文寫成，《新約》的原文大部分則
是希臘文。西元三八二年整本聖經翻譯成拉丁文版（Vulgate），
一三八二年譯成英文版，不過直到一五三五年整本英文版聖經才第一
次出版發行。兩年後（一五三七年）英國國王亨利八世因為婚姻問題
不受梵蒂岡教廷待見，一氣之下強迫英國天主教會脫離教廷，獨立門
戶成立英國公教（Anglican Church），這是題外話了。

有趣的是，開頭引述自聖經的那句話裡，加音住在叫諾得的地方
（Nod），這個 nod 的英文意思正好是打盹兒、睡覺。於是十八世紀英
國大作家、文學家、世界名著《格利佛遊記》（Guiliver's Travelers）
的作者、也是在神學院受過科班教育、精通聖經的神學博士約納森·
斯威夫特（Jonathan Swift，一六六七——一七四五年）就創新用法，
將「the land of nod」**用來描述睡覺的地方**。大文豪一字千金，這個詞
彙就從一個雙關語（pun）逐漸成為帶有詼諧性質的成語、俏皮話了。
例如：

I am off to the land of nod.
我要去睡覺了。

This tape is guaranteed to send babies and toddlers to the land of nod.
這捲錄音帶保證可以讓娃兒安然入睡。

讀者們可以舉一反三，靈活運用。

祝願大家每天都在平安中一躺下即可入睡，上主使大家安居順遂
（《聖詠》4：9）。

9
3

the leopard can't change its spots

獵豹不能改變牠的斑點

—— 出自《耶肋米亞先知書》13：23

依索比亞人（雇士人）豈能改變他的膚色？豹子豈能改變牠的斑點？你們（以色列人）這些習慣於作惡的人，豈能行善？

—— 《耶肋米亞先知書》13：23

Can an Ethiopian change his skin or a leopard its spots? Neither can you do good who are accustomed to doing evil.

—— *Jeremiah 13：23*

A leopard can't change its spots. 獵豹不能改變牠的斑點，表示一個人很難改變他個人的本性和人格特質，特別是指負面部分，猶如**豹子一身的斑點是牠最顯眼的特徵，無法掩飾或改變一樣。中國人說的江山易改、本性難移，**或者粗俗一點的：狗改不了吃屎，都是同樣的意思。例如：

> Well, Anne is late again. I guess a leopard can't change its spots.
> 安妮又遲到了。我認為本性難移啊。

獵豹在《聖經》裡出現次數不多，例如：

—— 豺狼將與羔羊共處，虎豹將與小山羊同宿……（《依撒意亞先知書》11：6），描述在天主創造宇宙萬物後的初期，萬物原有的秩序。

—— 我（天主）對他們（以色列人）將像一頭豹子，伏在路旁，窺伺他們（《歐瑟亞先知書》13：7），描述牠快速、沉潛、獵殺的特性，連帶牠的斑點，也都無法改變而被稱頌了。

衣索比亞人（或雇士，Cushite）[1]豈能改變他的膚色和「獵豹豈能改變牠的斑點」，有異曲同工之妙，過去也曾經被廣泛使用。但由於「雇士人」很難確認究竟是哪裡人，而直接點名衣索比亞人又有種族歧視的問題，因此從上世紀六〇年代人權主義興起後，已經很少人說了。

我們每個人都有一些很難改變的（負面）習性，所以不必笑話別人身上的「斑點」。

1. 猶太人聖經裡，「雇士人」的來歷竟有三處之多：
   a. 生活在兩河流域、古代稱為米索布達米亞（Mesopotamia）地區，諾厄（Noah）的次子含（Ham）的長子雇士（Cush）的後裔（《創世紀》9：6）。
   b. 生活在阿拉伯半島西南角、古代稱為米德楊（Median）地區的人，例如梅瑟的老婆漆頗辣（Zipporah）（《戶籍紀》12：1）。
   c. 生活在非洲東北角、現在的衣索比亞人。由於衣索比亞人的膚色特別顯著，因此在聖經被翻譯成希臘文和拉丁文時，就直接譯成衣索比亞人了。天主教思高版中文聖經尊重原著，使用「雇士人」，可能反而讓很多信徒摸不著頭緒。

9 the manner of women

4 經期

—— 出自《創世紀》31：35

辣黑耳對她父親說：望我主不要見怪，我不能在你面前起身迎接，因為我正在經期。他搜索了，卻沒有找到偶像。

—— 《創世紀》31：35

Rachel said to her father, Let it not displease my lord that I cannot rise up before you; for the manner of women is upon me. And he searched but found not the idols.

—— *Genesis 31：35*

話說西元前一七五〇年左右，以色列人第三世祖雅各伯，在帕丹阿蘭（Paddan-Aram，現今幼發拉底河 Euphrates River 中游一帶）他舅舅（後來成了岳父）拉班（Laban）家服勞役二十年、累積了大量財富。

他注意到拉班和小舅子們的臉色不如先前，就決意返回迦南（現今以色列）。在徵得兩個老婆（兩姊妹肋阿 Leah 和辣黑耳 Rachel）的支持後，就來個不辭而別。辣黑耳臨走還偷走她父親家裡珍藏的一個偶像，放在駱駝的鞍下，她自己坐在上面。

拉班到第三天才得到雅各伯偷跑的報告,急忙帶著弟兄追了七天,才趕上他。但是上主夜間夢裡警告拉班要小心,不得對雅各伯使壞。拉班只好責備雅各伯為何不通知他,好讓他快樂地敲鑼打鼓歡送一下,反而要像戰俘一樣偷跑?又為何要偷走他們家傳的偶像?雅各伯因不知情,只能任由拉班進入帳幕搜索。在拉班進入辣黑耳的帳幕時,她並沒有下駱駝,於是發生本篇第一句的對話(《創世紀》30:25 - 31:35)。

Manner 作為名詞可以是習性、或禮貌、規矩、風俗、方式……等等。the manner of women 或寫成 the custom of women(暫譯**女人的習性**)就是指正常的女人除了懷孕期間之外,**每個月都會出現的自然習性,天主教思高聖經裡直接翻譯成「經期」**,堪稱正確而傳神。

古代以色列人將開始來經(見紅)的女孩視為成年女人(girls after the manner of women that shed blood),可以開始談婚論嫁了,例如:

Rebecca pledged to marry Jacob at the age of 15, shortly after her manner of women started.
黎貝加在年僅十五歲、經期開始不久之後,就和雅各伯訂婚了。

Hannah gained weight after she had ceased her manner of woman.
雅娜在停經之後,逐漸發福了。

現代的女孩子由於營養較好、發育和來經一般明顯提早了,反而是要依靠法律來規範結婚年齡,以保護她們避免過於早婚。現代英文裡常常就用「period」一字代表經期,很少人用 the manner of women 這麼文雅的成語了。

95 the millstone around one's neck

頸上的磨石

—— 出自《路加福音》17：2

耶穌對門徒說：把一塊磨石套在引人跌倒的人的頸上，將他投入海中，比讓他引這些小子中的一個跌倒，為他更好。

—— 《路加福音》17：2

Jesus said to his disciples: .... It would be better for him to be thrown into the sea with a millstone tied around his neck than to cause one of these little ones to stumble.

—— *Luke 17：2*

　　磨石是用來將較粗大的物件（例如稻米、麥粒）研磨成碎粒或粉末，如果加水一起研磨就成為漿狀。這在食品尚未工業化以前，可說是一般（特別是農村）家庭必備的生計器具（tool for livelihood）之一。

　　磨石需要兩人一起操作，其中一人負責推磨，是體力活；另一人順著它轉動的韻律適時地投入原料，這有點技術性了。我小時候在臺灣新竹縣六家莊的老宅裡就有一套磨石，一九六七年離開老家去臺北

上大學之前，逢年過節或家裡有喜慶需要製作湯圓、菜包、糕點招待嘉賓時，我經常自告奮勇，負責推磨，可惜當時沒有留下任何照片存證。

磨石同樣是古代的以色列人重要的生計器具。上主透過梅瑟訓令以色列人：不可拿人的磨或上面的那塊磨石做抵押，因為這無異是拿人的「生計」（livelihood）做抵押（《申命紀》24：6）。

磨石相當沉重。將磨石套在一個人的頸上投入海中，受罰的人斷無生路可言。引述自上述聖經的經文裡，耶穌對於讓像小孩子一樣接受並相信祂的「小子」們摔跤的人，以及傳播了假福音（false preaching）或立下壞表樣（set poor example）、誤導群眾心靈的人，用最強烈的語言，來表達祂的警告。

聖雅各伯說：做教師的要受更嚴厲的審判（《雅各伯書》3：1），祝禱所有好為人師的人經常三思自己的言行，務必要符合耶穌和教會的教導。

a millstone around one's neck 原意是致命的懲罰，引申為沉重的責任或包袱。例如：

He has been thinking of furthering his studies abroad, but his aged mother, his wife and the children all become a millstone around his neck.

他一直打算出國留學，可是年邁的老母親以及妻子和孩子成了他的沉重包袱。

---

9 the old Adam
6 舊亞當

—— 出自《格林多人前書》15：45-49

第一個人亞當成了生靈，最後的亞當成了使人生活的神……第一個人出於地，屬於土；第二個人出於天，屬於天……。

—— 《格林多人前書》15：45、48

"The first man Adam became a living being"; the last Adam, a life-giving spirit.... As was the earthly man, so are those who are of the earth; and as is the heavenly man, so also are those who are of heaven.

—— *1 Corinthians 15：45、48*

old 可以是「老的」，例如 Titus is already 75 years old.（弟鐸已經七十五歲了）；也可以是「舊的」，例如：

My old sedan had given up the ghost.
我的老爺車報廢了。

the old Adam（舊亞當）或者寫成 the first Adam（第一個亞當），是指當初違背上主命令，聽從厄娃（或詭詐的蛇、魔鬼）的誘惑、吃下從智慧樹上採下的禁果、給人類帶來死亡的那位。

和 old Adam 對應的是 new Adam（新亞當，也有版本用 the second Adam 甚或 the last Adam 第二個亞當或最後的亞當），則是指耶穌，因為耶穌在親歷死亡、復活後，給人類帶來救贖和復活的希望。

the old Adam 因此被**引申為人類本性中邪惡、自私、不思悔改的一面** the evil and reckless side of human nature，本惡的人性 the sinful human nature，尚未被拯救狀態下的人性 the human nature in unredeemed state 等等。例如：

Sorry I yelled at you like that yesterday. The old Adam really got a hold of me then.

抱歉昨天對你咆哮如雷，我那時候真是邪惡。

Judas attributed his betrayal against Jesus to the old Adam in him.

猶達斯把他對耶穌的背叛歸咎於他內心的惡性。

Let's not succumb to the old Adam in each of us, but turn away from sin.

我們不要屈服於內心的惡性，但求遠離罪惡。

In certain area on the Earth, neither the law nor the religion is enough to beat the old Adam in the people living there.

在地球上的一些地區，法律和宗教都不足以克服當地人的惡性。

---

97 the plank in one's eye

眼中的樑木

—— 出自《瑪竇福音》7：3-5、《路加福音》6：41-42

為什麼你只看見你兄弟眼中的木屑，而對自己眼中的大樑竟不理會呢？或者，你怎能對你的兄弟說：讓我把你眼中的木屑取出來，而你眼中卻有一根大樑呢？假善人哪！先從你眼中取出大樑，然後你才看得清楚，取出你兄弟眼中的木屑。

—— 《瑪竇福音》7：3-5、《路加福音》6：41-42

Why do you look at the speck of sawdust in your brother's eye and pay no attention to the plank in your own eye? How can you say to your brother, Let me take the speck out of your eye, when all the time there is a plank in your own eye? You hypocrite, first take the plank out of your own eye, and then you will see clearly to remove the speck from your brother's eye.

—— *Matthew 7:3-5、Luke 6:41-42*

　　西元前第四世紀，孟子（約西元前三七二 —— 西元前二八九年）問梁惠王（約西元前四○○ —— 西元前三一九年），「明足以察秋毫之末，而不見輿薪，則王許之乎？」一個人的視力足以看清秋天飛鳥最纖細的羽毛，卻看不見路邊一車的柴火，你同意嗎？

　　「明察秋毫而不見輿薪」比喻一個人眼力好，為人精明，但是只看到小節，卻看不到大處。或者說只見樹木、不見森林的褊狹見地。

　　大約三百三十年之後的西元三十年左右，耶穌用開篇經文教訓門徒和群眾，**意指一個人總是看到兄弟或他人（像木屑那樣）細微的過錯，卻看不見自己（像樑木或木板那樣）顯而易見的罪孽和缺失**。這樣的人真是偽君子。這個教訓和孟子的「明察秋毫卻不見輿薪」堪稱異曲同工。

　　耶穌上述教導衍生出兩組不同的成語：

　　一是 the plank in one's eye 或 the beam in one's eye 眼中的樑木或板材，意指較大的缺失；

　　二是 the speck in one's eye 或 the mote in one's eye 眼裡的斑點、小瑕疵，意指較大的缺失；例如：

Adam was angry at Eva for her talking with some guys in a flirtatious way, but he himself had committed cheating before. Adam should inspect the plank in his own eye before getting mad about the mote in Eva's eye.

亞當自己曾經出軌，卻對厄娃用輕佻的語氣和一些男士聊天很生氣。亞當在對厄娃的小瑕疵生氣以前，應先檢討自己的大過錯。

---

9 the powers that be

8 有權柄的人

—— 出自《羅馬人書》13：1

每個人要服從上級有權柄的人。因為沒有權柄不是從天主來的，所有的權柄都是由天主規定的。

—— 《羅馬人書》13：1

Let every soul be subject unto the higher powers. For there is no power but from God: the powers that be are ordained by God.

—— *Romans 13：1*

Power 至少有二十個不同的中文意思。做名詞可以是動力、功率、力量、電力、政權，權力、強國，大國、甚至數學上的「次方」。做動詞可以是運轉、用發動機發動、使……有力量、靠動力行進、快速行進……等等。powerful 為形容詞，指很有能力或權力的。

Power 至少以如下三種意思，在《聖經》裡合計出現一百八十次以上：

1. 力量：雅各伯對兩個妻子（肋阿和辣黑耳）說：我已經全力服事了你們的父親（《創世紀》31：6）；

2. 能力：上主要梅瑟去向埃及王法郎說：我所以保留你的緣故，是要讓你看到我的能力，好去向全世界宣揚我的名（《出谷紀》9：16）；

3. 權力：若主人將婢女定做自己的妻子，以後又厭惡了她，應當為她贖身，因為主人已經失去了對她的權力（《出谷紀》21：8）……等等。

　　開頭引述自聖經的經文裡，聖保祿勸導每個人要服從上級有權柄的人，因為權柄都是來自天主，也都是由天主規定的。他還說，長官為行善的人不是可怕的，為行惡的人才是可怕的……長官是天主的僕役，負責懲罰作惡的人……該給誰完糧納稅，就完糧納稅，該敬畏的就敬畏，該尊敬的就尊敬（《羅馬人書》13：1-7）。

　　保祿的上述說法，完全呼應了耶穌有關「凱撒的，就應歸還給凱撒；天主的，就應歸還給天主」的教導（《路加福音》20：25，參見本書第七十八篇）。

　　Power 有許多關聯的成語，例如 in one's power 可以是力所能及、或者在某人的掌控中，例如：

Petero's wife has him in her power.
伯多祿的老婆讓他服服貼貼。

Power 還有兩個和「權力」有關的成語。

1、 the （real） power behind the throne （太上皇、幕後操縱者）；

2、 the powers that be （**當局、當權派、有權柄的人**）。例如：

Vatican is the highest power to be of the universal Catholic church.

梵蒂岡是全球天主教會的最高當局。

This company could be much better if the powers that be actually listened to what their staff think.

這家公司其實可以更好，如果當權派認真聽取從業人員的想法。

The powers that be are assessing the damages and losses after the hurricane.

颶風過後，當局正在評估各地受損情況。

---

9 the road to Damascus

9 往大馬士革的路上

—— 出自《宗徒大事錄》9：3-4

當掃祿前行，快要臨近大馬士革的時候，忽然有一道光，環射到他身上，他便跌倒在地上，聽到有聲音對他說，掃祿掃祿，你為什麼迫害我？

—— 《宗徒大事錄》9：3-4

As Saul neared Damascus on his journey, suddenly a light from heaven flashed around him. He fell to the ground and heard a voice say to him, "Saul, Saul, why do you persecute me?"

—— *Acts 9：3-4*

　　大馬士革位於以色列東北方約二百四十公里，最早在以色列人的始祖亞巴郎，就曾經為解救他的侄兒羅特（Lot）而派家丁追擊敵人到那裡（《創世紀》14：1-16）。它在聖經裡出現將近六十次，和以色列人的關係非常密切。

　　大馬士革在耶穌時代是羅馬帝國敘利亞省的省會。話說耶穌受難、復活、升天、建立基督宗教教會初期，備受當時羅馬帝國政府和反對

祂的猶太人的迫害，掃祿（多年後才改名保祿 Paul）也是其中之一，他還向耶穌的門徒口吐恐嚇和兇殺之氣。他去求見司祭長，拿到一張逮捕令，便出發前往敘利亞的大馬士革，準備搜索耶穌的門徒，不分男女都將被解送來耶路撒冷。

就在他即將臨近大馬士革時，掃祿被天上的一道光打下馬來。耶穌還指責他為什麼要迫害祂。然後交代他進城去，必定有人會告訴他該怎麼做。掃祿從地上起來，睜開眼睛卻什麼也看不見了，只能由同行的人牽著他的手，進入大馬士革。後來，當地的一位門徒阿納尼亞，在神視裡受耶穌的囑咐，去給掃祿覆手，叫他充滿聖神，他便看得見了，起來領了洗，進食。幾天之後，他就在各會堂裡宣講耶穌是天主子（詳見《宗徒大事錄》9：1-20）。

往大馬士革的路上 the road to Damascus，**引申為一個人在生命裡非常重要的經歷，造成他的觀點、態度、乃至信仰突然而急劇的轉變，相當於漢語成語裡的「轉捩點」、「洗心革面」等等**，例如：

Eva's born to a son was the road to Damascus of her family which made her notorious husband become home caring.
厄娃生下兒子是她家庭的轉折點，讓她那聲名狼藉的老公變得顧家了。

Being charged by drunk-driving felony together with huge financial compensation, Paul has gone through the road to Damascus and changed this driving behavior over night.
被提起酒駕刑責外加巨額財務賠償之後，保祿洗心革面，一夜之間改變了他的駕駛行為了。

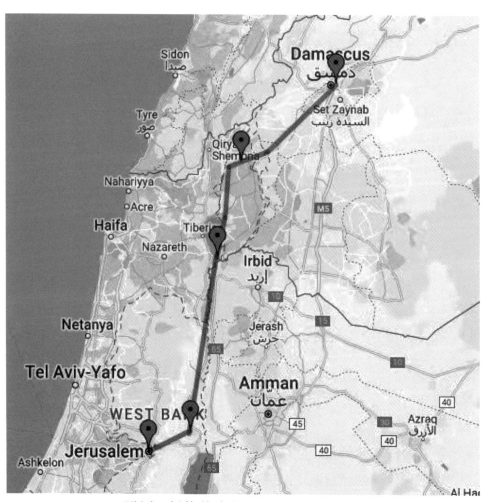

附圖：掃祿的大馬士革之路（地圖）

100 The root of a matter

事情的根由

—— 出自《約伯傳》19：28

約伯回答他的三位朋友說：如果你們說：我們怎能難為他？怎能在他身上尋到這事的根由？

—— 《約伯傳》19：28

You should say, Why we persecute him? And seeing the root of the matter is found in him?

—— Job 19 : 28

Matter 可以有好多不同的意思。做名詞可以是：

1. 物質：例如有機物 organic matter；

2. 問題：例如 matter of common knowledge 常識的問題

3. 事件：特別是麻煩事，例如（發生了）什麼事？ what's the matter？

Matter 做動詞可以是：

1.　關乎：例如 What does it matter to you? 這關你什麼事？

2.　事態的緊要性：例如 It doesn't matter. 沒事兒。

The root of a matter 是**指事件的** essential part（**基本部分、真相**）**或者** cause（**原因**），例如：

We must get to the root of the matter.

我們必須查明事情的真相。

Perhaps this gets to the root of the matter, to the most fundamental distinction of all between East and West.

或許這會獲得事情的根由，是在東西方的基本差異上。

The root of a matter 有時候也寫成 the heart of a matter 例如：

He went straight to the heart of the matter.

他直接了當地觸及問題的本質。

---

the root of a matter 最早出現在《約伯傳》19：28。話說約伯因為上主同意撒殫去試探他 [1]，不僅將他弄得傾家蕩產，還讓他從腳踵到頭頂都長了毒瘡，他痛苦地坐在灰土堆中，用瓦片剮身，兄弟離棄、知

---

1. 請參閱本書第三十五篇「倖免於難」。

己疏遠、鄰人和相識者都不見了，婢女對他視同陌路，連妻子都憎厭他的氣味、對他變臉了，整天在旁邊嘮叨他，讓他深感生不如死。

約伯的三位朋友：厄里法次（Eliphaz）、彼耳達德（Bildad）、左法爾（Zophar），聽說他遭遇了災禍，就分別從居住地啟程來慰問他、勸勉他，看他落魄到不認得了，就放聲大哭，脫下大衣揚起灰塵到自己頭上，陪他在灰土中坐了七天七夜，然後聽約伯自怨自艾……真夠有義氣了。

問題在於這三位朋友始終認定約伯肯定是犯罪了，才被天主降災重罰。而約伯自認一生沒有犯罪，是上主無端讓他受辱。賓主之間話不投機，爭論不休（《約伯傳》第三至三十七章）。

開篇經文裡約伯那句話的意思，其實是在反問三位朋友：你們為什麼要為難我？你們在我身上找得到上主懲罰我的原因（或者說我犯罪的證據）嗎？他接著警告三位朋友應當害怕刀劍（上主的報復），因為最終有一個審判者——天主最終必來伸張正義。約伯儘管處境可憐，但始終相信天主是至公至義的救贖者，這份堅持令人動容。

1 0 1 the spirit is willing but the flesh is weak

心靈願意但肉體軟弱

—— 出自《瑪竇福音》26：41、《馬爾谷福音》14：38

耶穌對門徒說：「總要警醒禱告，免得陷入誘惑。你們心靈固然願意，但肉體卻軟弱了。」

—— 《瑪竇福音》26：41

Jesus said to his disciples: Watch and pray so that you will not fall into temptation. The spirit is willing, but the flesh is weak.

—— *Matthew 26：41，Mark 14：38*

　　話說耶穌受難前夕，祂在建立聖體聖事之後，帶著門徒們來到一個叫做「革責瑪尼」的山園（Gethsemani Garden）。祂對門徒說：你們坐在這裡，等我到那邊祈禱；就帶著伯多祿、雅各伯和若望三人同去，開始憂傷恐懼起來，對他們說，我的心靈憂悶得要死，你們留在這裡，同我一起醒悟吧。

　　耶穌稍微前行，祈禱後回到三位門徒那裡，看見他們竟然都睡著

了，就對伯多祿說：你們竟不能同我醒悟一個時辰嗎？你們心神固然切願，但肉體卻軟弱（《瑪寶福音》26：41、《馬爾谷福音》14：38）。

「心靈願意但肉體軟弱」，**其實就是漢語裡的「心有餘而力不足」或「力不從心」、「力有未逮」……等等，意思是有意做某事但客觀上（如身體或財力）不允許。**

這個成語一般認為最早出自《論語・里仁》篇：「有能一日用其力於仁矣乎？我未見力不足者；蓋有之矣，我未之見也。」不過《論語》裡這句話的意思似乎正好相反，是「有力無心」、而不是「力不從心」了。

倒是《紅樓夢》第二十五回，眾婆娘起哄到廟裡上供香油。趙姨娘可能財力稍弱，嘆氣道：「我手裡但凡從容些，也時常來上供，只是『心有餘而力不足』啊……。」

the spirit is willing but the flesh is weak 就是「心裡有願望、但能力難以實現」。例如：

Titus has dreamed of 'Breaking 100' in golfing for years, unfortunately his spirit is willing but the flesh is weak.

弟鐸多年來夢想高爾夫「破百」，可惜他力不從心。

I can help you no more, for, indeed, the spirit is willing, but the flesh is weak.

我不能再幫你了，我實在是力不從心。

---

102 the truth will set you free

眞理使人自由

—— 出自《若望福音》8：31-32

耶穌對那些信祂的猶太人說，你們如果固守我的話，就確是我的門徒，也會認識真理。而真理必會使你們獲得自由。

—— 《若望福音》8：31-32

To the Jews who had believed him, Jesus said, If you hold to my teaching, you are really my disciples. Then you will know the truth, and the truth will set you free.

—— *John 8：31-32*

　　Truth 名詞，真理、真相；實情；事實；真實情況；真實；真實性⋯⋯等等 set one free 釋放某人、讓他自由，set all free 釋放一切，be set free 是被釋放、獲釋等等。

　　在信仰上，「真理」就是耶穌和祂帶來的「福音」，因為祂說過：我是道路、真理和生命（《若望福音》14：6）。**認識真理，就是認識耶穌、接受祂的福音、持守祂的教導，遵循上主的旨意，行上主視為公義的事，一生不做虧心事，自然心靈坦蕩自由，沒有負擔。**

在生活上，truth 就是真相。truth 的希臘文是 *aletheia*，意思是不隱藏 unhiding 或 hiding nothing 一切昭然若揭。例如：

> We determined to get at the truth.
> 我們決心查出真相。

可惜很多時候，揪出真相的過程，可能很漫長又痛苦，所以英文裡有一句話說：

> The truth will set you free, but first it will piss you off.
> 真相會使你自由，但先會氣死你。

不過經歷這種「陣痛」之後，心理上（mentally）就會得到釋放（set free）了。所以 The truth will set you free.（也有人用 The truth shall make you free.）有點像漢語裡的「人在做、天在看」，是對弱勢或受委屈者的一種安慰。

⭐ 故 事 BOX

The truth will set you free 是加拿大一個二〇〇七年發表的音樂專輯名稱（Green Lantern 主唱，Invasion Group 出品）；一部美國二〇一二年發行的電影名稱（Macky Alston 執導，Gene Robinson 主演）。它還是加州理工學院（Caltech）的校訓，鼓勵莘莘學子認真鑽研萬物的真相。約翰霍普金斯大學則以拉丁文 *Veritas vos liberabit* 為校訓，意思是一樣的。

103 the writing on the wall

牆上的文字

—— 出自《達尼爾先知書》5：5

巴比倫攝政王貝耳沙匝大宴群臣時，忽然出現了一個人的手指，在燈臺後面王宮的粉牆上寫字，君王也看見了那寫字的手掌。

—— 《達尼爾先知書》5：5

While king Belshazzar was hosting a great banquet for a thousand of his nobles. Suddenly the fingers of a human hand appeared and wrote on the plaster of the wall, near the lamp stand in the royal palace. The king watched the hand as it wrote.

—— *Daniel 5：5*

　　話說西元前五八七至五八六年間，巴比倫帝國君王拿步高擊潰以色列，擄走耶路撒冷第一聖殿裡的大批金銀器皿聖物和大量精英軍民後，縱火摧毀付之一炬。西元前五六二年拿步高駕崩，王室內亂，七年裡三位君王被廢。西元前五五五年，拿步高的女婿納波尼杜終於奪得王位，任命王子（拿步高的外孫）貝耳沙匝（Belshazzar）為攝政王。

　　一天，貝耳沙匝為大員千人擺設宴席，他乘著酒興命人將從耶路撒冷聖殿擄掠來的金銀器皿供大員和妻妾們飲酒。不料正在酒酣耳熱

之際，燈臺後的粉牆上，突然出現一個人的手指正在寫字。攝政王也看到那寫字的手掌，頓時臉色大變，心煩意亂。在座群臣無人能解也不知所措。母后（拿步高王的女兒）想起達尼爾先知曾經替先王解夢，急忙建議攝政王將他召來。

達尼爾看了牆上的字後解釋說：天主數了你的國祚，要使它完結，你在天秤上被衡量了，不夠分量，你的王國已被瓜分了……當夜攝政王就被人刺殺了（《達尼爾先知書》第五章）。這個「褻瀆聖物」的報應也來得太快了。後來，**「牆上的字」就代表「不祥之兆」**了。

The writing on the wall 不祥之兆（bad omen 或 sign of bad thing to happen）的意思，例如：

> Bill saw the writing on the wall and resigned his job before he was fired.
>
> 比爾看到了不祥之兆，因而在被開除之前他辭去了工作。

上世紀一九七二年五月初，我大學畢業後服兵役時，被分派到馬祖南竿島擔任海軍雷達站長。到八月初，中元節前約兩週，站裡的狗在夜裡忽然嚎叫（不是一般的狗吠）起來，令人毛骨悚然。

按照民間的說法，狗嚎預示附近地區近期內會出事，搞不好會出人命。站裡弟兄們都互相告誡要小心。我當時很「鐵齒」說：我信天主教，不信也不怕這些。

一週後我奉調去另外一個雷達站當站長。僅僅三天後，原來這個站的一位年輕弟兄，竟然真的不幸墜海死亡，令人痛惜。「狗嚎」就像是「牆上的字」，是一種不祥之兆，還真是經驗之談。

104 there is a time for everything

事事有定時

—— 出自《訓道篇》3：1

事事有定時，天下任何事皆有定時。

—— 《訓道篇》3：1

There is a time or everything, and a season for every activity under the heaven.

—— *Ecclesiastes 3：1*

　　《訓道篇》是西元前三世紀一位不知名智者的作品，作者明顯深受當時統治以色列的希臘文化的影響，卻又不贊同希臘人那樣樂觀的思想，反而強調人要從內心去感受造物主的奧祕。例如：

　　天主使萬物皆有定時：生有時、死有時；種植有時、拔除有時；殺戮有時、治療有時；拆毀有時、建築有時；哭有時、笑有時；哀悼有時、舞蹈有時；拋石有時、集石有時；擁抱有時、迴避有時；尋找

有時、遺失有時；保存有時、丟棄有時；撕毀有時、縫補有時；緘默有時、言談有時；愛有時、恨有時；戰爭有時、和平有時。《訓道篇》3：2-9 字面上似乎有點消極，卻富含深意。作者認為天主使人類所處立場，是為叫人類知道謙遜，讓人敬畏祂。

A time for everything（有時候加上 place，成為 A time and a place for everything）**引申的意義是：在最合適的、最被接受的時間（場合）做事情**。這通常用在提醒人家當時不合適做某件事，應該稍安勿躁、等待良機，例如：

---

l don't mind the children watching TV, but not at this time of night when they should be in bed, there is a time for everything.

我並不介意孩子們看電視，但不能在深夜此刻、他們應當上床睡覺時，因為事事都有定時。

Please don't go asking a money-strapped person for donation in public. There is a time for everything.

請不要在公開場合要求手頭拮据的人捐款，畢竟事事都有定時（建議等待更好的時機）。

中國人常說：天時地利人和，才能順利做成事情。A time for everything 也可以說是很好的詮釋。

1 0 5 there is nothing new under the sun

太陽下沒有新鮮事

—— 出自《訓道篇》1：9

往昔所有的，將來會再有，昔日所行的，將來會再行，
太陽下沒有新鮮事。

—— 《訓道篇》1：9

What has been is what will be, and what has been done is what
will be done, and there is nothing new under the sun.

—— *Ecclesiastes 1：9*

　　聖經舊約裡的《訓道篇》（*Ecclesiastes*）據考證是約西元前第三
世紀一位以色列的智者所寫的，為使人更重視他的著作，也更容易接
受他的思想和忠告，偽稱是達味王之子 —— 智慧之王撒羅滿
（Solomon）的盛名來發表。

　　《訓道篇》作者反覆推敲人生的目的和出路，總結是人類的慾望
和一切勞碌，盡屬虛幻，但世事雖千變萬化，冥冥中仍由天主支配一

切；天主必將秉公賞善罰惡的智慧、和祂的奇妙化工，人無法理解。對天命無論是福是禍，都應虛心接受不與爭辯。另一方面，人生歲月不多，應及時享受天主慨然賜予他的賞心樂事；若不幸遭遇痛苦時也得忍受。總之，應當敬畏上主，遵守誡命，其餘一切全部交付上主手中。

《訓道篇》從「萬事皆虛（All things are vanity）說起，人在太陽下辛勤勞作，對人有什麼好處？一代過去，一代又來，太陽依舊在。太陽升起，太陽落下，匆匆趕回原處，明天再升。風吹向南又吹向北，循環周行旋轉不息。江河流入大海，大海總不滿溢，江河依然川流不息……。這段話是以自然界的變化無常（例如風雨雷電天災乾旱等），但循環不息，周而復始，來描述人生的變化無常，而最終常是一樣。

至於首句引自聖經的經文說：往昔所有的，將來會再有，昔日所行的，將來會再行，**意思是當下發生的任何事情，都曾經在過去的某時某地發生過，而在將來的某時某地還會再發生（所以都不是新鮮事）。**

例如二〇二二年七月八日日本前首相安倍晉三不幸突然遇刺身亡，曾經有人驚嘆這在日本史無前有。但熟悉日本歷史的人都知道，日本從一八八五年實行「首相制」開始，到一九四五年的六十年間，先後有六位首相死於暗殺，包括首任首相伊藤博文在卸任八年之後的一九〇九年十月，仍不幸在哈爾濱遇刺身亡。

安倍晉三的外祖父岸信介，也在一九六〇年七月十四日、他卸任首相職務的前一天遇刺，後經全力救治，倖免於難。安倍已經是第八位遇刺的日本首相了。歷史總是一再重演，且驚人的相似，令人慨嘆。

另外有學者認為「太陽下沒有新鮮事」還可以從哲學的角度來理解：任何事物的出現都不是憑空的，都可以在以前的事物中找到雛形和依據，不過這似乎牽扯到因果報應、超出我的理解了。

106 to be weighed in the balance

被用天平衡量

—— 出自《約伯傳》31：6

約伯說，願我被放在公正的天平上去衡量，天主必知道
我是清白無罪的。

—— 《約伯傳》31：6

Let me be weighed in an even balance. The Lord will know that
I am blameless.

—— *Job 31：6*

　　weigh 當動詞，秤重、秤分量、權衡、斟酌……等等。balance 做
名詞，平衡、差額、（會計學上的）餘額、磅秤（和 scale 同意）……
也可以做動詞，保持平衡。weighed in the balance 或 weighed on the
scales 都是**被用天平衡量，引申為「被檢驗」**（to be tested）的意思。
例如：

原來！這個典故出自聖經

Paul was always boasting to be the fastest runner in his school. But in the recent sports competition, he was weighed in the balance and found fictitious.

保祿經常吹噓自己是學校裡跑得最快的人，但是在不久前的運動會裡，他被檢驗證實虛有其表。

「被用天平衡量」，在聖經裡有兩個典故：

一、 是約伯：原本虔誠事主、富甲一方的約伯，意外被天主將他交給魔鬼「測試」、痛失所有家人和財富、並全身長滿瘡疤潰爛後，還要遭受三位「好友」奚落說：這是他「犯罪」的結果。他說出開篇經文的悲憤之言，要求天主將他放在公正的天平上衡量他，還他清白無罪。

二、 是西元前六百年左右，曾經叱吒風雲的巴比倫王拿步高（Nebuchadnezzar）死後，他的外孫貝耳沙匝（Belshazzar），有一天大擺千人宴席，還用他的先王（指拿步高）從耶路撒冷聖殿掠奪來的金銀聖物飲酒作樂！席間牆上忽然出現一隻怪手的影子，寫出三個字，其中一個「特克爾」（Tekel），經先知達尼爾（Daniel，和合本譯成但以理）解釋，意思是「你被放在天平上衡量，可是分量不足」（You have been weighed on the scales and found wanting.）。結果貝耳沙匝當天晚上就遇刺身亡了。

漢語成語常言：才不配位，必遭其累，德不配位，必有災殃！期許自己也祝願大家：敬天愛人，身體力行，才德配位，經得起檢驗。

107 to break bread

擘餅，聖體聖事

—— 出自《宗徒大事錄》20：7

一週的第一天，我們相聚擘餅時，保祿便向民眾講道。

—— 《宗徒大事錄》20：7

On the first day of the week we came together to break bread. Paul spoke to the people.

—— *Acts 20：7*

　　以色列人以麵包（bread 聖經裡翻譯成餅）為主食。把麵包掰開 to break bread，可以是用餐的第一個動作，因此 to break bread 在希伯來語裡就是「用餐」（to have a meal），例如：

It's my pleasure to break bread with you.
很高興和你一起用餐。

Eve broke bread by herself last night because her husband Adam was out for an overtime job.

厄娃昨晚一個人用餐，因為她老公亞當加班去了。

　　To break bread 擘餅這個詞彙在《新約》裡出現超過十次，例如四部《福音》裡都記載了耶穌兩次「增餅」的奇蹟，標準動作就是：耶穌接到門徒傳過來的餅和烤魚，舉目望天，感謝並祝福了，把餅擘開，遞給祂的門徒，祂的門徒又分給群眾，群眾再一一傳遞下去，直到眾人都吃飽了，再把所剩的碎塊收集起來（詳見《瑪竇福音》14：15-21、《馬爾谷福音》6：35-44、《路加福音》9：12-17、《若望福音》6：5-14）。

　　耶穌在受難前夕，建立聖體聖事時的動作是：祂拿起麵餅，祝謝了，擘開，分給祂的門徒們說，你們大家拿去吃，這是我的身體，為你們犧牲的，你們要這樣做來紀念我（詳見《瑪竇福音》26：26-29、《馬爾谷福音》14：22-25、《路加福音》22：14-20）。

　　耶穌受難後，門徒們經常遵照祂的交代，聚會、擘餅紀念祂，除了本篇開頭引述的那段話之外，還有如下的記載：

—— 群眾們專心聽取宗徒的訓誨，時常團聚、擘餅、祈禱（《宗徒大事錄》2：42）。

—— 保祿在默里達（Malta 馬爾他）島附近覆舟（翻船）後，勸慰同船的眾人不要緊張、趕緊用餐時，拿起餅來，在眾人面前感謝了天主，然後擘開並開始吃，於是眾人都放心、開始用餐了（《宗徒大事錄》27：27-36）。

　　兩千年來，**所有的基督宗教（包括天主教、東正教、基督新教、英國公教、摩門教……等等）都用「擘餅」的方式紀念耶穌。天主教會在每一臺彌撒裡，都有「聖體聖事」**：主祭將一個圓形的無酵餅，祝聖成為基督聖體後、擘開；基督新教則是「定期」（會事先公告）舉行「擘餅」禮儀，由牧師將碩大的麵包（bread）祝聖為聖體，再分給會眾。

108

to cover one's feet

便溺

—— 出自《撒慕爾紀上》24：2-4　等

撒烏耳去「野山羊巖」搜捕達味和隨從他的人員，他走到路旁的羊圈前，那裡有個山洞，他就進去便溺。

—— 《撒慕爾紀上》24：2-4

Saul set out to look for David and his men near the Crags of the Wild Goats. He came to the sheep pens along the way; a cave was there, and Saul went in to cover his feet.

—— *1 Samuel 24：2-4*

　　話說古代以色列人，不分男女都穿長袍，男士還要披上外氅。他們便溺時，就得撩起長袍，蹲下，於是乎長袍遮住了雙腳。我國天主教先賢們將英文聖經版本裡這句 to cover one's feet 直接翻譯成便溺，堪稱傳神。這個成語可能大多數人都不熟悉，但在聖經裡出現二次：

　　一、　西元前一二○○年左右，民長厄胡得（Ehud）將摩阿布王厄革隆（Eglon）刺殺在王宮涼臺的房子裡之後，出來後把

涼臺的門關上，上鎖逃走了。國王的臣子們前來，看到涼
臺的門關著，以為國王一定是在涼臺的內室裡「便溺」。
待他們等煩了，找人拿鑰匙來開了鎖，才發現他們的主子
已經遇刺死了（《民長紀》3：11-25）。

二、 西元前一〇二〇年左右，以色列第一位君王撒烏耳（Saul）
被廢除之後，非常嫉妒也仇恨被傅油準備繼任的達味，一
路追殺到「野山羊巖」一帶，他肚子不舒服了，走到路旁
的羊圈前，那裡有個山洞，他就進去便溺。沒想到達味就
藏在那山洞裡，他偷偷割下一塊撒烏耳所披外氅的一角，
卻沒有趁機殺害他。撒烏耳起身後，走出山洞，上了原路
（《撒慕爾紀上》24：1-8）。

to cover one's feet（**相當於** to urinate **或** to defecate **便溺、上廁所**）
引申為「釋放自己」（to relieve oneself），例如：

Joe is in the restroom covering his feet.
喬正在廁所裡蹲著呢。

不過，現代人上廁所更常用的說法是 to use the bathroom 或 to go
into a restroom，因此，to cover one's feet 這個古老的說法已經很少聽人
說了。

109

to eat one's own bread

自食其力

—— 出自《得撒洛尼人後書》3：11-12

我聽說你們中有些人遊手好閒，什麼也不做，卻好管閒事。我們因主耶穌基督的名，吩咐這樣的人，勸勉他們安靜工作，吃自己的飯。

—— 《得撒洛尼人後書》3：11-12

For we hear that there are some which walk among you disorderly, working not at all, but are busybodies. Now that are such we command and exhort by our Lord Jesus Christ, that with quietness they work, and eat their own bread.

—— *2 Thessalonians 3：11-12*

得撒洛尼就是現今希臘東北部的薩羅尼基（Saloniki）的港口城市。在耶穌時代是羅馬帝國馬其頓省（Province of Macedonia）的省會、商業和交通樞紐。保祿在西元五十年年底就去那裡，建立教會。

西元五十二年他在希臘格林多（Colinthus）時，聽說得撒洛尼教會雖然遭受迫害，絕大多數仍堅持信望愛三德，可惜難免有些教友背棄信仰、邪淫、懶惰，尤其有些人遊手好閒，不務正業卻好管閒事。保祿因此兩次寫信給他們，殷殷勸勉，說若不願意工作，就不應該吃飯（《得撒洛尼人後書》3：10）。

　　保祿的上述思想，是根基於上主在人類元祖亞當厄娃犯下原罪後，對亞當的懲罰：你一生日日勞苦才能得到吃食⋯⋯必須汗流滿面，才有飯吃（《創世紀》3：17-19）。

　　To eat one's bread **用中文說就是「自食其力」或「養活自己」**，和本書第二十五篇 by the sweat from one's brow（汗流滿面）異曲同工。例如：

> Tom was born of a poor family, so he has been eaten his own bread since he was 18 years old.
>
> 湯姆出生於貧困家庭，從十八歲起就得自食其力。

還有許多和 to eat one's bread 相近的成語，例如：

1. to eat one's own bitter fruit 自食苦果，指自己做了壞事，自己受到損害或懲罰。

2. To eat one's word 意思是承認自己說錯了話，收回前言，例如：

> Realizing the joke he made earlier was a harm to Eva, Adam quickly ate his words.
>
> 意識到自己之前開的玩笑對厄娃是個傷害，亞當趕緊收回他的話。

3. To break one's word 則是「食言」的意思。例如：

> Never break your word, or no one will trust you.
>
> 不要食言，否則沒有人會信任你。

　　人窮志不窮。自食其力最有尊嚴。

110 to fall by the wayside

落在路旁

—— 出自《瑪竇福音》13：4、《馬爾谷福音》4：4、《路加福音》8：5

耶穌用比喻對群眾說：有一位農夫外出撒種。他撒種的時候，有的落在路旁，飛鳥來把它吃了。

—— 《瑪竇福音》13：3-4

Jesus talked to crowd by parables: A farmer went out to sow his seed. As he was scattering the seed, some fell by the wayside, and the birds came and ate it up.

—— *Matthew 13：3-4*

　　耶穌為了宣講天國（kingdom of heaven）的概念，又怕曲高和寡，群眾接受不了，就一口氣講了七個比喻（parables），用日常生活上常見的事物，來推演一端高超的道理[1]。對於心地純潔、善良正直的人來說，聽了比喻就心領神會，不難理解；但是對於心存偏見或拒絕接受的人來說，就會覺得莫名其妙。

　　耶穌說的撒種的比喻：有個農夫出去撒種，有的落在路旁，飛鳥

---

1. 耶穌講解天國的七個比喻，依次是撒種、莠子、酵母、芥子、寶貝、珍珠和撒網，詳見《瑪竇福音》第十三章。

來把它吃了。有些落在石頭地裡,那裡沒有多少土壤,因為所有的土壤不深,即刻發了芽,但太陽一出來就被曬焦,又因為沒有根,就枯乾了。有的落在荊棘中,荊棘長起來把它窒息了。有的落到好地裡就結了實,有一百倍的、有六十倍的、有三十倍的。

後來耶穌自己解釋,撒在路旁的,是指凡聽天國的話而不瞭解也不接受的,那惡者就來把撒在他心裡的(天國話語)奪走了(《瑪竇福音》13:1-23、《馬爾谷福音》4:1-20、《路加福音》8:4-15)。

To fall by the wayside 落到路旁,在英文成語裡引**申為放棄**(to give up or drop out)**或不能完成任務**等等,例如:

Many readers will fall by the wayside as the content becomes more complicated.

隨著內容越來越複雜,許多讀者就放棄讀下去。

我自一九六三年聖誕節受洗,已經超過一甲子。前三十年對於讀經時續時斷,一九九三年以後才比較能夠堅持。期許自己的餘生裡不再「落在路旁」,並最終能夠結出善果。

1
1
1

to fall from grace

失寵

—— 出自《迦拉達人書》5：4

你們這些靠法律尋求成義的人，是與基督斷絕了關係，
從恩寵上跌了下來。

—— 《迦拉達人書》5：4

You who are trying to be justified by the law have been alienated
from Christ; you have fallen away from grace.

—— *Galatians 5：4*

To fall from grace 從恩寵上跌下來、失寵，是「蒙恩」（to find
favor with）[1] 的相反詞，聖經裡有好幾個「失寵」的記載，其中如下兩
個我認為最堪回味：

一、　是以色列人三世祖雅各伯的元配肋阿（Leah），她是雅各
伯岳父（也是舅舅）拉班（Laban）的長女，因為雙眼無神，
不如妹妹辣黑耳（Rachel）秀麗。雅各伯原是看上她妹妹
的。拉班應該是怕長女嫁不出去，於是在雅各伯和辣黑耳

成親那天晚上，李代桃僵，將肋阿送入洞房。

第二天清晨雅各伯醒來發現被騙時，生米已經成了熟飯，只能認了，七天之後再和辣黑耳成親，而且延長服事拉班七年。上主見肋阿失寵，便開了她的胎，接連生下六個兒子和一個女兒，其中第四個兒子猶大（意思是「這次我要讚頌上主」）後來成為耶穌的祖先（《創世紀》29：15-35）。

二、 是以色列建國後第一個君王撒烏耳（Saul）。上主其實已經透過先知兼司祭撒慕爾祝聖他為君王了（《撒慕爾紀上》10：17-11：15），可惜犯了如下兩個錯誤，以至於失寵了：

1. 沒有等候司祭撒慕爾的到來，即擅自在基耳加耳（Gilgal）奉獻全燔祭，僭越了司祭的身份和權位（《撒慕爾紀上》13：8-15）。

2. 在對阿瑪肋克人（Amalek）作戰時，憐惜君王阿加格（Agag），和最好的牛羊，肥美的家畜和羔羊，凡是美好的，他們都不願毀滅，沒有執行天主吩咐的毀滅律。上主後悔了，把他的王位給了比他更好的人 —— 就是達味王（詳見《撒慕爾紀上》15：1-31）。

撒烏耳得王位而復失的慘痛經歷，確實值得我們引以為戒。因為我們每次領受聖事都是蒙恩。如果因為犯錯而失寵，就太不值得了。

to fall from grace，**引申為墮落、誤入歧途、失去人心，上海話的「不受待見」**，例如：

Carolyn was the third Finance Minister to fall from grace after trying to make the rich pay more tax.

加羅琳是第三位因為試圖讓富人們多交稅而失去人心的財政部長。

---

1 1 2 to find favor with

獲得青睞

—— 出自《撒慕爾紀下》15：25 …… 等多處

達味王對司祭匝多克說：……若我在上主的眼中蒙恩，祂必會領我回去（耶路撒冷），能再見約櫃和祂的聖所。

—— 《撒慕爾紀下》15：25

Then king David said to Zadok, Take the ark of God back into the city. If I find favor in the Lord's eyes, He will bring me back and let me see it and His dwelling place again.

—— *2 Samuel 15：25*

聖經裡有兩個關於「蒙恩」的記載：

一、 是西元前十八世紀，以色列三世祖雅各伯，他盜取哥哥厄撒烏（Esau）長子的名分，被迫回伊拉克老家發展，竟然發了大財。二十年後衣錦榮歸，路上聽說厄撒烏率大批人馬擋在前頭，驚嚇之餘拿出大量牲畜作為獻禮，七次伏地叩拜哥哥說：我若真的蒙你悅納，請你收下我的禮物，因

為我見了你的面，就如同見了天主的面，你實在仁厚接待了我……（《創世紀》33：1-11）。

二、 是西元前十二世紀，嫁給以色列人的外邦女子盧德（Ruth，或譯為路得），在丈夫和公公都過世後，對婆婆不離不棄，跟著她回到白冷城的老家，正值春麥收割季節，她到田裡辛苦撿拾麥穗。後來主人波阿次（Boaz）發現她了，得知她就是盧德，厚待了她。盧德感激之餘，俯首到地面，向他下拜說：我竟怎樣蒙你垂青，眷顧我這個外方的女子……（《盧德傳》2：1-11，盧德的故事詳見第一二八篇）。

雅各伯天性狡詐，一生有多次（包括對他的老丈人）使詐的記錄，後來為獲得哥哥的寬恕，不得不準備大量禮物，卑躬屈膝，求哥哥悅納施恩。而盧德發自內心對天主的敬畏，和對婆婆的愛，贏得夫家族人和波阿次的恩寵，最終結成美好姻緣。

find favor with **蒙恩、得寵於某人、獲得歡心，引申為迎合某人的心意**，例如：

This is obviously a reasonable suggestion; it finds favour with both the employer and all the employees.

這顯然是一個合情合理的建議，雇主和所有員工都滿意了。

人從孩提時就懂得要討父母和長輩的寵愛，成家後要贏得配偶的歡心，就業後努力爭取長官的關注，這似乎是一種本能。不過凡事都要有節制，如果嘩眾取寵，就會弄巧反拙。

義人的唇，常吐雅言（decent words）；惡人的口，只說邪惡（《箴言》10：32）。祝願大家總是口吐芬芳，在天主和人前，獲得恩寵。

1
1
3

to gird up one's loins

束上腰帶

—— 出自《伯多祿前書》1：13

為此，你們要束上腰帶，謹守心神，要全心希望在耶穌基督顯現時，給你們帶來的恩寵。

—— 《伯多祿前書》1：13

Therefore, gird up the loins of your mind, live soberly and set your hopes completely on the grace to be brought to you at the revelation of Jesus Christ.

—— *1 Peter 1：13*

　　loins 是身體的腰部，gird 做動詞，用帶狀物品綁住或佩帶、圍繞等意思。古代的君王腰部常束上玉帶，如果被束上繩索，就是淪為階下囚了。

　　古代以色列人不分男女都習慣穿長袍，當需要從事體力活、或者比較危險的動作時，就用一條帶子纏在腰部，將寬鬆的袍子紮起來，以方便操作，同時顯出精氣神。「賢婦頌」（Praise for wife with noble character）裡就有一句：賢婦以勇力束腰，以增強臂力（《箴言》31：

17）。反之，上主使勇士的腰帶鬆弛（《約伯傳》12：21）就表示讓他無法作戰了

　　束上腰帶**引申為準備行動**（prepare for action）**或鼓起勇氣、做好思想準備**等等，例如：

There's a lot of hard work to be done before the weekend, so let's gird up our loins and start.

週末之前有很多辛苦的活兒要幹，我們準備好開始工作吧。

He girded up his loin to face his competitor.

他做好準備來迎戰他的對手。

　　聖經上有兩個關於束上腰帶的記載：

一、　是西元前八六〇年左右，以色列（北國）歷經三年六個月的乾旱。先知厄里亞（Elijah）在加爾默耳山（Mount Carmel，和合本譯成迦密山）下祈禱求雨，果然，天空因風雲而變為昏黑，大雨傾盆而下，上主的手（大能）臨於厄里亞身上，他就束上腰帶，而且跑在乘坐馬車的阿哈布王（King Ahab）前頭，直到依次勒耳（Jezreel）城門口才停下來（《列王紀上》18：41-46）。

二、　是耶穌自己，在逾越節前夕，最後晚餐前，從席間站起來，脫下外衣，拿起一條手巾束在腰間，然後把水倒在盆裡，開始給門徒們洗腳，用束著的毛巾擦乾（《若望福音》13：1-5）。

　　伯多祿是宗徒之長，他總結了信友的地位和特權（獲得救贖的恩寵），認為信友既然懷抱永生的希望，要在心理上「束上腰帶」使一生的生活行動，都持守聖潔，也是語重心長的期許和勉勵了。

1 to go the extra mile

1 走額外一里路

4 —— 出自走額外一里路

耶穌教訓群眾說：若有人強迫你走一里路，你就同他走二里路。

—— 《瑪竇福音》5：41

If anyone forces you to go one mile, go with them two miles.

—— *Matthew 5：41*

　　古代猶太人基於如下法律的要求和先知的預言，對於「加倍付出」，包括加倍賠償、加倍懲罰等等，似乎十分熟悉和接受：

　　—— 竊賊所偷之物品，無論是牛、驢、羊，若在他手中被尋獲時還活著，應加倍償還（《出谷紀》22：3）。

　　—— 竊賊偷銀錢或物品，被尋獲時應加倍賠償（《出谷紀》22：6）。

　　—— 兩人因物件所有權而爭訟的案件，應上呈到天主前，天主宣布誰有罪，誰就應加倍賠償（《出谷紀》22：8）。

—— 上主，求你給他們（指迫害先知的人）招來災禍的日子，以雙倍的毀滅，消滅他們（《耶肋米亞先知書》16：18）。

在耶穌時代，統治以色列的羅馬帝國有一條法律規定：帝國政府官員和軍士，可以隨時隨地命令「任何」猶太人給他服勞役 —— 搬運重物走一千步（等於一羅馬里）的距離。之後當天這位猶太人就自由，不必出第二次任務了。

因此開篇引述聖經裡耶穌說，如果有人強迫你走一里路（天主教思高版中文聖經翻譯成一千步），你就同他走二里路，雖然按照現代的話語來說似乎有點「惡」，但是猶太人似乎很聽得進去。

聖保祿對兩大弟子之一弟茂德說：那些善於督導的長老，尤其那些出力講道和施教的人，堪受雙倍的敬奉（《弟茂德前書》5：17），等於把過去「雙倍懲罰」的負面概念，轉向正面的思維了。

to go the extra mile 意思是**做比期望的更多的努力；付出更多以取得更大的成就**。例如：

> The President is determined to go the extra mile for peace.
> 總統決心為實現和平而加倍努力。

走額外一里路，逐漸成為具有鼓勵性質的諺語，並廣為流行。它讓人在群眾裡顯得突出，容易贏得好感，因而在競爭中取得優勢，最終獲勝達成任務。

中國人說：天道酬勤。祝願經常「走額外一里路」的人，都能獲得豐厚的回報。

1 1 5 to hide one's light under a bushel

把燈藏在斗底下

—— 出自《路加福音》8：16、《馬爾谷福音》4：21、《瑪竇福音》5：15

人點燈，並不是放在斗底下，而是放在燈台上，照耀屋中所有的人。

—— 《瑪竇福音》5：15

Neither do men light a candle, and put it under a bushel, but on a candlestick; and it giveth light unto all that are in the house.[1]

—— *Matthew 5：15*

bushel 名詞，斗，古代以色列的一種容器，也是現代西方國家常用於穀物和水果的容量單位，翻譯成「英斗」，相當於八加侖，或三十升；它也可以做形容詞，大量、很多的意思。

後來英語將 to hide one's light under a bushel（或寫成 hide one's candle under a bushel）把燈（蠟燭）蓋在器皿下**引申為性格內斂，不在**

---

1. 本段經文引用自《英王欽定本聖經》，giveth 為 give 第三人稱單數現在式古老的拼法，已不再使用。

別人面前賣弄自己的知識或才能，相當於中文裡的韜光養晦或深藏不露、不露鋒芒。這和另外一句成語 to hide one's talents in a napkin（將才能藏在餐巾紙裡，埋沒才能的意思）有異曲同工之妙！例如：

Don't be tempted to hide your light under a bushel for fear of upsetting other people.

不要因為害怕惹火其他人就想韜光養晦。

Mary kept hiding her light under a bushel even though the whole neighbourhood is aware of her generosity in helping the homeless people.

瑪利亞始終深藏不露，即便整個社區都知道她對無家可歸者慷慨救助。

　　孫中山先生說：「人盡其才、地盡其力、物盡其用、貨暢其流。」祝願每個人的天分都能充分發揮，不被埋沒。

116 to lend one's hand

伸出援手

—— 出自《申命紀》15：11、《申命紀》15：8等多處

既然在這地上少不了窮人，為此，我吩咐你說：對你地區內困苦貧窮的兄弟，你應大方地伸出援手。

—— 《申命紀》15：11

There will always be poor people in the land. Therefore I command you to lend your hands toward your fellow Israelites who are poor and needy in your land.

—— *Deuteronomy 15：11*

　　或許因為大家一起從埃及逃離出來，在曠野裡顛沛流離，上主一再透過梅瑟訓勉安慰古代以色列人要照顧弱勢人群，規定有田產的人，每過三年，應該拿出全部出產的十分之一，分給那些沒有分得產業的肋未人、城鎮裡的外方人和孤兒寡婦，都可以來吃喝，得享飽飫（《申命紀》14：28-29）。

　　梅瑟對於以色列人還有許多要求，例如：

　　—— 　對於窮苦的兄弟，不可以心硬，不可袖手旁觀，應向他

伸手，凡他所需要的，儘量借給他（《申命紀》15：7-8）。

—— 借給你兄弟的銀錢、食物或任何能生利的財物，不可以收取利息（《申命紀》23：20）。

—— 債主對於借給近人的一切債務，到第七年就應該全部豁免，不再向近人和兄弟追還，這第七年稱之為「豁免年」（year of relaxation）（《申命紀》15：1-4）。

Lend 借給；借出；將自己的東西借出給別人。borrow 則是借入，指從某人或某處借來某物。to lend one's hand **助人一臂之力**，例如：

I'd be glad to lend you a hand.
我很樂意對你伸出援手。

We come to lend you our hands but not to make trouble.
我們是來幫忙你，不是來製造麻煩的。

The organization might be able to lend a hand in specific situations.
該組織或許可以在某些情況下助一臂之力。

To lend one's hand 也可以用 to offer one's hand 來替代，例如：

I have considered seeing Jane tomorrow, but I haven't got any idea about how to offer my hand.
我想過明天去看看珍妮，但對於如何助她一臂之力還沒有想法。

祝願行有餘力的人，能夠經常關注弱勢者的需要，及時伸出援手，為善最樂；又能在所做的事業上，獲得天主的祝福（《申命紀》15：10）。

1
1
7

to lick the dust

被打趴了

—— 出自《創世紀》3：14、《聖詠》72：9⋯⋯ 等多處

他（指撒羅滿王）的仇敵將向他屈膝跪拜，和他作對的
人要舌舔塵埃。

—— 《聖詠》72：9

May the desert tribes bow before him, and his enemies lick the
dust.

—— `Psalm 72：9

　　話說狡詐的蛇在誘騙亞當和厄娃摘食禁果犯下原罪之後，被上主
重罰要用肚子爬行，終生每天吃土（eat dust，《創世紀》3：14）。後
來蛇雖然雖然不像蚯蚓那樣「吃土」，但確實是用肚子爬行，相對於
它的狡詐，也夠「謙卑」了。

　　先知米該亞（Micah）將外邦人比喻為蛇，說他們必舔土如蛇、又
如土中腹行的動物、戰戰兢兢的爬出他們的洞穴，向上主表示尊敬、
敬畏（《米該亞先知書》7：17）。

西元前八世紀的先知依撒意亞預言，以色列將淪亡後，終將歸國：列邦高舉我的手，向萬民豎起我的旗幟；他們必要把你的兒子抱在懷中帶來，把你的女兒放在肩上背來。列王要做你的養父，皇后要當你的保姆。他們要在你面前俯伏在地，並要舔去你腳上的塵土。那時你將知道我是上主，凡仰賴我的，決不會蒙羞。（《依撒意亞先知書》49：22-23）。

聖經學家們的解釋：列邦列王（指後來出現在以色列周遭的國家和君王）終將向上主臣服，資助以色列人回國重建聖殿（做養父養母），並因此影響到眾多外邦人相信天主。例如：

── 巴比倫國王 拿步高昭告世界：至高天主的王國是永遠的王國，他的主權永世長存《達尼爾先知書》3：98-100

── 西元前五三九年，波斯王居魯士向全國頒發上諭說：上主將地上萬國交給了我，囑咐我在耶路撒冷為祂建築一座殿宇，你們中間凡做他子民的可以上去，願他們的神與他們同在（《編年紀上》36：22-23、《厄斯德拉》1：1-4）。依撒意亞的預言就應驗了。

聖經上還記載，一生叱吒風雲的巴比倫王拿步高曾經因為驕傲，口出狂言說是以他自己的大能大力，為彰顯他的威榮建立了大巴比倫，被上主懲罰，逐出人群，到田野與走獸為伍，吃草舔土如同牛一樣，長達七年之久，直到期限過後，他舉目望天，理智恢復正常，認識自己的罪過，稱謝至高者，讚美頌揚永生者，才被恢復王位（《達尼爾先知書》第四章）。

「舔」意指用舌頭接觸東西（例如食品）或取東西，也有使……濕潤的意思。舔狗，網絡流行詞，意思是指對方對自己沒有好感，還一再地放下尊嚴地用熱臉去貼冷屁股的人。

to lick the dust 舌舔塵埃（也有 to bite the dust 或 to eat dust 吃土的用法），意指「被打趴了」（be defeated），**引申為五體投地、卑躬屈膝**等等。例如：

This heavy-weight boxing champion has made all his rivals lick the dust.

這個重量級拳王擊敗了他所有的對手。

---

118 to miss the mark

迷失目標

—— 出自《若望一書》3：4……等多處

凡是犯罪的，就是做違法的事；因為罪過就是違法。

—— 《若望一書》3：4

Everyone who missed the mark broke the law; in fact, sin is lawlessness.

—— *1 John 3：4*

　　Miss 當名詞是小姐、少女；動詞可以是思念、錯過、迷失、未達成……等等。Mark 做名詞，可以是記號、斑點、成績、標準……等等，做動詞則是做記號、打分數……等等，所以 miss the mark，從字面上來說就是沒有擊中目標，或沒有收到預設的結果，例如：

> The Green Party's manifesto missed the mark and failed to attract people's attention.
>
> 綠黨的操作失焦了，沒有吸引民眾的注意

miss the mark 在信仰上也可以解釋為犯罪（sin）。因為在希伯來文裡，「罪」的原意是「失敗」、「迷失方向」、「失誤目標」。只要違背神的話，就會「失敗」，就會「迷失方向」，就會「失誤目標」，也就是「犯罪」。

《聖經》裡有關「罪、過」的詞彙很多，我嘗試以天主的法律為基準，按「惡性程度」（從小到大）梳理如下，僅供參考：

1. wicked：邪惡的、心存邪念的 （人），是想作不道德或傷害他人的事，為自己得到一點好處，例如格勒耳王（king of Gerar）想得到亞巴郎的老婆撒辣依，是「損人利己」。

2. trespass：無心的過失，大致可以分為如下三種：

   （1） 對個人身心上的，比如威脅、差辱、推搡致傷、強制他人的自由等等；

   （2） 對財物上的，例如未經允許隨意使用或佔用他人財物器具等等；

   （3） 對土地的，好比在公園裡踐踏草坪綠地等等。

3. guilt：過失、輕罪，例如開車闖紅燈或追尾、沒有造成人員傷亡的車禍等等，相當於「行政拘留」。

4. transgression：蠻橫，故意的不服從、越界、放肆地、跋扈地違規等等；中文說的「橫」。西元前一千兩百年左右，

古代以色列最後一位民長三松（Samson， Judge）的許多作為就是典型的橫。

5. evil：惡毒的，比 wicked 更惡毒、並有一點報復心理，而想作純粹「損人不利己」、對自己沒有任何好處的事。

6. sin：犯罪，專指違反天主誡命或社會倫理道德的罪、只有天主能夠寬恕。

7. iniquity：不公不義，特別是指利用權力侵害下屬的生命財產、來奪取自己的利益。最典型的當然就是達味王貪戀屬下老婆巴特舍巴的美色，故意派屬下烏利亞（Uriah）去前線戰死沙場（《撒慕爾紀下》十一章）。

8. lawless：無法無天，《得撒洛尼人後書》2：1-3 說：末日來臨前，那無法無天的人必先出現。其實何必等到末日？每次戰爭期間，侵略者在淪陷區燒殺擄掠、姦淫搶奪的場景，就是無法無天。

　　sin 在希臘文版聖經裡是 *harmatia*，意思**是在思言行為上違反天主誡命和社會倫理道德，這是對** miss the mark **一個很好的註解。**

119 to move the mountains

克服極大的困難

—— 出自《瑪竇福音》21：20-21、《路加福音》17：6、《格林多人前書》13：2

（聖保祿說：）我若有全備的信心，甚至能移山，但我若沒有愛，我什麼也不算。

—— 《格林多人前書》13：2

If I have the gift of prophecy and can fathom all mysteries and all knowledge, and if I have a faith that can move mountains, but do not have love, I am nothing.

—— *1 Corinthians 13：2*

　　to move the mountains 意思是「克服極大的困難」。中國人強調「人定勝天」，在遇到重大困難時，常用「效法愚公移山精神」來鼓舞士氣。但西方人常說：

> In the West, we will not move the mountains, but go around.
> 在西方，人們不會想到移山，而是繞道而行。

　　西元前四百年左右，戰國時代的思想家列子（西元前四五〇－三七五年）所寫的一篇寓言小品文「愚公移山」，相信大家都耳熟能詳了。故事敘述了現在河南濟源的老人愚公，因為想開闢一條通往南方漢水的道路，面對大山，他不畏艱難，堅持不懈，歷經幾代子孫仍挖山不止，最終感動天帝，指派大力士將山挪走了。

　　大約四百三十年後的耶穌，在受難前五天清晨，從伯大尼回耶路撒冷的路上，詛咒讓一棵不結果的無花果樹，樹立即枯乾了，門徒大為驚異。祂告訴門徒說，如果你們有信德，不疑惑，不但能讓無花果樹枯乾，即便對這山說，起來，投入海中，也必實現（《瑪竇福音》21：18-22）。聖史路加也記載了類似的教訓：耶穌對門徒說，如果你們有像芥菜籽那麼丁點大的信德，即使你們對桑樹說，你連根拔出，移植到海中去，它也會服從你的（《路加福音》17：6）。

　　耶穌的教訓，單純從字面上來說，確實很難理解：渺小的平凡人，怎麼可能因為有一點點信德，就能移動大山？或讓無花果樹枯死、桑樹投海？聖經學家解釋說：**其實移動大山等等都是「極大困難」的比喻，耶穌主要在強調，只要有信德，就能克服種種的困難**。相比於「愚公」歷經幾代的努力，「最終」感動天神出手相助，是完全不同的境界。

　　我們時時刻刻都可能會面對大大小小的的困難，誠然可以祈禱天主恩賜，幫忙「拿掉」這些困難。更重要的是祈禱天主賜給我們愛和信德，以及克服困難的勇氣和力量。

1
2
0

to put words in someone's mouth

口授話語

—— 出自《撒慕爾紀下》14：1-3

約阿布對從特刻雅叫來的賢婦說：……然後去見君王，
對他這樣這樣說……他就把要說的話，口授給她。

—— 《撒慕爾紀下》14：1-3

Joab said to the wise woman from Tekoa...... Then go to the king
and speak these words to him. And Joab put the words in her
mouth.

—— *2 Samuel 14：1-3*

Put words in someone's mouth，口授話語意思是「教他人怎麼說」，
例如張三想對李四提建議，覺得說不上話或者未必有效，就把想說的
話一五一十告訴第三者，請第三者轉達，典故出自《撒慕爾紀下》第
十三至十四章，摘要如下：

以色列達味王一生娶了八個老婆，合計生下十八個兒子[1]。長子
（太子）阿默農（Amnon）不長進，強姦同父異母的妹妹塔瑪爾
（Tamar）後惡意遺棄，塔瑪爾的同母哥哥阿貝沙隆（Absalom）氣憤

---

1. 有說為十九個兒子。

填膺，誘殺了阿默農，之後逃到革叔爾（Geshur）。

達味王哀傷又生氣，對阿貝沙隆不聞不問三年之久。三軍統帥約阿布（Joab）為了緩解情勢，就設下計謀，找到一位明智的婦女，把要對達味王說的話口授給她，讓她去向君王諫言。達味王一聽就知道這是約阿布的點子，找來約阿布對質後，就同意他去領回阿貝沙隆。

「口授話語」本來是**要他人完完整整而且不加修飾地說出口授者的話**，但實際上傳話的人很難免會加上他（她）自己的意思，就像典故裡特刻雅賢婦那樣加油添醋地說出來，於是引申出如下三個不同的含義：

1. 強要他人按口授者的意思說話，例如：

Let Janet herself to answer my question; don't put your words in her mouth.
讓珍妮自己回答我的問題，不要教她（按你的意思）說話。

2. 曲解（或故意歪曲）他人的話，例如：

Stop putting words in my mouth − I didn't say you looked fat in the red dress. I merely said you looked very slim in the black.
不要曲解我的話，我沒有說你穿紅色的裙子顯胖，我只是說你穿黑色的顯得很苗條。

3. 謊稱某人說過某種話，假冒他人之口、硬說某人說過某些話，例如：

My mother always put words in my father's mouth when she wanted to reprimand us. Actually, my father is much more tolerant.
媽媽要批評我們時總是借爸爸的嘴說話，其實爸爸比媽媽更包容我們。

121 to rise and shine

起來，好好幹活

—— 出自《依撒意亞先知書》60：1、《厄弗所人書》5：14

（耶路撒冷）起來炫耀吧！因為你的光明已經來到，上主的榮耀已經照耀在你身上。

—— 《依撒意亞先知書》60：1

(Zion) Arise, shine, for your light has come, and the glory of the Lord rises upon you.

—— *Isaiah 60：1*

To rise and shine 的兩個出處，分別代表如下兩個不同的涵義：

一、　西元前七二〇年左右，先知依撒意亞預言以色列將被滅亡、流放充軍（不幸果然在西元前五八七—五八六年間應驗了）後，他依然滿懷信仰，依賴上主對他的許諾，確信天主不會完全放棄祂特選的以色列，預言將由達味王的後裔中，出生救主默西亞（就是耶穌）。起來、照耀耶路撒冷，就是預示默西亞的降臨。

二、　西元六十年左右，保祿寫信給厄弗所教會的信徒：你們這
　　　些睡眠的，醒起來吧，從死者中起來吧，基督必要光照你
　　　（《厄弗所人書》5：14），看起來言詞犀利很刺眼啊！

　　原來保祿是在勉勵當地信徒們，不要再犯邪淫、行不潔、貪瀆、拜偶像等黑暗、無益的作為，反而要揭露這些惡行，由光讓他們顯露出來，之後才能成就光明。

　　To rise and shine 作為成語，通常翻譯成「起床啦」，其實這只解釋了 rise 而對 shine 忽略無視。

　　按英文 shine 做名詞，意思是光澤；光亮；光彩；晴天，陽光；做動詞是閃耀、發光、照耀、反光。shinny 是形容詞，閃亮的，有光澤的⋯⋯等等。語文學家認為 shine **更深一層意義是** to act lively and do well（**行動充滿活力並要做好**），**相當於中文的「好好幹活」**。

　　據瞭解，to rise and shine 最早是十九世紀初期在英國軍營裡，用來叫醒同僚起來幹活，後來逐漸普及到一般民間，成為最常用來叫人「起床」的成語，以下兩句實例應該是比較周全的解釋：

It's time to rise and shine, otherwise we'll miss the train.
該起來（幹活）了，不然我們就趕不上火車了。

Come on, rise and shine! It's a beautiful sunny day outside.
好了，起床（幹活）吧！外面天氣晴朗，陽光明媚。

　　不過，to rise and shine 因為多少帶有催促和鞭策的意味，通常只適用於家人和一同起居、生活和工作的同僚之間。如果彼此間並不很

熟稔，則未必適用。

　　一如「罄竹難書」是用來形容一個人的罪行多得寫不盡。那麼對於好人好事，就不能用這個成語了。所以我們對於成語，要充分瞭解它的真實涵義之後，才能正確運用自如。

1 to see eye to eye

2 觀點一致

2 —— 出自《依撒意亞先知書》52：8

聽，你的守望者都提高了喉嚨一起歡呼，因為他們親眼
看見上主返回了熙雍（耶路撒冷）。

—— 《依撒意亞先知書》52：8

Listen! Your watchmen lift up their voices; together they shout
for joy. When the Lord returns to Zion, they will see it eye to
eye.

—— *Isaiah 52：8*

　　世界各地的語言裡，幾乎都有「眼見為信」seeing is believing（百
聞不如一見）的說法，「親眼目睹」自然更加重一件事的可信度。聖
經裡至少有四處對於「親眼看見」的記載，例如：

一、　上主要梅瑟訓示以色列人說：你們親眼見過上主所作的一
　　　切偉大作為，應該遵守今天上主所吩咐的一切誡命（《申
　　　命紀》11：7）；

二、　以色列第一個君王撒烏耳（Saul）的兒子約納堂（Joanthan）
　　　指責他的父親說：你親眼看見上主藉著達味為以色列獲得
　　　這麼大的勝利，為何還要犯罪殺害他？（《撒慕爾紀上》
　　　19：5）

三、　先知厄里叟（Elisha）對君王的一位不相信上主會拯救撒
　　　瑪黎雅（北國以色列的都城）的使者說：你必親眼看見城
　　　門口出現大量上等麵粉和大麥的場景，只是吃不上（《列
　　　王紀下》7：1-19）；

四、　先知瑪拉基亞預言：以色列人將親眼看見並說：上主連在
　　　以色列境外，也顯示自己的偉大（《瑪拉基亞書》1：5）。

　　西元前七四〇年左右，先知依撒意亞就對以色列人將因罪孽深重，
遭遇聖殿被毀、流亡巴比倫的痛苦，但也做出開篇經文所說：上主將
返回耶路撒冷的預言，來安慰他們。

　　後來以色列果真在西元前五八七–五八六年間被巴比倫王國擊潰，
聖殿被毀，大量（約五萬）軍民被俘虜去巴比倫。又在西元前五三九
年開始獲准離開巴比倫，陸續返回以色列，並逐步重建（第二）聖殿。
西元前五一五年完成後，重新奉獻聖殿給上主，依撒意亞的預言，真
的應驗了。

　　To see eye to eye 或寫成 to see face to face 或 to see with one's own
eyes 親眼目睹，**引申為「彼此觀點一致」to have the same points of
view 或同意 to agree** 等等的意思，例如：

I'm glad that our two companies see eye to eye on this; it will make
negotiations much easier.

很高興我們雙方意見一致，以後好商量了。

1
2
3

to set in stone

立石爲證

—— 出自《若蘇厄書》24：26、《出谷紀》31：18 等多處

若蘇厄將上主的誡命和典章，都寫在天主的法律書上，
又取了一塊大石頭，立在上主聖所旁邊的橡樹下。

—— 《若蘇厄書》24：26

Joshua recorded all the ordinance and statutes in the Book of the
Law of God. Then he took a large stone and set it up there under
the oak near the holy place of the Lord.

—— *Joshua 24：26*

　　石頭通常質地堅硬，漢語裡有許多和石頭相關的成語，例如：「海
枯石爛」形容愛情的堅貞，「堅如磐石」描述關係的牢固，「以卵擊石」
則敘述對手的強大和競爭的不對稱。聖經裡除了開篇經文之外，還有
多處就地取材石頭來做見證的記載，例如：

一、　　在上主賜給你做產業所分得的地上，不可移動你鄰人（用
　　　　石頭設置）的地界，因為那是先人所劃定的（《肋未紀》
　　　　26：14）；

二、　若蘇厄在約旦河中心、擡約櫃的司祭們腳站立的地方，豎立了十二塊石頭（《若蘇厄書》4：9）。

還有一個近似的成語，to carved in stone（刻入石版）——上主在西乃山上向梅瑟說完了話，交給他兩塊石板（stone tablet），是天主用手指寫的約版（《出谷紀》31：18）

無論「立石為證」或「刻入石版」，一般都是用來形容某個想法或者計劃、事件沒有變化，**引申為漢語成語就是「板上釘釘」、「已成定論」、「不容更改」**的意思，例如：

Peter was advised by his boss that his salary was set in stone for this year because the company wasn't doing well.

伯多祿被老闆告知，由於公司營運情況不好，今年不會加薪了。

Vatican press secretary indicated last week that Pope Francis traveling plans for preaching offshore had already been set in stone.

教廷新聞祕書上週告示，方濟各教宗的海外福傳行程，已經板上釘釘了。

反之，not be set（or carved）in stone 就是「還未確定、未成定局」的意思。例如：

The project has many technical issues to be solved. Do not set in stone in a hurry.

這個項目還有許多技術問題沒有解決，不要急於定案。

---

124 to shake dust off one's feet

撇清關係

—— 出自《瑪竇福音》10：14、《馬爾谷福音》6：11、《路加福音》9：5

（耶穌交代門徒說：）人若不接待你們，也不聽你們的話，當你們離開那一家或那一城時，應把塵土從你們的腳上拂去，作為反對他們的證據。

—— 《路加福音》9：5

If anyone will not welcome you or listen to your words, leave that home or town and shake the dust off your feet as a testimony against them.

—— *Luke 9：5*

　　古代以色列的平民百姓，幾乎都是光腳走路的，必須是有身份的人才有類似現代人的涼鞋或拖鞋（sandal）。而虔敬保守的猶太人，認為外邦人不信雅威，崇拜邪神，充滿罪孽，是不屑與之接觸的。如果迫不得已穿過外邦人的城區，在離開那城時，要在城門口拂去腳上的塵土，以顯示自己的潔淨，與敬拜邪神的人撇清關係。

　　話說耶穌選拔十二宗徒，經過培訓之後，就派遣他們出去宣講了。

耶穌交代他們不用帶錢、口袋、兩件內衣、棍杖，也不用穿鞋，因為工人自當有他的食物（意思就是靠群眾接待）。無論進了哪一城或哪一村，查問誰是當得起（有條件接待）的，就住在那裡，向他請安，直到離開……

誰若不接待他們，也不聽教導，他們就離開。當他們從那一家或那一城出來時，應把塵土從他們的腳上拂去，意思是將不接受福音的猶太人相比為外邦人，他們將來在接受審判時，宗徒們沒有責任（《瑪竇福音》10：1-15、《馬爾谷福音》6：7-13、《路加福音》9：1-6）。

宗徒們憑借著耶穌所賜予的權柄，出去宣講，使人悔改，制伏魔鬼，並給很多病人傳油，治好疾病，因此大受歡迎，他們也歡天喜地的回來向耶穌報告，沒有任何「拂去塵土」的不愉快記載。

但是二十多年後的保祿和巴爾納伯（Barnabas）就沒有那麼幸運了，他們第一次外出傳教時，在丕息狄雅的安提約基雅（Antioch in Pisidia）對外邦人宣講，轟動全城，引起當地猶太人的嫉妒，發動迫害，把他們驅逐出境，二人遂把腳上的塵土拂去，離開那裡（《宗徒大事錄》13：13-52）。

To shake dust off one's feet 拂去腳上的塵土，**被引申為撇清關係，不必為對方的錯誤承擔責任**。這和本書第一百二十九篇 to wash one's hands（洗手、撇清責任）有異曲同工之妙，例如：

I couldn't wait to shake the dust off my feet. I never wanted to see either of them again.
我迫不及待要和他們撇清關係，再也不想見到他們任何一人。

125 to throw pearls to before the swine

暴殄天物

—— 出自《瑪竇福音》7：6

你們不要把聖物給狗，也不要把珠寶投在豬前，怕牠們用腳踐踏了珠寶，又轉過來咬傷你們。

—— 《瑪竇福音》7：6

Do not give dogs what is sacred; do not throw your pearls before pigs. If you do, they may trample them under their feet, and turn and tear you to pieces.

—— *Matthew 7：6*

　　to throw pearls to pigs 或 to cast pearls before swine 把珠寶丟給豬，意思是將一個人心愛的財寶（包括感情）給予一個沒有興趣、或不知道欣賞、珍惜的人，相當於中國的成語「暴殄天物」（a reckless waste）。還有一句俗語：白菜被豬拱了，形容女人嫁給一位不懂得憐香惜玉的丈夫。

　　對猶太人來說，豬雖然是「偶蹄」也有「腳趾」，但因為吃東西

後不「反芻」，是不潔的，牠的肉不可以吃，屍體也不可以觸摸（《肋未紀》11：7-8，《申命紀》14：8），凡是偷偷吃豬肉的（《依撒意亞先知書》65：4）、或奉獻豬血、不真誠敬禮的人（《依撒意亞先知書》66：3），都會受到天主相對的報應，他們的行為和思念，都要被消滅。

豬還代表「邪惡」，耶穌在加里肋亞海東南方叫革拉撒（Gerasa）的小城，碰到兩個附魔的人從墳墓走出來，附在他們身上的惡魔對耶穌說：時候未到你就要來苦害我們嗎？接著耶穌讓惡魔進入正在遠處放牧的豬群，然後整個豬群從山崖上直衝入海淹死了（《瑪竇福音》8：28-34、《馬爾谷福音》5：12-13）。

耶穌說：不要把珠寶丟給豬，本來的意思是**「不要把神聖的奧理和福音，傳給心懷惡意的人」**。只因為這話太接地氣，老嫗都懂，就被廣泛應用了。

其實聖經裡還有一句非常貼切的提醒：女人美麗若不精明，猶如套在豬頸上的金環 Necklace on a swine's neck（《箴言》11：22）。

衷心祝願、也相信讀者姐妹們個個美麗又精明。

1
2
6 to throw the first stone

砸第一塊石頭

—— 出自《若望福音》8：7

耶穌起身對經師和法利賽人說：你們中間誰沒有罪，先向她投石吧。

—— 《若望福音》8：7

Jesus stood up and said to those Pharisees and law teachers: Let him who is without sin among you be the first to throw a stone at her.

—— *John 8：7*

　　話說有一天，耶穌在聖殿裡教導群眾時，法利賽人和經師們帶來一個在犯姦淫罪時被當場捉住的婦人（好奇怪，為什麼沒有同時捉到男的？），試探耶穌是否應該依法用石頭砸死她？

　　耶穌痛恨罪惡，卻憐憫罪人。祂說過祂來不是為審判世界，而是叫世界藉著祂而獲救（《若望福音》3：17）。聽到這個問題，祂彎下身，用手指頭在地上隨意寫字（表示自己不願意陷入他人的圈套），最終在大家不斷追問之下，祂直起身來，說出：你們中間誰沒

有罪，就先向她砸石頭吧！結果那些人一個一個溜走了。耶穌最後交代罪婦，我不定你的罪，去吧，以後不要再犯罪了（《若望福音》8：1-11）。

「石刑」，用石頭把罪犯砸死，現在極少數伊斯蘭教地區依然存在。古代以色列法律對好多罪行的懲罰，石刑都是唯一死刑，例如：

—— 褻瀆上主雅威的名者（《肋未紀》24：16）。

—— 違反安息日應當休息者（《戶籍紀》15：35-36）。

—— 將子女（燒死）獻給邪神摩肋克（Molek）的人（《肋未紀》20：2）。

—— 招亡魂、行巫術或占卜者（《肋未紀》20：27）。

—— 男女通姦者（《肋未紀》20：10-12、《申命紀》22：22-24 等等）。

因此，這個砸石頭的動作，可不是一般的工作或玩耍，而是執行死刑。to cast the first stone 砸第一塊石頭，**引申為帶頭第一個提出批評或展開攻擊他人的行為**，或者說帶頭落井下石。例如：

Although everybody has a strong opinion against this matter, but nobody wants to cast the first stone.
儘管每個人對這件事都有強烈的意見，但沒有人願意帶頭批評或攻擊。

做「第一個吃螃蟹的人」，雖然需要勇氣，但滋味鮮美，非常值得。不過「砸第一顆石頭」，卻一定要三思而後行。不要只看見別人眼裡的碎屑，卻忘記自己眼裡的樑木（《瑪竇福音》7：5，參見本書第九十七篇），就輕易帶頭唱反調。

127 to turn the other cheek

忍辱負重

—— 出自《瑪竇福音》5：39、《路加福音》6：29

耶穌教導群眾說：應愛你的仇人，善待惱恨你們的人；
應祝福詛咒你的人，為迫害你們的人祈禱。有人打你的
面頰，把另一面也轉給他。

—— 《路加福音》6：27-29

Jesus said to the crowd: Love your enemies, do good to them
who hate you, Bless them who curse you, and pray for them who
despise you. And unto him who smite you on one cheek offer
also the other.

—— *Luke 6：27-29*

　　我相信每一位為人父母的，都會對襁褓中的嬰兒摟抱親吻；並在
嬰兒稍微聽得懂父母話語的意思後，就會誘導鼓勵寶貝親吻自己的面
頰，而且在親完一邊之後，還會轉面給寶貝親親，這應是人間最溫馨
的畫面（沒有之一）。

　　不過，開篇經文裡耶穌說的「把另一面（頰）也轉給他」，可不
是這樣溫馨的畫面，而是在「已經被人掌擊面頰」的暴力場合。耶穌
的上述教導，讓很多人覺得難以理解。用現代人的話語：被暴力對待

時，難道不可以「反擊、維權」嗎？

從一般正常人的觀點，殺人償命、欠債還錢，以眼還眼、以牙還牙都是天經地義的處理方式。但耶穌卻說：不要抵抗惡人，應愛你的仇人，為迫害你的人祈禱……祂的理由是：天父使太陽上升，光照善人，也光照惡人；降雨給義人，也給不義的人。

一個人如果只愛那愛他的人或只問候自己的弟兄，只能說是「最基本」的表現，因為好人（義人）愛自己的子女，壞人（不義的人）同樣深愛他們的子女，因此好人（義人）並沒有「特出之處」。

反之，一個人如果能夠「愛仇人」、「為迫害自己的人祈禱」，就是效法天父「恩待善人也恩待惡人」的美德，更能獲得天父的恩寵。

to turn the other cheek 轉面受擊，更深刻的含義有二：

一、 responding insult without retort but allowing more insult 對於差辱的回應不是針鋒相對而是容許更多差辱；

二、 not to do anything to hurt someone who has hurt you 不去傷害曾經傷害你的人；

亦即**相當於漢語成語「唾面自乾」、或「忍辱負重」、「以德報怨」**等等，例如：

Although it's frustrating but it often is best to turn the other cheek.
忍辱負重儘管非常挫折，但經常是最好的對策。

Neither Adam nor Eva is patient enough to turn the other cheek when facing dispute at home
亞當和厄娃在面對家事紛爭時，都不能忍辱負重。

---

1 2 8 to uncover one's feet

掀開他腳上的衣物

—— 出自《盧德傳》3：7

波阿次吃飽喝足，心裡暢快，就走到麥堆旁躺下了。盧德暗暗地掀開了他腳上的衣物，躺臥在那裡。

—— 《盧德傳》3：7

When Boaz had finished eating and drinking and was in good spirits, he went over to lie down at the far end of the grain pile. Ruth approached quietly, uncovered his feet and lay down.

—— *Ruth 3：7*

　　這是最古典又優雅的「求婚」動作和用語了。話說西元前一千一百年左右，死了丈夫的摩阿布女子盧德（Ruth），堅持追隨猶太人婆婆納敖米（Naomi）回到白冷（Bethlehem）故鄉。在春收季節，去地主波阿次（Boaz）的田間撿拾麥穗奉養婆婆。

　　她的婆婆覺得應該為她找個安身之處，使她幸福，又想起波阿次正好是亡夫的至親，按照當時的法律有「同胞兄弟死後娶其遺孀給亡者立嗣」的義務，就指導她晚上去求親。

　　盧德聽從婆婆的吩咐，便來到麥場，看清楚波阿次睡覺的地方。等他吃飽喝足躺下了，就悄悄地去掀開他腳上的外衣，躺臥在那裡。半夜裡波阿次醒來，看見盧德睡在他腳旁，驚問她是誰？她回答說：我是你的婢女盧德，請你伸開你的衣襟，覆蓋在你婢女的身上，因為你是我的至親。

　　波阿次先稱讚盧德對亡夫和婆婆的孝順和愛德，又不顧及個人幸福，只求為亡夫立嗣，寧願拒絕年輕的帥小伙，來向他這個已經年長者求親。但是還有一位鄉親的關係比他更近，如果這位鄉親不願意（盡義務），他必定會盡至親的義務（娶她），要盧德儘管安心睡到天亮。

　　波阿次第二天果然去了城門口，可巧碰上那位至親，於是他立刻找到十位長老來作見證。那位至親因為自己有產業，為避免產業受害，不願意盡義務（迎娶盧德）。於是波阿次就順理成章地娶了盧德為妻，上主又賜她懷孕，生下一個兒子，取名敖貝得（Obed）—— 達味王的爺爺。盧德就成為達味王的曾祖母（《瑪竇福音》1：5）。

　　To uncover one's feet **後來引申為「求親」**。

　　反過來說：一個男人展開衣襟，覆蓋在女人的（裸體）身上 to spread the corner of a man's cloak over to cover a woman's nakedness 就代表男人迎娶女人為妻（《厄則克耳先知書》16：8）。

　　可惜現代人很少使用這麼典雅的動作和辭彙來求親了。

1
2
9
to wash one's hands of

洗手、推卸責任

—— 出自《瑪竇福音》27：24

總督彼拉多見事態毫無進展，反倒更為混亂，就拿水當
著民眾洗手說：對這義人的血，我是無罪的，你們自己
負責吧。

—— 《瑪竇福音》27：24

When Pilate saw that he was getting nowhere, but that instead an
uproar was starting, he took water and washed his hands in front
of the crowd. "I am innocent of this man's blood," he said. "It is
your responsibility!"

—— *Matthew 27:24*

To wash one's hands 所有學過英語的人都知道是「洗手」。在部分
歐美國家，wash one's hands 也是「上廁所」的代用語，當一個人想上
廁所又覺得不便說得那麼直白的時候，就可以這樣問："Where can I
wash my hands?" 意思就是請問洗手間在哪裡？」

當 to wash one's hands 後面加上介詞 of（something）後，就表示：
放棄以前長期從事的行業，或退出參與某事，徹底洗手不幹了，相當

於漢語的「金盆洗手」，例如：

If Jennifer refused to take the lead of this team, David would surely have washed his hands of joining it.

如果珍妮弗拒絕帶領這支隊伍，達味肯定不會加入。

漢語的「金盆洗手」，據我所知至少有三個不同的典故，包括：

（一）給西漢長安王宮送糧的船民，在渭河渡口上岸後舉行的一個儀式，表示給官家的功業做完；

（二）古代劊子手每次執行公務回家後，要在家門外的一隻金盆（其實是鍍上金色的陶盆）裡洗手，以免把殺人的晦氣帶回家裡；

（三）清代小說《大八義》中記載，普蓮帶領雲峰走出小路、直奔大道而去，金盆洗手即指某些黑道人物發財後，公開宣布改邪歸正，準備安享晚年。

話說耶穌受難前夕被逮捕後，司祭長和民間長老們決意陷害祂，要把祂處死，他們卻又沒有這個權力，於是把祂捆綁解送給羅馬總督彼拉多。

彼拉多審問耶穌時，一邊是他老婆差人到他跟前，要他千萬不要干涉那義人（指耶穌）的事，因為她在夢中為了祂而受了許多折磨。一邊是群眾近乎瘋狂地要他釘死耶穌。他眼看事態紊亂，就像開篇經文所說的那樣，**洗手宣告自己對耶穌的血是無罪、沒有責任的。**

　　彼拉多真的沒有責任嗎？聖經學家們爭論不休，筆者無意引述。不過天主教會在西元三二五年尼西亞大公會議中通過的「信經」裡，加入「祂（耶穌）在般雀彼拉多執政時，為我們被釘在十字架上，受難而被埋葬……」，等於用一個具體的行動，讓此後世世代代、億萬信徒在彌撒裡誦讀「信經」時，都會想起他（彼拉多）對耶穌之血不可推卸的責任。

　　常言「凡走過的必留下痕跡」，彼拉多是最好的例證和警惕。

130 what God joined together, let no one separate it

天主所結合的，人不可拆散

—— 出自《瑪竇福音》19：6、《馬爾谷福音》10：9

耶穌對來試探祂的法利賽人說：（男）人和妻子不是兩個人，而是一體了。凡天主所結合的，人不可拆散。

—— 《瑪竇福音》19：6、《馬爾谷福音》10：9

Jesus said to those Pharisees who came to test him: the man and his wife are no longer two, but one flesh. Therefore what God has joined together, let no one separate.

—— *Matthew 19：6、 Mark 10：9*

　　話說天主在創造宇宙時的第六天，創造了一男一女，並說：（男）人應離開自己的父母，依附（join to）自己的妻子，二人成為一體（《創世紀》2：18-25）。因此，可以想像遠古時代的以色列人，應該都是一夫一妻，不離不棄的。

　　古代以色列人致力維護婚姻制度，嚴禁任何破壞家庭的行為。例如：若發現一男人與一位有夫之婦同寢，那個男人和婦人，都應處以

死刑，要從以色列中鏟除這種邪惡（《申命紀》22：22）。

　　但是隨著社會的變遷，逐漸形成以男性為主體的結構，加上難免有些夫妻由於性格或者價值觀上的差異，確實無法再和平相處，就出現男人強迫妻子離開，即所謂休妻 to divorce one's wife 的情況。

　　到西元前一二一〇年左右，梅瑟終於同意說，如果一個人娶了妻子之後，在她身上發現了什麼難堪的事，因而不喜悅她（dislike her），可以寫休書（certificate of divorce）交到她手中，叫她離開他的家（《申命紀》24：1）。

　　不過，即便梅瑟開了這個窗口，後來的先知們還是教導以色列人要珍惜夫妻情分。例如西元前四百年左右的先知瑪拉基亞（Malachi）就一再宣告：**男人和結髮的妻子成為一體，一個肉身，一個性命；應該關心你的性命，對你年輕結髮的妻子不要背信**，因為以色列的上主天主說：我憎恨休妻，休妻使人在自己的衣服上沾滿不義（《瑪拉基亞書》2：15-16）。

　　所以當法利賽人故意拿梅瑟的開禁、來試探耶穌對婚姻和休妻的態度時，耶穌義正詞嚴地重述上主最初的話語：（男）人應該離開自己的父母，依附自己的妻子，二人結為一體；並說梅瑟同意人休妻是因為男人心硬所致，這絕不是造物主當初的意向。耶穌因此做出上述的結論：凡天主所結合的，人不可拆散。

131 wolves in the skins of sheep

披著羊皮的狼

—— 出自《瑪竇福音》7：15

你們要提防假先知，他們來到你們跟前，外披羊毛，內裡卻是兇殘的豺狼。

—— 《瑪竇福音》7：15

Watch out for false prophets. They come to you in sheep's clothing, but inwardly they are ferocious wolves.

—— *Matthew 7：15*

wolves in sheep's clothing 披著羊皮的狼，**形容偽裝成好朋友的敵人，或者看起來善良、內心卻狡詐無比的壞人**。例如：

> On their date, Susan accidentally found that Bill was a real wolf in a sheep's clothing (or in a sheep's skin).
>
> 約會的時候，蘇珊意外發現比爾其實是狼披羊皮的偽君子。

　　先知依撒意亞預言過：豺狼將與羔羊共處，虎豹將與小山羊同宿（《依撒意亞先知書》11：6），又預言：豺狼和羔羊一起放牧，獅子要如同牛犢一般吃草（《依撒意亞先知書》65：25）。

　　聖經學家解釋說，這是在天主創造宇宙萬物後的初期，萬物原有的秩序，一直到天主又將「凡有生命的動物，都賜給人類做食物，猶如以前賜給的蔬菜一樣」（《創世紀》9：3）。動物之間為了自己的存活，逃避人類殺害，才開始弱肉強食。豺狼心存詭詐，披上羊毛的偽裝，以接近羊群方便捕殺。

　　假先知就是：沒有收到上主的召喚，卻擅自冒用上主的名、說上主沒有吩咐他說的話，或者用其他神的名說話的人。他們應該處死（《申命紀》18：20）。在中國過去專制時代，就是「假傳聖旨」的人，按律也是死罪一條。

　　古代以色列幾乎每個時代都有許多「假先知」。例如西元前八六〇年代，先知厄里亞就曾經在加爾默羅山（Mount Carmel）上，和四百五十名假先知公開比試，獲勝（證明自己是真先知）後，將這些假先知，連同另外四百位假經師，全部殺掉（詳見《列王紀上》18：21-40）。

　　西元前五九〇年左右，厄則克耳先知時代，以色列也是假先知充斥（其中還有不少女性），以至於整個《厄則克耳先知書》第十三章都是在斥責「假先知」的危害——摧毀對上主的信仰、造成教會分裂，而他們卻從中撈取個人的好處。

　　假先知不同於真先知的地方在於：真先知經常嫉惡如仇、大聲疾呼；而假先知明知自己是冒牌貨，沒有底氣，因此經常說一些民眾喜歡聽的甜言蜜語，蠱惑群眾，等到這些假的預言破滅時，民眾已經深受其害，嚴重時甚至已經國破家亡、後悔莫及了。

132 you reap what you sow

栽種什麼，收穫什麼

—— 出自《迦拉達人書》6：7

（聖保祿說：）你們不要自欺，天主是不能被欺騙的，每個人種什麼，最後就收什麼。

—— 《迦拉達人書》6：7

St. Paul said: Don't be deceived, God can't be mocked. A man reaps what he sows.

—— *Galatians 6：7*

　　reap 做動詞時，意思是收割、收成、得到利益（報酬）、遭到報應等。sow 做動詞是播種、撒種，做名詞是母豬。sower 撒種的人。耶穌說過一個「撒種的比喻」（a parable of the sower，詳見《瑪竇福音》13：1-9，18-23），不過這是題外話。

　　you reap what you sow 或者 as you sow, so shall you reap **就是中國人常說的「種瓜得瓜，種豆得豆」**。正如聖保祿說的，一個人在情慾

上撒種，必從情慾上收穫死亡；那在聖神方面撒種的，將獲得聖神回報永恆的生命（《迦拉達人書》6：8）。

　　you reap what you sow 引申的意思是：一個人做了哪些努力，就會得到相應的利益，例如：

Having diligently studied for years, Tom finally passed the entrance exam. He reaped what he sowed.

湯姆經過多年苦讀終於考上了，他收穫辛勞的成果了。

　　to reap what you sow 也可以應用到負面──得到報應的意思，例如：

Judas has spent years trying to avoid paying taxes, yet now being investigated for the fraud. He reaped what he sowed.

猶達斯多年來設法逃稅，現在被調查弊案，他得到報應了。

　　「要怎麼收穫，先怎麼栽 [1]」，「種瓜得瓜，種豆得豆」，其實和「善有善報，惡有惡報」可說是異曲同工，我常用來警示自己。

---

1. 此為胡適名言，出自《嘗試集》。

附錄一

作者簡介

　　編者按，在與作者嚴永晃先生討論出版之際，得知嚴先生人生閱歷豐富，曾擔任「趙鐵頭」趙耀東先生秘書，於美國參與大華超市展店，到中國大陸創業……等等。其中故事可觀之處頗多，若受限於紙本書封折耳，誠為可惜，因此敦請嚴先生為讀者娓娓道來。

　　我出生於民國三十八年（一九四九年）七月，相比於我同齡的髮小、初高中乃至大學同學，大多數安土重遷，無災無病，波瀾不驚；迄今七十五年的歲月裡，我有三十八年在臺灣（新竹、臺北、馬祖），十五年在美國（波士頓、紐約、洛杉磯），二十二年在大陸（上海、蘇州），堪稱波折，其中點綴著偶然出現的幾次高光時刻，讓我的生命充滿驚喜。

1. 坎坷童年——「吾少也賤，故多能鄙事」

　　我出生於新竹縣竹北鄉（現稱竹北市）一個叫做「六家」的農村，祖父和父親都是「佃農」，過著寄人籬下的生活。民國四十二年政府推出「耕地放領、耕者有其田」政策，我父親幸運承領了七畝水田，總算有了「資產」，但勞苦終年也僅能溫飽。

　　家中一共有九位兄弟姊妹，我排行第七，上有五位姊姊、一位哥哥；下有弟妹各一人。由於家貧，我的三位姊姊和妹妹都從小被父母

送給當地家境相對較好的人家做養女，僅兩位姊姊是從家裡正規嫁出去的。據兄姊們告知，我出生後不久，曾罹患嚴重的黃熱病，當時鄉間醫療資源極度短缺，基本上無藥可治，父母親無奈至極，只能將我放在一個竹籃內，棄置到戶外竹林轉角處，任我自生自滅。幸運的是我的大舅媽無意間經過該處，聽到嬰兒微弱的哭聲，於心不忍，將我抱回交給父母，不料我竟然逐漸好轉，撿回一條小命，真是大難不死。

民國四十八年初，我父親因終年辛苦積勞成疾，以四十九歲的英年逝世了。二姊依照民間習俗，趕在百日之內匆匆出嫁「沖喜」，家裡驟然只剩下母親帶著三個兒子，哥哥扛起父親的粗活重擔。僅僅三年後，哥哥考上臺灣大學，負笈臺北。家裡只剩下三人，當時才念初中二年級、身板瘦弱的我，只能幫著媽媽，於是翻土、插秧、除草、收割、以至肩挑水肥等等粗活，都一一承擔下來，有時候不免覺得心勞力黜。後來我在高中時讀到孔子說：「吾少也賤，故多能鄙事。」（語出《論語·子罕篇》），算是找到一絲安慰。

2. 成長教育——勤工儉學

儘管稱不上「學霸」，加上需要承擔家務影響學習時間，我還是分別在民國五十年、五十三年和六十年，以優異的成績考上新竹一中（初中）、新竹中學（高中）和臺灣大學，在家鄉備受鄰里鄉親稱讚。

但是取得入學許可卻正是另一種困難的開始，尤其在民國五十三年升高中的那一次。當年我哥哥就讀大學，弟弟也考上初中，三兄弟的學費可難為了守寡多年的母親。當時我同時考上可以公費（免一切費用、還可以領取生活費補貼）就讀的新竹師範學校和臺南師範專科學校，擁有唯一可以減輕母親負荷的選項，母親也一再溫情勸說。

不過我鐵了心要追隨哥哥去念大學，於是向母親承諾，三年後一定會努力考上大學，而且只要家裡負擔第一個學期的學雜費、加上頭

兩個月的生活費即可，之後三年半的一切費用我自行承擔。所幸當時天主保佑，我購買愛國獎券（相當於現在的公益彩券）意外中獎一千元，大大地紓解母親的困難，我也才能順利上高中就讀。

民國五十六年我如願考上臺灣大學。我也兌現對母親的承諾，帶著第一個學期的學雜費、加上頭兩個月的生活費就負笈北上。四年裡我平常夜裡當家庭教師，寒暑假就尋找打工的機會，勤工儉學，順利完成學業。意外的是我還多次拿到金額不菲的獎學金，相應地減輕我課外工讀的壓力。

▲ 民國五十四年暑期（高中）學生照。

▲ 民國五十四年暑期參加教堂籃球隊（前排半蹲右一是作者）。最右邊是朗示明神父（西班牙籍）。

3. 前線兵役——枕戈待旦

民國六十年在臺灣的兵役制度上有一個劃時代的改變：當年夏季開始，從三年制大專和四年制（及以上）大學畢業的男生，必須通過考試及格後，才能服為期兩年的預備軍官役。而在此之前，所有大專院校畢業的男生，無需考試就自動合格為預官，且役期僅為一年。

民國六十年夏季，我的考試運氣奇佳，不僅分別以全榜第一名的成績通過公務人員高等考試和臺大森林學研究所，還以據說是全榜前三十二名的高分，通過預備軍官考試（電子工程科）。這是我人生第一個高光時刻。尤其高考榜首的頭銜，讓我在嚴氏宗親面前倍感榮耀，連時任參謀總長宋長治上將1到成功嶺視察預備軍官「基礎訓練」時，都特別召見勉勵。

可惜好運維持不到半年。在隨後的「下部隊」抽籤中，我先是抽中「六位海軍雷達站站長」（金門、馬祖、澎湖各兩位）之一，緊接著抽中「馬祖西尾（後來改名四維）雷達站」，而且比另外一位同樣抽中馬祖的預官，要提早兩個半月前往戰地履職。我當時為自己手氣之背極為難過，以至於同期受訓的其他二十六位預官的去處，我完全沒有興趣過問和保持聯繫。

民國六十一年五月初，我奉令搭乘海軍運輸補給船隊的指揮艦到達馬祖南竿島，向位於鐵板（地名）的雷達中隊部報到，先派任隊部站站長（等於在隊長指導下見習）。當時海峽兩岸還處於緊張對峙狀態，每逢單日互相礮擊，雙日偃旗休兵。我報到當天適逢單日，傍晚七點鐘左右隆隆礮聲此起彼落，我雖然已有心理準備，但人生第一次聽到大礮的巨響，接受礮火的洗禮，還是覺得十分震撼。

一個僅僅受過四個月電子專業訓練的森林系畢業生，怎麼能勝任雷達站長呢？我如何帶領手下八位海軍通信電子學校畢業、專業雷達

操作和維修的士官呢？我在隊部站的時期，因為隊長本身技術過硬，隊部還有專職的維修官就近照顧，領導的問題相對輕鬆。當年七月十五日調任南竿島最西北角的西尾（四維）站長，直接獨立承擔守衛海疆的重任後，讓我真正覺得壓力山大。

按當時海軍對「水面雷達」的要求，西尾站的雷達就架設在海岸邊約一百米以內，而人員的「駐地」卻興建在約五百米以外、有礁兵連、步兵排、和空軍高礁班駐紮的高處。按照規定，我每天必須檢查雷達作業至少早晚各一次。我通常都是隨身帶槍，領著站裡飼養的四條軍犬，「前呼後擁」徒步來回。夏夜漫天星斗還感覺有點詩情畫意，冬夜月黑風高朔風野大則極其難受。尤其為了安全，睡覺時手槍就放在枕頭旁邊，以備不時之需。民國六十二年七月十九日退伍回到臺灣之後，很長一段時間，午夜夢回，仍有這種枕戈待旦的感覺。

兩年的預官兵役期間，我遭遇許多印象深刻的事情，限於篇幅，我特別願意記載如下兩件和鬼魂（信仰）相關、且情節相近的經驗：

一是六十一年六月下旬，端午節前後，我還在隊部站期間，站裡飼養的一隻軍犬突然夜裡「嚎叫」不停（不是一般的「吠」）。按照民間傳說，表示狗看見「髒東西（死人的亡魂）」、來找「替死鬼」了。站裡的弟兄非常緊張，要求我「拜鬼魂」。我說我信天主教，不相信這些「邪門歪道」，同意弟兄們組織祭拜，我自己就不參加了。

軍犬每到夜裡就嚎叫不停，卻沒有什麼事情發生。倒是就在我調任西尾站後第四天，隊部站的炊事兵違紀到海邊撿拾淡菜（一種在灘塗地區緊貼著巖石生長的介殼類海鮮）時，不慎被海浪捲走，雖然很快就被快艇部隊找到，但早已死亡。隊部站的新任站長剛剛到職三天，就因為「督導不周」被記大過一次。弟兄們都說我的信仰讓我逃過一劫。

　　二是當年九月初，中元節前兩週左右，駐守在西尾站周邊的步兵哨所的軍犬嗥叫了，步兵弟兄神經緊繃，再三彼此告誡不得違紀下海。不料，一週後意外還是發生了：他們在進行排除廢舊地雷時，一位弟兄不慎誤觸雷管引爆，當場犧牲了。周邊三軍弟兄都難過不已。以至於中元節當天中午，三個軍種都響應最資深的少校礙兵連長的建議，在各自駐地祭拜「好兄弟」，果然從當晚開始，軍犬不再嗥叫，整個西尾半島恢復平靜了。

　　此後只要遇到談論「鬼魂」的場合，我都會說出上述親身的經歷，勸誡眾人對身後事要心存敬畏。

4. 媒體生涯——練就「快筆」本事

▲　民國六十五年一月結婚照

　　民國六十五年五月初，我因為新婚妻子意外懷孕，而在經濟部的工作也不如我的預期，於是計劃另謀出路。經由好友卡內基人力發展培訓機構創辦人黑幼龍先生的推薦，我獲得聯合報暨經濟日報集團劉昌平總經理面試的機會，我呈獻過去一年發表的許多文章，當場就獲聘任為經濟日報專欄組記者，說好試用三個月，合格後轉正。

　　當時報社的記者有很多分類：採訪組記者是按照「路線」分工，比如跑國會路線的，需要時刻注意立法院和監察院以及每位委員的動向，每天至少都要去兩院跑一趟，

參加各種相關的記者會等等，當天晚上截稿前一定要交稿。專欄組記者沒有固定的路線，而是針對一個個「主題」，所有相關的機構、主事人物、法令規章等等，都要求儘可能採訪周全，再下中肯的結論，因此對文章「數量」的要求不高，每週一到兩篇、約五千字即可，但是必須深入精闢，尤其不能有絲毫誤謬。

當時《經濟日報》擁有至少一百名記著，都是新聞系科班、或者財經或工商管理專業科系畢業的高手。我只是森林專業、僅在念研究所時，輔修了幾門經濟學科，如何能夠出人頭地呢？

考驗的時刻很快就來了。當年（一九七六）七月四日是美國獨立建國兩百週年。經濟部高雄加工出口區的廠商，聯合在《經濟日報》刊登跨版的祝賀廣告，需要一篇採訪時任處長吳梅村 2 的專訪。專欄組章長錦主任在一個週一下午把任務交代給我，囑咐我次日搭乘飛機去高雄，第三天下午回來，傍晚前交稿。這是我生平第一次出差、還搭乘飛機，讓我興奮不已。

我很快聯繫上吳處長辦公室，得知處長正好次日早上在臺北開會，下午搭華航某個航班回高雄。於是我趕緊買好同一航班的機票，接著一頭栽進報館資料室，查閱加工區的大量資料並做好筆記，對於那篇專訪稿已經有了基本架構。

第二天下午我在松山機場找到吳處長，跟著他登機、下機、到加工區轉了一圈、晚餐，一路上我已經大致完成采訪；晚上我理清思路，將文稿謄清，週三早餐時將文稿請處長過目，處長閱後非常滿意，而且對我手筆之快大為驚訝。於是我就買了機票回臺北，提早交稿了。

此後我在《經濟日報》的工作十分順利，兩年後就脫穎而出，榮獲「模範記者獎」，接著被擢升專欄組副主任，又連續兩年兼任「經濟年鑑」的執行主編，並再次榮獲「模範記者獎」。我對《經濟日報》

能讓自己充分發揮的工作環境也非常滿意，直到民國六十九年八月意外被「借調」到中國鋼鐵公司服務，媒體生涯竟戛然而止。

5. 公職十年——如坐過山車

上世紀六十年代，「公務員」在台灣可是令人羨慕的職業，很多青年學子都以考上公務員為就業的首選，農村長大的我自然也做此想。大學畢業那年，我就通過公務人員高等考試，等於拿到一個「金飯碗」了。不過我的「仕途」並不順遂。

民國六十四年七月，我從研究畢業後，憑借高考及格，順利進入經濟部經濟顧問室，從事總體經濟政策研究，職責之一是給時任經濟部長孫運璿撰寫各種工作報告和演講稿。可惜這個職位只是「約聘」，不是正式的公務員，也沒有公務人員保險，我服務一年合同期滿後，沒有爭取到正式的職缺，只能黯然求去，轉任《經濟日報》專欄組記者。

▲ 民國七十年隨趙耀東董事長參觀日本日產汽車公司。

不料四年後，六十九年八月，經濟部國營事業中鋼公司董事長趙耀東先生，奉命籌建年產二十萬輛小轎車的大汽車廠。趙先生請《聯合報》暨《經濟日報》（聯經集團）創辦人王惕吾先生推薦一位熟悉經濟政策的記者做他的機要秘書，聯經集團幾經考慮，決定推薦我，因此我又回歸公職。

我在中鋼公司是「大汽車廠投資計劃」的全職秘書，專責搜集日本與韓國汽車工業發展的相關資料、做出實用的分析，聯繫日本豐田和日產兩家競標廠家駐臺代表各項業務，撰寫投資計劃書文稿等等。我曾經兩次隨同趙董事長所率領的專家團隊，分別考察日韓兩國的汽車工業，撰寫「汽車工業和衛星工廠發展」等報告（後來成為經濟部中心衛星工廠輔導體系的基本架構），工作可說是順風順水。

但是變化總比計劃多。僅僅十五個月之後，民國七十年十一月趙耀東先生奉命出任經濟部長，我自然追隨趙先生回到經濟部，擔任部長秘書，職責之一同樣是給部長撰寫各種工作報告和演講稿，真是山不轉人轉。遺憾的是七十一年一月大汽車廠投資計劃被行政院叫停了。半年之後（七十一年七月）我奉派去工業局擔任主任秘書，是當時中央機構擔任這個職務最年輕的公務員，到七十四年七月我奉派出國進修為止。從六十九年八月至七十四年七月的五年，堪稱是我公職生涯的高光時刻。

▲ 民國七十一年春節後隨經濟部長官去向趙部長拜年，左二趙部長，右一主任秘書莊為璣，右二參事齊志學。

民國七十五年七月，我取得 MBA（企業管理碩士學位）回國。原本以為可以更上一層樓。可惜當時政治環境已經物是人非了。此後兩年間，我輾轉任職經濟部工業局、物價會報、投資業務處，韜光養晦，著書立說，出版《技術移轉與策略》一書，和許多財經相關文章。七十七年六月，我向時任投資業務處長黎昌意提出辭呈，但沒有被接受，反而安排至經濟部駐美國紐約投資貿易服務處任職。「駐外機構」是許多公務員非常嚮往的「肥缺」，可惜我志不在此，而且已經深刻體會「朝中無人莫做官」的教訓，一年後（七十八年八月）毅然離開公職，離開紐約，到陽光燦爛的加州洛杉磯、加入大華超市集團尋求發展。

6. 棄公從商──協助經營超市集團

其實早在此四年前，我從臺北飛往波士頓進修、途徑洛杉磯時，大華集團的創辦人陳河源先生就去機場接機，並帶我參觀他的超市（當時還只有兩家門市），並邀請我加入工作。不過當時我一心想要進修，認為等取得 MBA 之後會對經營實務更有幫助，陳河源先生欣然同意。

▲ 民國八十三年五月卸任洛杉磯喜瑞都（Cerritos）都市計劃委員，左二為華人市長胡張燕燕（Grace Hu），其他四位都是喜瑞都市議員。

之後兩人一直保持聯繫。民國七十八年六月間，我在紐約對駐外人員「送往迎來」的工作意興闌珊時，陳先生及時遞來橄欖枝，事情就成了。

我在大華集團擔任資深執行副總裁，職責是除了產品進貨銷貨和商業地產之外的所有行政業務，包括新店投資開發建設、人事會計保險、資訊系統、超市設備的採購及維修、以及海內外合作事業等等。雖然是第一次投入商場實戰業務，不過在中鋼公司趙耀東先生身邊耳濡目染兩年，對於企業管理已經略有心得，加上 MBA 的知識，以及陳先生的信任和授權，我兢兢業業工作，覺得十分揮灑。

我最喜歡的工作就是到全美國華人聚集的城市興建超市。我和陳河源先生的辦公室牆上都掛著一張碩大的美國地圖，在華人聚集的城市都插上小旗幟。我經常查閱各地族裔人口分析資料，只要達到（或接近）我們設店標準的，我就飛過去實地考察，對於條件成熟的城市和地點，就提出投資計劃，請陳先生考慮、裁決，一旦定案，我負責執行興建店面，到開張之日移交給營業部門負責經營。

由於週末是考察零售業市場最好的時段，因此我經常在週五下午出門，週日晚上才飛回洛杉磯，週一早上正常上班。最忙碌的一年共有二十六個週末出差不在家，以至於兩個女兒略有怨言。好在天道酬勤，民國七十八年九月加入時，大華超級市場的門店數僅有五家，到九十一年四月我奉派到上海擔任駐中國採購代表時，已經增加到三十五家，主要聚集在南北加州，更遍布亞特蘭大、鳳凰城、拉斯維加斯、夏威夷……等等，「大華」成為美洲最大的華人超級市場，我與有榮焉。

在海外合作事業方面，在民國八十一到八十五年間，我先後去過加拿大不下二十次，代表公司協助溫哥華里奇蒙市的大統華超市（T & T Supermarket，Richmond，Vancouver）興建頭五家門市賣場。又在民

國八十六年一年內，去了印尼雅加達三次，協助林氏集團建立大華超市（99 Ranch Market, Jakarta）兩家。我衷心感激陳先生給我充分發揮的機會。

民國九十一年四月，我到上海服務，職責是找出適合在美國出售的各種產品，從生鮮（蔬菜水果）、冷凍和加工食品、乃至於日用雜貨等等，銷往美國。在民國九十二年的一年裡，我頻繁出差中國各地、拜訪和查驗廠家，完成超過六百個四十尺貨櫃產品對母公司的輸送，也是盡心盡力了。

不過，天下沒有不散的筵席。民國九十二年底我回美國總部述職時，向陳先生表達去意，說自己已經五十五歲，計劃成立一家公司，經營十年，退休後能有一個穩定的盈利和分紅，好頤養天年。陳先生非常震驚和不悅，但最終勉強同意，並送上祝福。

7. 篳路藍縷——暮年創業做福傳

民國九十三年初，我在上海的小公司成立了。由於中國對企業名稱的管制非常嚴謹，一般只要有「同音」（不論四聲）的都不能獲批。我最終取名「希帛來」（Everglory），還被工商管理單位質疑是聖經裡的「希伯來（Hebrew）」，說宗教意味太重了。我解釋說，帛字代表「錢帛」，特別是紙幣（美鈔），希帛來意味希望鈔票（美元外匯）進來，十足的物質主義＋「銅臭味」，主管官員於是欣然同意了。

看人挑擔不吃力啊！我的身份從原來有固定「客戶」（大華）的「採購代表」、廠家奉為上賓的買家，變成需要開發新客戶、費盡唇舌推銷產品的賣家，一時間還真不能適應，經過大半年才調整過來。萬幸美國一位老朋友和樂公司李定華先生鼎力支持，才不至於在第一年就虧空老本。第二年收支平衡，第三年不僅補平虧損，並有相當的盈利，此後就維持穩健發展了。

不過，不管國際市場如何波濤洶湧，我最有興趣的工作之一就是給同事「上英文課」。由於公司經營純外貿業務，對英文要求較高，就地聘用的同事們，英文能力以及對外國文化的認知普遍有些差距，加上中國政策上不允許外國人向中國人民傳教，於是我只要不出國，每週一定以英文聖經為教材，給同事們上兩小時課，成為一種企業文化。這個做法一直持續到民國一百一十一年三月，我因疫情管控無法去上海而退休才終止，累計上課竟接近七百次之多。

俗話說：教學相長，長年「上英文課」需要研習英文聖經，不僅在同事的心靈上撒下基督信仰的種

▲ 民國九十一年六月出差貴陽時，順道遊覽黃果樹瀑布。

子，對我自己也是一種鞭策。我從民國一百零六年起，開始撰寫「妙筆釋疑」、「品味聖經」、「英文成語的聖經典故」、「英文辭彙的聖經典故」等等，都是長年積累的果實。

8. 信仰與婚姻——一生攜手與主同行

早在民國五十二年聖誕節，初中三年級的我就在家鄉的六家天主堂領洗了。老實說，接觸天主教的最初動機，是因為家裡貧窮，想從教堂領取一些麵粉、奶粉和二手衣物等救濟品（所謂「麵粉教友」），現在回想起來仍覺得汗顏。領洗後我的心態是：

（1）　有困難就向上主祈禱，上主也確實對我非常眷顧，每次升學和就業考試都順利通過，而且民國五十三年夏天我家財務困難急於籌措學費時，上主保佑中獎愛國獎券，解決了燃眉之急，讓我順利就讀高中；

（2）　有機會就像欣賞文學作品那樣看看聖經，特別是《創世紀》、《出谷紀》、《艾斯德爾傳》、《雅歌》、《約納先知書》、《四部福音》、《宗徒大事錄》……等等，我覺得很有意思，至於其中的信仰元素，其實只是一知半解；

（3）　早年的困苦讓我一直認為：佛教的「輪迴」比基督宗教的「永生」更具有說服力。我「心中有天主」，但礙於生活和學習上的雙重壓力，除了參加教堂的籃球隊之外，對於其他「教會信仰活動」（包括主日望彌撒）卻經常找理由推脫，或者應付了事。

　　上述情況的第一次轉機，發生在民國六十五年初我結婚後。我太太張屏是臺大中文系、輔仁大學神學院「牧靈研習所」畢業，無論文學根底、神學理論、和對聖經的嫻熟程度，對我都產生很大的啟發，潛移默化中，帶領我回歸正軌，包括教會信仰活動方面，也比較常態性參加了。

　　我太太對家庭的態度很清楚：先生是一家

▲　民國八十五年，結婚二十週年全家福。

343

之主，無論先生去哪裡，她義無反顧跟隨。她的如下兩個動作，讓我深受感動：

（1）民國七十四年七月我奉派赴美進修，太太就設法將穩健經營中的兩家幼稚園脫手，在當年聖誕節前夕，帶著兩個女兒到波士頓團聚；

（2）民國七十七年十二月我奉派赴美任職，太太又在四個月內變賣房產，帶著兩個女兒到紐約團圓。

所以我在面對（金錢或美色）的誘惑時，總是說：天作孽，讓我童年遭遇喪父之痛；我不能自作孽，讓兩個女兒失去父親。

第二次轉機則發生在民國八十年初，我們一家人定居洛杉磯之後。那時候帶領洛杉磯華人天主教會的呂吾三神父，和我太太在輔仁大學就熟識了。呂神父學識淵博又十分開明，證道內容豐富有趣，且經常能輕鬆化解我對他在信仰論述上的「挑戰」。後來我就幫忙呂神父組織並帶領查經班、籌辦並主編《傳信與關懷》（雙月刊）等。我還親自撰寫「時事與信仰」專欄歷時十五年之久。

如今我和太太都已年逾古稀，各自略有微恙，不復當年健步如飛了。風和日麗時，兩老經常漫步在小區內的步道上，沐浴夕陽餘暉，回味我們那獨樹一幟的結婚喜帖上的誓言：

當我們攜手向前，這是愛的旅程。

不管世路艱險，那怕山高水長，滿懷信心熱愛，一生與主同行。

---

1. 後來我和宋長治先生還見過兩次：一是六十一年我在馬祖擔任雷達站長時，他來前線視察；二是民國七十五年六月，我隨經濟部中南美洲養蝦技術考察團，經過巴拿馬時，宋先生時任駐巴拿馬大使，接見我們。
2. 民國七十一年二月趙耀東部長邀請吳梅村先生出任常務次長，我是部長室秘書，經常有機會向吳次長請益。
   以上兩個經驗，都讓我深刻體會「做人留一線，日後好相見」的成語，廣結善緣，才能成就事業。

附錄二

上海息焉堂簡介

　　息焉堂座落於上海長寧區可樂路一號，正式名稱是聖母升天堂，設計時間為一九二九年五月，一九三一年八月二十九日建成開放。

　　息焉堂附近地區原來是上海天主教區最大的息焉公墓。息焉，意思就是「安息於此」。關於息焉公墓的起建，根據該堂前任本堂李艷軍神父撰寫的專文，其中引述《息焉公墓碑》，以何理中為代表的外地天主教徒，囿於家人未領洗而不便葬於同一墓地，還有南京主教等外地神職，也未有一處長眠之所，因而發起建立此一公墓。息焉堂原意就是為信徒舉行安葬儀式和祈禱時所使用的一座墓地教堂。

　　息焉堂是天主教著名人士馬相伯等人創立，由匈牙利籍斯洛伐克人建築師拉斯洛・鄔達克（Laszlo Hudec，1893~1958）[1] 所設計，是上海唯一拜占庭式穹頂設計的天主教堂，外觀採用尖形小門、小窗、厚牆壁、圓殼頂，形態十分精美，堂北面有大鐘樓，相當壯觀。

　　李神父考證到，根據一九二九年《上海泰晤士報星期刊》聖誕特刊報導，息焉公墓的主體乃小聖堂和分設的鐘樓。小聖堂的穹頂照明效果頗似威尼斯馬爾谷教堂，兩處均為希臘方形十字架構造，拜占庭風格為主體，交雜有哥德式特徵。

---

1. 生於一八九三年。他是斯洛伐克裔，於布達佩斯皇家學院研習建築，畢業後成為匈牙利皇家建築學會會員。一戰期間遭俄軍俘虜，於西伯利亞關押。一九一八年趁戰俘轉移之際，跳下火車，逃往中國境內，輾轉落腳上海，投身美國建築師克利（Curry）的事務所。一九二五年獨立開業，一九四七年離開中國，期間他設計諸多作品，多處取得「上海優秀歷史建築」的肯定，包括上海新教教堂沐恩堂、大光明電影院、國際飯店等。

▲　息焉堂外觀遠眺。

▶　息焉堂外紀念碑。

「文革」初期墳墓被搗毀充公，墓區改為上海動物園等設施，墓區內原有的十四座高若真人的銅鑄耶穌受難像，保存成為教堂圍牆內的十四處苦路。一九九四年，教堂和鐘樓被列為上海市優秀歷史建築。二〇〇八年，教堂發還天主教上海教區，同年四月五日復堂。

經過神父和教友們十多年來的整建耕耘，息焉堂院內花木扶疏，綠意盎然。聖堂的祭台和彩色玻璃也已經進行更新，但祭壇正面的十字架、耶穌、聖母像和大理石地板則全部保留，讓人引發復古的情懷。

正因為它那特殊的拜占庭風格，息焉堂現在已經成為上海地區著名的「打卡景點」，據估計其知名度僅次於蒲西街的主教座堂，前往朝聖的信徒和觀光客，絡繹不絕，志工們經常需要排班接待講解，充分發揮福傳的功能。

▲ 息焉堂穹頂。

▲ 息焉堂內景。

▲ 院內綠地。

附錄三

思高本聖經與和合本聖經
目錄對照表

天主教		基督教	英文
[舊約]	創世紀	創世記	Genesis
	出谷紀	出埃及記	Exodus
	肋未紀	利未記	Leviticus
	戶籍紀	民數記	Numbers
	申命紀	申命記	Deuteronomy
	若蘇厄書	約書亞記	Joshua
	民長紀	士師記	Judges
	盧德傳	路得記	Ruth
	撒慕爾紀上	撒母耳記上	1 Samuel
	撒慕爾紀下	撒母耳記下	2 Samuel
	列王紀上	列王紀上	1 Kings
	列王紀下	列王紀下	2 Kings
	編年紀上	歷代志上	1 Chronicles
	編年紀下	歷代志下	2 Chronicles
	厄斯德拉上	以斯拉記	Ezra (1 Esdras)
	厄斯德拉下	尼希米記	Nehemiah (2 Esdras)

艾斯德爾傳	以斯帖記	Esther
馬加伯上	＊馬加比一書	1 Maccabees
馬加伯下	＊馬加比二書	2 Maccabees
多俾亞傳	＊多比傳	Tobit
友弟德傳	＊猶滴傳	Judith
約伯傳	約伯記	Job
聖詠集	詩篇	Psalms
箴言	箴言	Proverbs
訓道篇	傳道書	Ecclesiastes
雅歌	雅歌	Song of Songs (Song of Solomon)
智慧篇	＊所羅門智訓	Wisdom of Solomon
德訓篇	＊便西拉智訓	Wisdom of Jesus Son of Sirach
依撒意亞先知書	以賽亞書	Isaiah
耶肋米亞先知書	耶利米書	Jeremiah
耶肋米亞哀歌	耶利米哀歌	Lamentations
厄則克耳先知書	以西結書	Ezekiel
達尼爾先知書	但以理書	Daniel
歐瑟亞先知書	何西阿書	Hosea
岳厄爾先知書	約珥書	Joel
亞毛斯先知書	阿摩司書	Amos
亞北底亞先知書	俄巴底亞書	Obadiah
約納先知書	約拿書	Jonah

米該亞先知書	彌迦書	Micah
納鴻先知書	那鴻書	Nahum
哈巴谷先知書	哈巴谷書	Habakkuk
索福尼亞先知書	西番雅書	Zephaniah
哈蓋先知書	哈該書	Haggai
匝加利亞先知書	撒迦利亞書	Zechariah
瑪拉基亞先知書	瑪拉基書	Malachi
	＊以斯拉續編上卷	
	＊以斯拉續編下卷	
巴路克先知書	＊巴錄書	Baruch
	＊耶利米書信	
	＊瑪拿西禱信	
	＊三童歌	
	＊蘇撒拿傳	
	＊彼勒與大龍	
	＊以斯帖補篇	
［新約］ 瑪竇福音	馬太福音	Matthew
馬爾谷福音	馬可福音	Mark
路加福音	路加福音	Luke
若望福音	約翰福音	John
宗徒大事錄	使徒行傳	Acts
羅馬人書	羅馬書	Romans

格林多人前書	哥林多前書	1 Corinthians
格林多人後書	哥林多後書	2 Corinthians
迦拉達人書	加拉太書	Galatians
厄弗所人書	以弗所書	Ephesians
斐理伯人書	腓立比書	Philippians
哥羅森人書	歌羅西書	Colossians
得撒洛尼人前書	帖撒羅尼迦前書	1 Thessalonians
得撒洛尼人後書	帖撒羅尼迦後書	2 Thessalonians
弟茂德前書	提摩太前書	1 Timothy
弟茂德後書	提摩太後書	2 Timothy
弟鐸書	提多書	Titus
費肋孟書	腓利門書	Philemon
希伯來人書	希伯來書	Hebrews
雅各伯書	雅各書	James
伯多祿前書	彼得前書	1 Peter
伯多祿後書	彼得後書	2 Peter
若望一書	約翰一書	1 John
若望二書	約翰二書	2 John
若望三書	約翰三書	3 John
猶達書	猶大書	Jude
默示錄	啟示錄	Revelation

國家圖書館出版品預行編目資料

> 原來這個典故出自聖經：英文成語的聖經典故／嚴永晃著
> －初版 .-- 臺北市： 星火文化 , 2024.07
> 面； 公分 . ─（Knowledge ; 1）
> ISBN 978-626-97887-2-9（平裝）
>
> 1.CST: 聖經 2.CST: 英語 3.CST: 成語
>
> 805.123　　　　　　　　　　　　　113007752

Knowledge 1

原來！這個典故出自聖經：英文成語的聖經典故

作　　者	嚴永晃
執行編輯	徐仲秋
封面設計	Neko
內頁排版	Neko
總 編 輯	徐仲秋
出　　版	星火文化
	台北市衡陽路七號八樓
營運統籌	大是文化有限公司
	業務經理／留婉茹・專員／馬絮盈
	行銷企劃／徐千晴・助理／連玉
	行銷、業務與網路書店總監／林裕安
	總經理／陳絜吾
	讀者服務專線 02-23757911 分機 122
	24 小時讀者服務傳真：（02）23756999
法律顧問	永然聯合法律事務所
印　　刷	韋懋實業有限公司

2024 年 7 月初版　　　　　　　　　　Printed in Taiwan
ISBN ／ 978-626-997887-2-9　　　　　定價／ 400 元
All Rights Reserved.